户口

景凤鸣中篇小说选

景凤鸣 ◎ 著

长春出版社
全国百佳图书出版单位

图书在版编目(CIP)数据

户口:景凤鸣中篇小说选/景凤鸣著. -- 长春：长春出版社, 2025. 1. -- ISBN 978-7-5445-7567-6

I.I247.5

中国国家版本馆CIP数据核字第2024YZ1627号

户口——景凤鸣中篇小说选

著　　者	景凤鸣
责任编辑	周哲涵　陈晓雷
封面设计	宁荣刚
出版发行	长春出版社
总 编 室	0431-88563443
市场营销	0431-88561180
网络营销	0431-88587345
地　　址	吉林省长春市南关区长春大街309号
邮　　编	130041
网　　址	www.cccbs.net
制　　版	长春出版社美术设计制作中心
印　　刷	长春天行健印刷有限公司
开　　本	880mm×1230mm　1/32
字　　数	208千字
印　　张	9.875
版　　次	2025年1月第1版
印　　次	2025年1月第1次印刷
定　　价	59.80元

版权所有　盗版必究

如有图书质量问题，请联系印厂调换　联系电话：0431-84485611

目 录

户　口 / 1
幸福中介 / 89
打干井 / 138
小　孙 / 219

户 口

1

父亲那次从九台回来，令我们感到与以往许多次的不同。

以往父亲回来，都是冷着脸一言不发的样子。父亲的那副样子，总是及时地提醒我们，他是我们这座土屋永远的一家之主，一个狠实霸道、偏执而充满忧戚的债主。同时父亲会迅速地打发我们装酒的装酒，泛园子的泛园子，却单单不给母亲派活，而是留下母亲和他两个人在家里。

那次父亲回来，我们正想低下头，矮起身子，装酒的装酒，泛园子的泛园子，父亲却止住了我们。我们不由得惊讶，这才去观察父亲那张熟悉得已不能够再熟悉的脸，我们发现父亲的脸上虽不乏阴沉，却少了许多的忧戚。父亲的举动让我们有些不知所措，父亲却解释原因似的从他的帆布提兜里拿出一瓶九台大曲酒，和一包黑黢黢的像是干牛鞭似的东西。母亲问那叫什么,父亲回答说那东西叫"人造肉",豆腐做成的,吃起来有猪肉的味道。父亲有些炫耀地说九台那地方最近挺时兴这种东西,有这种东西,九台人民可以花豆腐的价钱享受猪肉的待遇。父亲说这番话的时候,仿佛他就是九台县城的工人,下班后从副食店买回人造肉,回到家里正饶舌地介绍人造肉的功能及妙用。母亲却有些听不明白,母亲听不明白的原因是她的心思正用在这人造肉要花多少钱上。母亲便否定说:"豆腐怎么能做出猪肉味。"父亲觉得母亲的话搅乱了他心内愉悦的气氛,拿话硬冲冲地撞击母亲道:"你说那个,毛驴还能下出骡子来呢,苹果树上还能接出梨来呢,大活人还能生出猴子来呢。"父亲的后一句话大概是指那个年头流传甚广的毛孩的事。对于父亲一连串的反驳,母亲虽不是认同,却表示沉默。父亲一反驳母亲便会沉默,这是他们磨合多年养成的习惯,倘若不遵循这种习惯,他们之间要出事情的。母亲虽不再反驳,我们仍觉得母亲多嘴。人造肉再贵,还能贵得过父亲天天地喝酒吗?他天天顿顿地喝酒,我们吃上一顿人造肉还不应该吗?所以母亲属于多嘴。

那时我们家真是没钱,当然现在我们家也是没钱。没钱不知从哪辈子起成为我们家庭的风格和特色。通过没钱我们知道,人只要没钱,就不要妄想办成什么事情。可尽管我们没钱,我们却要进行一项非办不可的事情,就是由父亲代表我们全家进行上访,找回他曾经失去的工作,和我们丢失了将近十五年的城镇户口。

在我们看来,父亲每隔一段时间便要去九台,是想找回我们曾经失落在那里的特权和希望。父亲为着这个事情,已经跑了一年多的时间了。这样长的时间,父亲扔下他在公社综合厂洪炉车间的活计,或者说放弃在综合厂稳定地挣工薪的机会,而一次次地为九台的食堂、澡堂和公交事业做贡献,对于我们家来说,真是一种期望与失望、激动而可怕的战时状态。然而九台那地方并不喜欢接受这种贡献,他们比我们更清楚,这种贡献的结果可能是硬性而直接的,就是他们将因此不必要地增加一份财政开支,同时一直被他们牢牢把握控制着的城镇户口又要无条件地增加几个指数,而他们的特权队伍中又将拥挤着一个无处可存的身影。所以他们表面上开设接待和办事机构,实际上他们未必认可。

我们自己也是越来越不认可。别人找工作常常是一两个月就得到解决,父亲上访的道路却是这么的漫长。时间一长,父亲和母亲心头开启的那扇希望的小角门便吱吱呀呀地越收越紧。我们理解父亲和母亲,那角门再不收紧,不是我们要被门关在外边,就是门要把我们关在外边。

母亲皱皱眉,噘着她的雷公嘴很不温柔甚至很不耐烦地问父亲:"那工作到底找得怎么样了?"

我不由为母亲这样直接的问话而担心。即便母亲的问话多么实际而理性,但母亲最好能摆出一种真诚的表情。表情有时候很重要,我一直这样地以为。我这样地以为,我以为父亲也会这样地以为。许多时候,我常常会绝望地发现,我的动作想法同父亲是那样地如出一辙。关于表情,我以为有的表情一看就让人想起接受,就让人滔滔不绝或和盘托出,而有的表情只会让人望而却步或者闭口不言。我相信母亲噘嘴的脸相在父亲眼里不会有好的效果,这一点连我都无可奈何地觉得。母亲张嘴大笑的时候还勉强可以,她的洪亮宽广的声音会严严实实地盖住她的雷公嘴。母亲闭嘴或噘嘴的时候,就会让人想到端庄贤淑的外表,总能让人心情舒畅。反之即使心灵再豁达善良,那种类似恶狠狠的表情也会让人不舒服。人呵,要做到只看心灵而无视表情真的很难。然而对于母亲的表情以及问话,父亲这次居然没有往常那种比较强烈的反应,也没有那样恶狠狠一步到位地斥骂母亲:"你别瞎逼呲呲。"

父亲居然无比耐心地说:"这回可差不多了。"

我们便都很感动,所谓的我们就是母亲、我哥还有我,当然也包括父亲在内。除此没有别的人。这是我们的家庭结构。我们觉得一种愉快的气息带着二米饭的甜香,从我们土屋的墙角渐渐地滋生,并在我们空中轻快地飘逸飞扬。我们真是有些感动,我们为什么感动,父亲居然不是出去七八天后,前脚刚跨进屋门,后脚就让我们装酒的装酒,泛园子的泛园子。同时我们也为父亲这样肯定的回答,觉得是有了回报。平时我们还不觉得,我们不觉得是因为我们从没敢这样地觉得,可是,父亲带着得意的话一旦说出,我们恍然明白,我们让集体的心跟着父亲上访了一年,其实不就是为了盼着这样的话吗?我们像站在东北亚漫长的冬天里,等着残雪消融时菜园子里自动冒出的堆堆葱芽。当我们真的看见还带着雪迹的葱芽时,我们伸出冻得通红的手指去抚摸那雪的白和葱的绿。我们心情复杂而欣喜地觉得,我们真是等得太久太久。

我们全家的心中，都充漾着一种幸福而委屈的感觉。只是我们不把它往出说，包括我们之间。我们宁可让它们在心里反复地酝酿咀嚼。我们知道，折磨散尽时，它们会成为生活中的一道无比甘美的大菜。

母亲有些舒朗地叹了一口气。

我们觉得不是母亲在叹气，而是我们在叹气，或者是母亲代替我们叹气。然后母亲故意以一种低三下四的眉眼问着父亲："那人造肉可得咋吃？"其实母亲这样的问话有些多余，母亲只要动脑略微地想上一想，就会知道这种东西不管咋吃首先得弄熟了。但母亲非常愿意以她的不知道在我们面前显示父亲的知道，以她的低三下四显露她贤惠的美德。结果母亲这样地自贬，总是赢得父亲的不屑。果然，我听到父亲和母亲又开始他们在新事物面前的惯常问答。母亲见父亲没理会她，便重复地问："我问你怎么吃呢，我不知道。"父亲简短扼要地说："炒着吃。"母亲又问："怎么炒。"父亲有些不耐烦："豆腐咋炒它咋炒。"母亲疑惑地说："它不是肉吗？"父亲有些急："那你就按肉炒。"母亲仍是不解："那要是炒出豆腐味呢？"父亲大声地说："你猪脑子吗？你愿意咋炒咋炒，别问我。"母亲嘟囔道："那炒不好你可别怨我。"父亲说："那不行，必须得炒好。"父亲这样霸道，母亲当着我们的面便有些下不来台。母亲红头涨脸地说："我要是猪脑子，找不回来那工作，我就叮着他们家吃，叮在他们家住，他们走哪我跟哪，看他们给办不给办。"父亲想不到母亲会说出这些话来，张大嘴巴，有些惊愕地看着母亲，暴躁地说："好。好啊。从明个开始，工作由你找。我正不想找下去呢。你上人家吃,你上人家住去吧,看人家给解不解决。"母亲挺生气父亲让她到人家住的话,便说父亲道:"你怎么骂人,我一个妇女,我怎么上人家去住,你不是往火坑推我吗?"父亲吵道:"不是你要上人家住的吗?这把全交给你,可有一件,你要给我找不回来,看我怎么收拾你。×你妈的。"母亲说:"我妈那么大岁数,你骂那话也不怕作损。"父亲继续吵道:"就骂你啦,×你妈的,你咋的吧。"父亲这样恶毒,母亲却敢没咋的。母亲想咋的也不能咋的,因为父亲这时的眼睛已经发红,父亲握惯了钳子和锤子的粗手正热身似的摩挲。母亲只好及时地撤下阵势,噘着雷公嘴转身去外屋地,炒那头一次见到的人造肉。

我觉得父亲的话没有说完。因为我们还不知道,差不多到底是什么意思,能够让父亲自己主动地从二百里外把酒拎回来。平时父亲从供销社小卖部门前过,也不肯进去赊半斤酒的,父亲非要走到家里,再折腾我们一趟。只有折腾过我们的酒喝起来才更有味道。父亲没有把找工作的具体进展说出来,除了母亲扫了他的兴外,还因为没到时候。没到时候是一个重要原因,我知道他们。倘让父亲细说缘由,得让父亲进入半醉不醉或半睡不睡的状态。就是说,得让他酒至半酣,或者是子夜时分,那时候他一觉醒来,会正好浮在半睡不睡的状态。因为这样的缘故,父亲和母亲总是喜欢把他们的说话安排在后半夜。他们这样安排时间,除了后半夜的时候他们开始处于半睡不睡的状态之外,他们一直以为我们后半夜时会睡得死气沉沉。这个习惯,一直被他们固执地保持着,也一直被我们强忍着不肯说破。

但是，我这次对于父亲的猜度差不多既对又错。我所以这样说，是因为父亲说出找工作的具体细节，不是安排在酒至半酣，也不是夜半之后，而是趁我们出去的时候。当然我们几乎是主动出去的。我们出去的理由都编织得很充分，我哥的理由是要去同学家借几本连环画，我的理由是学校老师布置了一个任务，要赶过去完成。我们所以这样做，因为我们看见母亲去柴火栏取干柴的时候，父亲终于故伎重演，做出漫不经心的样子尾随而去。我们想尽管父亲没有要求我们装酒泛园子或做其他的什么，我们还是主动一些吧。对此我们心照不宣。

我们纷纷地回到土屋时，父亲和母亲显然已交代完，正愉快地做着家务。母亲已把人造肉炒熟炒透，是就着春天的鲜韭菜炒的，那鲜韭菜在人造肉临出锅时放进去，因此看上去鲜翠欲滴，盛在盘子里很是好看。母亲还拿那人造肉炖了一盘昨年晾晒的干豆角丝，因为炖的时间长，那豆角丝看上去挺脱喧透。母亲又拿鸡蛋打个酱，配上她到生产队出工回来时挖的又在水渑里泡好的曲麻菜，并在一起的两张榆木炕桌就摆得挺满登。而父亲正猫腰在院子里拿糠和秕谷给鸡拌食。这是父亲平时喜欢的一项活计。父亲总是喜欢与鸡打交道，甚至与鸡有不解之缘。父亲喂鸡的时候说明父亲的心情轻松愉快，父亲轻松愉快时总是选择喂鸡。至于喝酒，已经谈不上选择，喝酒对于父亲是无可选择。因为哪怕是赊着欠着，哪怕家里有谁已经感冒有病而无钱买药，哪怕那酒被缺德的烧锅师傅调上了敌敌畏，烧锅师傅会强词夺理地说这样是为了增强醇香，父亲的小方桌上，酒也是顿顿必有。

我刚才提到两张炕桌后又特意提到父亲的小方桌，是因为我们明明可以共同使用一张方桌，但父亲坚持要用两张。父亲这样坚持是因为他喜欢自己使用一张方桌，并且他的方桌我们不可以使用，只有他和外人才能够使用。那张小方桌每日三餐要规规矩矩地摆放在炕头，再由父亲像炕上狸猫一样靠墙坐好。父亲如此坚持，表面上说他图意清静，其实我们都知道，他是嫌我们吃饭时狼吞虎咽的姿态和此起彼伏或群起群落的吧唧嘴声。父亲差点没有说我们发出的咀嚼声像是猪在抢食，而我们就从没好意思戳穿过他，他在滋滋儿地喝酒的时候，多么像一只咬着鸡脖子吸血的黄皮子，他在奋力啃一只已经见不到肉星的骨头的时候，又多么像一只狗威胁似的呜呜叫着，一边咬定骨头不肯放松的……我们还是不说吧。

母亲将父亲买回的那瓶九台曲酒用锡壶灌好。母亲不止一次地对我们说，那锡壶是父亲的爷爷也就是我们的太爷传下来的。母亲这样地将那锡壶介绍给我们，并且强调锡壶的历史，我们简直不知道母亲的意思是不是希望我们将那传统保持下去。母亲的这种模棱两可的态度，以及她对父亲喝酒的厌恶无奈却又具体可感的行动支持，经常让我们陷入糊糊涂涂之中，又经常让我们觉出她的言不由衷和词不达意。我们看到母亲将那装满酒的锡壶拿到锅台上，将两片扇形的木锅盖分开一条缝，然后把那锡壶稳稳地夹到锅盖的缝隙中，成团成缕的蒸汽因此熏蒸着锡壶，那锡壶在我们的眼中便有了仙物的气韵。

我们听见母亲声音洪亮地对父亲说："还是要户口吧。得替孩子们着想，有了户口，当兵、待业，好赖都能给安排个工作。"

我们想不到母亲居然能说出这样专业水准的话来，母亲这样说话我们真的很高兴。我们一高兴便觉得母亲的声音更洪亮好听，比公社广播站那个漏孔短鼻子的播音员听起来好多了。母亲小声说话也抵得过那短鼻子通过扩音器的声音，即便那种漏孔短鼻子总是有扩音器做伪装。

我们听见父亲说："那就不要下放金？那最后户口要是落实不了，下放金不也飞了。"母亲疑惑地说："他们不是答应咱们，户口和下放金给一样吗。"父亲说："谁答应你了，又不是白纸黑字。"

母亲心一横说："那咱们就工作、户口带下放金一起要，看他们怎么办。"父亲有些不悦："你说了算哪，啥都可着你，你是局长还是公社书记。"父亲这样说，母亲便有些手足无措。母亲一手足无措便有了办法，于是提醒道："要不招呼他唐叔过来吃饭，问问他唐叔咋整？"父亲语声就有些疙瘩。父亲说母亲道："你这个人就是贱，自己的事自己定，请人家来干吗？"母亲便说："那管啥的，住一回邻居，谁还不求谁。前两天我摊煎饼还送给他们吃，老唐直说煎饼好吃。孩子交学费，你这次去九台拿的钱，不也是老唐上赶着借你的吗，请人家吃点饭怎么就屈柱了。"父亲听母亲这样地讲，也觉得无可话说，既是无话可说，对母亲的提议便不置可否。不用母亲伺候，光着脚走到外屋地，从锅盖缝取来熏得热气腾腾的酒，然后盘腿上炕。父亲叨叨咕咕地说："我先喝两口，他来了再说。"他边说边给自己倒上酒，又拿起筷子夹了两块人造肉，还特地将那人造肉抖了几抖，想把人造肉炒韭菜中过多的汁水抖得净些，以便更好吃。

母亲噘起她的雷公嘴说:"你嘴咋就那么急,等一下就不行。"

父亲将筷子往桌沿上一撂:"废话,我不是饿了吗。"

2

趁他们说话的当口,我便准备迈腿出屋。我知道父亲虽是不等老唐,却没有反对老唐来吃人造肉喝九台曲酒。而去请老唐的事情,十有八九要交给我去做。家里干重活的事情总要交给哥去完成,出头露面的活计多数要交给我。我想,这也是我哥对我心怀不满的原因。我哥总是对母亲提意见:"为什么不是要我一个就拉倒。"我哥这样说的时候往往挑战似的乜眼看我。我瞪我哥一眼道:"光要一个死了咋办?"我哥心情不顺便会当胸给我一拳,心情顺时会低低地威胁我:"别瞎逼呲呲。"我哥的这句话同父亲如出一辙,这也是他们父子俩唯一相像的地方。我觉得我哥这样骂我还不如给我一拳。但更多的时候,我除了愤愤之外,想不出更好的办法对付他。我不能指望母亲的偏袒,即便我不指望,母亲也会说我:"人家当小的都知道让着哥哥,这可倒好,事事争个风,哪有事哪到。"

我在前面交代过,父亲母亲只有我哥和我,我特意这样地表达,是试图说明我和哥哥确是一母同胞,不仅是一母同胞,并且同父而生,我觉得这样的说法接近准确。我们没有经过充分的调查了解,所以并不能断言父亲过去或是将来与别的女人是否还有过孩子或可能有孩子。过去可能有,但我没发现,将来是不大可能了。我这样地以为并不能说明我的思想复杂，虽然我哥总是说我思想复杂，人小鬼大，使坏水。我无意与哥哥争辩，我只想说，生活其实在提醒着我是否存在这种可能。譬如老唐，整天在供销社开大卡车的老唐，长得既俏皮又精明的老唐，他在他们离公社八里的那个老屯，就有着一个私生女孩子。那女孩子与老唐家里的唐老丫是上下届，而且正好与我同班。那个女孩子和唐老丫她们对这段历史都不避讳，唐老丫甚至总寻找机会走近那女孩子，每次碰面，大老远的都要频频地向那个女孩投去热乎乎的眼波。只是那女孩并不接受，自尊又满怀心事地将脸调整到正前方，对唐老丫做到目不斜视。那女孩子的这种表现，总是使唐老丫无可奈何。

　　我想说，我的腿已迈出我们土屋那豁牙露齿的门槛，母亲让我去找老唐的声音才响起，也就是我的脚步比母亲的吩咐快了半拍。我想这也许是母亲比较得意哥哥的地方，母亲喜欢憨直，而母亲又总以为哥哥才是憨直。让人伤心的是父亲并不因此喜欢我，只是较我而言他更不喜欢哥哥，这才使我略感安慰。我想不管怎样，老唐我是得去请了。父亲母亲若真的想让老唐来，恐怕只有我去邀请。他们若只是想走走形式，他们既然已经说了，我也要把老唐请来。

　　我愿意有老唐这样的邻居。有老唐这样的全公社公认的能人做邻居，我感到高兴。在我们许多人的眼里，老唐要与那些能人，比如公社书记、财政所所长、大队书记、邮电局长、农电局长、公社妇女主任什么的排在一起的。老唐每天威风潇洒地开着大卡车，立在路边看他的女人简直不计其数。老唐经常地办我们看来天方夜谭的事，办我们以为不可能办成的事情。直至如今，我们都想不出他究竟是用了什么办法，把他自己从生产队的社员弄成了供销社司机，又把他的孩子们包括唐老丫在内改成了城镇户口。

我定定地站在老唐的面前。我使我的眼睛竭力镇静自然地看着他。我愿意使我看他的眼光，类似于学生看认真负责、态度和蔼的老师的那种专有眼光。于是我看到老唐看我的眼里流露出几丝赞许和肯定，同时老唐不假思索地说："行，我马上去。"说完这话老唐两腿一伸地搭到地面，趿上鞋便走。老唐特意将他的外衣披在肩上，这使他具有了生产队长的风度。我不太喜欢老唐披衣的形象，因为我不希望老唐居然停留在生产队长的形象上。我希望老唐是外交家或者记者，这是我当年较为崇拜的却不敢想象的职业，只是现在连这种梦的机会都没了。不过现在让我做我也不想做了。我想好了，我只想在充沛的阳光下健康充实地生活。

隔着窗玻璃，我看到父亲利索地下炕，做出重视并欢迎老唐的姿势。这使我觉得父亲还行，先吃也就罢了，总算没一边吃着一边等老唐。而老唐居然热情地伸出手去和父亲相握，并问候父亲找工作辛苦之类的话。若是久远朋友也罢，我们两家邻里之间，直线距离不超过五六十米。他们的这种亲热举动使我感到滑稽。

我想，成年人之间就是这样。他们不管背后怎样心存芥蒂或者互不认可，当面总要制造出一些笑容可掬的亲热。母亲一边特意切着比猪毛还细的绿萝卜丝，说要给父亲和老唐他们调汤，一边对老唐说着表示谢意的话，老唐比自己家还随便地大声阻止着："大嫂，这事就别提了，咱们邻居住着，谁帮不上谁呢。老二不也帮助我们唐老丫学习吗？"他们说着，便不怀好意地哈哈大笑。由于他们一齐地笑，他们的笑声掀起的风，震得外屋地棚角结下的蛛网直颤，一只老蜘蛛速度极快地爬到蛛网中间，将它的肚皮和爪子紧紧伏在蛛网上，以便保持身体和蛛网的稳定。老蜘蛛的姿态真像是春天里刮飞了房草的老农，他们一时想不出别的办法，便不要命地爬上房，妄图以他们身体的重压住房脊，以他们的身体尽量地保全他们唯一的房屋。

我真是一阵阵地脸红，而母亲居然接着老唐的话说："那还不是应该的，明天把老二送给他唐叔。我们老二就是摊个穷家，摊个没能耐又整天喝酒的爹。"母亲这样公然的话，真让我有些愤怒。我想对母亲咆哮："我是我自己的，谁也无权支配我。"我所以克制忍耐，因为母亲不是将我送到别人家，而是老唐家。父亲不高兴地说："废话，我喝酒咋的了，我一没偷二没抢，三没贪污四没投机倒把。"父亲这样的说法，老唐的脸色有些不自然，大概因为投机倒把，触动了他的心事。老唐便说："大哥，形势变化快呀，贪污需要机会，投机倒把发家呢。"父亲醒悟道可能是哪句话触及了老唐，便岔开话题："我今天喝明天喝的，我到老那天他们人人都得给我打酒喝。"说话溜缝儿对老唐从来不是难题，简直拈手就来，老唐便说道："大哥将来喝酒还成问题吗，工作一找回来，退休金领着，再安排个孩子接班，大哥的日子谁能比？"老唐说话中听，父亲也舍得恭维。父亲说："像你们的日子才叫好呢，哪家过日子不得用东西，谁用东西不得经过供销社。"

两人便挺高兴，一高兴便加点进度，互相干了一杯。只是这一干杯，锡壶里的二两酒便显得不够。母亲忙不迭地再灌上一壶，锅里的热气已经没了，便找个大号碗，倒上开水，将那锡壶直接地扶在开水里。老唐说："大嫂，你跟孩子们也吃吧。"我们几乎一起摇着头，老唐也不再相让，又和父亲你兄我弟地交杯换盏。我在一旁看着他们激情投入地喝酒，心里却想着酒后到底能保留多少真诚，我想这就是大人。老唐两年前想法弄来我们家东边的那片空房场时，我们家由原来的四面环田变成了三面环田，其实我们家原本就应是三面环田，因为我们东边的菜园压根就不是我们的，而是生产队一直没用的地号。父亲不欢迎老唐占这片地号盖房，父亲的理由是全村屯这么大的地块，哪容不下你老唐的三间房，便冷冷淡淡地不给老唐好脸看。老唐也很生气，因为父亲在他们开挖地沟的当天也气哼哼地挑起了地沟，只是父亲挑出的是我们两家的界沟，尽管沟址选在我们家的边垄上，但敌意总归是明显不过的。我们两家邻居就这样僵持着，后来终于有一个晚上，老唐从里到外所有盖房的活计忙得差不多，便主动从他们高耸的瓦屋降落到我们的土屋。老唐借着酒劲，夸母亲如何的宽宏大量，大量得像男人，却单字不提父亲，父亲有些尴尬地笑着。连我也看出老唐其实说的不是母亲，老唐夸赞母亲不过是个借口。不过头总算是开了。老唐的老婆，唐老丫她妈，那个走起路来像根大肠般蠕动的女人第二天中午给我们端来一盘炒土豆丝，晚上母亲便给他们摘去两个鲜西葫芦。唐老丫她妈炒的土豆丝的确好吃，不知她用的什么办法，使她炒出的土豆丝总带着一股涩甜的生地瓜味。有一次我见她炒菜，出锅时总要特意重重地咳嗽两声，她带有结核病菌的吐沫星子便迅疾飞溅进菜锅里。我分析这可能就是她炒的土豆丝好吃的缘故。在她们的带动下，我们开始经常地凑在一起，打扑克、扎家雀、挖耗子洞或是剪草籽。有时，唐老丫早晨爬起被窝就大咧咧地走到我们家里，非要对着我们家镜子梳头发，我们甚至没有起来，便继续躺在被窝里，看唐老丫如何地抬起胳膊用力挽头，而露出软软的腋窝，又如何地将稀稀拉拉的焦黄头发分成两半，一边扎起一束长及肩头的刷子。因为走动得密切，有一次老唐家花内部价买回一筐黑花盖冻梨，我一直和唐老丫她妈比耐性，直到她不得不酸着脸给我两个梨吃，我才悻悻地回到我们的土屋。我所以悻悻，是因为老唐没在家，她们便不愿意主动让梨，并且试图坚持到我走才开箱。不过后来她们终于挺不住了，她们忽然醒悟即便给我两个梨也没什么要紧的。我想有些事情就是厚起脸皮佯装不见地等，也要让她们明白，乐施于人的美德是多么重要。

　　我想，老唐显然也在一直保持着对父亲的关注，或是兴趣。那个时候，父亲是公众话题。不仅老唐，我们村屯的许多人都关注父亲。我觉得他们不是在关注父亲，而是关注一个过程，一个由地地道道的半社办职工半农民的家庭，或者说纯是农民的家庭，通过找回工作的渠道或窍门变成城镇户口吃商品粮的国家人的过程。他们矛盾地看着我们的变化过程，就像是看着春天杨树林里的那种叫羊刺子的动物怎样从封闭的硬壳里脱壳而出，又对外界张扬起带毒的刺，或者看着一座让人羡慕的砖瓦结构的房屋，怎样不用一块砖、一片瓦、一根檩条便奇怪地搭建起来，招人眼热地矗立在村屯普遍的泥草土屋中。

我不知道老唐是否想到，关注父亲其实就是关注历史。父亲往返地找回工作的同时，千千万万同父亲一样经历的人也正找寻着曾经的历史、特权和尊严。关注父亲，就是关注国家大事之中的千千万万分之一，父亲去九台找工作，就是那件大事所包含的千千万万小事中的一件。

只是不知是否有人体会得到这种面对关注的压力。

我记得那个夜里，菜园边上酱缸旁的几株夜来香湿润鲜嫩地开放。别样的香气不停扑进我们的鼻翼，痒痒得让人心疼，让人不由充满温柔的想象。

我听见老唐干脆地说："那有什么考虑的，还是要工作啊。找回一份工作，能解决多少事情。你可以退休，孩子可以接班。他们这个年龄还可以落实城镇户口。到时候你把孩子安排到这步，你老爷子拄拐棍往他们院子里一站，到时谁不给你酒喝，我敲他们的腿。"我站在一边有些不高兴，心想你老唐是个什么身份，你能还能到我们家里来吗？你若那样让我先敲了你的腿吧。不过父亲很高兴老唐这话，父亲高兴也可以说明老唐三言两语便抓住了父亲的兴奋点。父亲说："对，要工作，不要下放金。"老唐说："你知道啥叫下放金，那是打发叫花子。"

老唐接下来的话使我觉得他有些旧事重提。老唐说："大哥，不是兄弟在这里说你，换了别人也不会说，也就兄弟我跟你能说这话。有时候，你得往大事上看，别一根垄两根垄地那样算，那点地能产多少粮食，一亩两亩又能咋样。"母亲傻乎乎地接话道："可不，也就是他唐叔记挂着老二他爹，告诉他爹话咋说事咋做。老二他爹别看他现在打铁还行，喝酒早把脑子喝完了，不像再早那时候了。"父亲不客气地瞪母亲一眼，不管不顾地呵斥道："废话，我用嘴喝酒，怎么就喝到了脑子里。我看你就快到一边儿去，别在这跟着瞎逼呲呲。"老唐听了父亲这话脸色便是一变，后来听父亲那话意，只是冲着母亲，才继续地坐住。后来他们便说起腿叉子的事来。父亲说，上班以后先抓紧把老唐要的那副腿叉子打制出来，装腿叉子的盒子已经弄好了。说着父亲便给老唐看已经做好的腿叉子盒。那盒是木头做的，中间用头发或猪毛之类的东西细细地絮好。父亲说，这样的匕首盒才不伤刃。父亲说的腿叉子就是中间带血线两边是刃的匕首，老唐出外开车时防身用的。老唐又高兴起来，老唐一高兴，就喜欢大哥大哥地叫。老唐转转眼睛对父亲说："你这事我怎么觉着奇怪，咱公社张罗着找工作的有十五六个，已经上班的也有八九个，找不回来的也早早给了信，我怎么就没听到一个说还兴选择的。答应给下放金就说明他们认账，既然认账为啥又拖着不给解决。你还真得抓紧点，别让他们在这里有啥毛病。"父亲酒往上撞："反天了，他们要是整事，我告到省委，告到党中央。"老唐态度鲜明地表示支持："对，不行我陪你去告。"

父亲和老唐他们继续喝，越喝越有些相见恨晚，其实他们起码认识五年之久了。那瓶九台曲酒早已见底，接着又把原来剩下的一点瓶底子酒喝完，父亲要母亲张罗着去小卖店买酒。

老唐说:"那小卖店早就关门了,你让大嫂上哪去买去?"父亲蛮横地说:"那我不管。"老唐说:"你这个劲我就不赞成,咱喝酒咱张罗,跟老婆孩子耍什么劲头。我家里还藏着一瓶好酒,一直搁着没动,要来咱哥俩个把它消灭吧。"母亲慌忙地说不成,父亲也不同意老唐拿那好酒。我心想,干脆让我给他们灌点童子尿吧,但我没这样说,也没敢这样地做。后来老唐对我说:"老二,你上我们家那碗架子里去取那瓶散装酒,跟你婶说,就说是我要。"我设想着一旦过去取酒时唐老丫她妈皱起眉头的那个难受样儿,我便有些犹豫。老唐说:"老二,听叔的话,快去。"我看了看老唐,没有吱声。后来还是母亲对老唐说:"你大哥酒喝得也差不多,要不就改天再喝吧。"我记得老唐注意地看了看我,大概是看我脸上是否已浮出不耐烦的神态。老唐便说道:"行,改天就改天吧,到时我请客。"酒算是告一段落。母亲还要给他们盛些高粱米饭,两人却谁也不肯吃。我想起菜园里的旱黄瓜秧新结的两个嫩黄瓜,自作主张地溜进菜园中,触摸着把它们摘下来,递到他们的桌上。老唐咔嚓咔嚓地把其中的一根吃掉,一边吃一边夸嫩黄瓜的味道。大概因为心情好,老唐便说将来他不会伺候供销社这份活儿,而是自己挑头单干,贷款养车跑长途运输,专门拉四季蔬菜。夏天秋天从北往南拉,春天冬天从南往北拉。我对老唐扔下那么令女人们渴慕的工作去单干跑运输的想法有些奇怪,我觉得这样有些冒险,不仅是冒险,简直有些超乎逻辑。但我知道,老唐经常会有些稀奇古怪的想法,他的稀奇古怪的想法很难让人跟上思路。但这并不能说明老唐便是稀奇古怪的人,相反,老唐时时让人觉得他最终会是干成大事的人,只要给他时间。

老唐专门对我说:"谢谢你摘的这小黄瓜,将来送给你一大筐。"

3

我和唐老丫走在西大道上。我想这并不能充分证明我想和她一起走。我可以和唐老丫她们兄妹凑堆打扑克,也可以猫在被窝里看她梳头,看她的柔软的腋窝,却不喜欢和唐老丫单独行动。这同样不影响我对唐老丫的评价。许多时候,唐老丫是个很别样的女孩子。她所以别样不仅是她每天上课和完成作业都显得心不在焉,还在于她的乐此不疲的显示。无论什么事,她都竭力找到显示的角度。譬如她成绩不好的时候她就以一般同学不具有的商品粮、城镇户口来显示,她因为有这些东西便可以报考分数很低的技工,甚至托一托人便可由安置部门安排工作,所以学习好坏对她而言都是无所谓的。当然这是她的弱项之处,如果不是学业,而是扎到人堆里,她立刻就会如鱼得水。那时候,她随时随地都可以引起别人的注意。女生的堆儿里她主意和花招最多,男生的堆儿里她笑声最响。而放学或周日休息的时候,她的眼前若没有别的男生女生,她的眼光就会罩到我的身上。

她会想方设法地引起我的注意。

我不得不说,唐老丫像是有一种与生俱来的骚浪的气质。许多人把这叫作演员气质。

我想引起我的注意，唐老丫不会觉得十分的委屈。唐老丫和我们班的许多同学都会以为，我差不多是个容易引起注意的人。我的引人注意不在于我多么的年少英俊，实际上看到我便令人想到长期的缺吃少穿以及营养不良。我能引人注意，大概在于学习上的一些成绩，而这学习上的成绩，是唐老丫最不在意又最在意的。她没办法在意她的学习，她却在意着别人的学习。实际情形大概就是这样。所以我拎着篮筐到生产队的田野上去采菜，被她从她们家宽敞的大玻璃窗中看到，她便大喊大叫着拎筐追了出来。

那是个许多早发野菜已经开花打籽的季节。野菜一旦到了这个季节，便成为家禽们的饲料。我们把已经长粗长壮的它们采摘来，剁碎了掺和上湿苞米面，或者糠麸，喂鸭雏，喂鹅雏。我没有拒绝唐老丫的同行，我无法拒绝她的同行。她家虽然没人在生产队领粮干活，属于那种正儿八经的职工家庭，她家却同样地养着大群的鹅雏和鸭雏。唐老丫她妈是那样地喜欢孵鸭孵鹅，并且简直是孵鸭能手。每年春天她妈都要在炕头上捂上一床毛垫子，毛垫子里堆放一百来只鹅蛋鸭蛋。而她妈这个时候会处于一种连续亢奋的状态，甚至走路都要模仿产蛋高峰期的肥鸭跩来跩去的模样。她妈每天烧炕，换被，掐温度。一天还要伏在炕上翻几遍蛋。二十多天以后她妈就会弄出满炕的鹅雏和鸭雏来。我们那里都挺信前生，唐老丫她妈的孵蛋本领，让我们确信她妈由大肥鸭托生过来的。她死后当然也会变成一只大肥鸭。唐老丫她妈是只大肥鸭，并不说明唐老丫也是只小肥鸭，我觉得唐老丫不像小肥鸭，而像只小白鹅。因为唐老丫像小白鹅，便比她妈更挺，姿态起码高出她妈一个档次，这也许是老唐基因的缘故。唐老丫是她妈的女儿，唐老丫便注定有些像肥鸭，唐老丫是老唐的女儿，又注定唐老丫不会是一只肥鸭，而会是一只鹅。只是这只鹅，除了到处亮翅展示和招摇，动不动还会伸出喙拧人。

那时暖融融的热风一阵阵地刮着，刮得人要留不住身上的衣服。大杨树一阵阵随风飞洒着毛茸茸的杨花，那些杨花飘然落在路旁的密麻麻的蒲公英和猪芽菜上，落在唐老丫的发梢、肩头。我记得唐老丫向我抛过一个眼风，嘴角流露出舞女伏在舞客肩头并且相互对视那样的微笑，问我道："咱俩走在这里，多像一对小对象啊。"我的脸腾地红了起来，但我没有跑开，我和唐老丫嘻嘻哈哈地泡在一起，即便冷丁儿冒出这样的话，我也没必要跑开。我干嘛要跑开，她是女的，我是男的，我觉得说完这话应该跑开的是她，而不是我。但我还是被她的话压得抬不起头来，红着脸试图解释地说："那可不行，那是要犯错误的。"

唐老丫满不在乎地哈哈大笑："可人家都这么说呀。"她右手挎着筐和镰刀，左手干脆拉住我的右手，我感觉到她是使劲地拉住，并且用她尖锐的中指指甲一下下地挖挠我的手心。唐老丫大声地说："那有什么，我俩就是对象，看谁敢管我们。"我的心腾腾地跳，我的手心也被唐老丫挖得生疼，便有些生气地甩开她的手。我迎着满天的阳光看我的那右手，那右手掌上已被唐老丫挖出两个深深的指甲印。我瞪她一眼道："你没人敢管，我爹可要狠狠收拾我。"唐老丫有些不屑："你就那么怕你爹。你爹还能把你打死。"我不想接着唐老丫的话说，父亲逗弄起别家的孩子多么耐心，而打起我们多么狠心。她唐老丫可以像母狼似的趴在老唐后背上去贴够老唐的脸，我们和父亲吃饭都要分开桌吃。但我没必要说这些，况且这些唐老丫也知道。关键是我和唐老丫说这些干什么。于是我尽量使自己不再搭理唐老丫，我哗啦啦拨开齐腰深的谷子地，在那些已经长起了绿苔的垄沟和垄帮上，去挖那些很容易发现并且越长越咧的野菜。那片谷子地总是铲蹚得不净，野菜相对来说便比较多，说是采菜，其实主要还是用刀割。野菜长得这样大，根部已变得又硬又老，即便是费时费力地挖下来，家禽们也不大爱吃的。唐老丫因为我的态度，稍微收敛了些，也低头去挖寻自己的菜。然而只是一会儿，她便忍不住地凑过来说："老二，你爹的工作要找回来了。"我没理她，我觉得这个唐老丫净是废话，我没有工夫与她这么没完没了。如果我再与她搭腔，她的话不定又会疯到哪里。

唐老丫并没有顾及我是否说话，而是盯着我又说了一句话。我对那句话印象比较深刻。

我听见唐老丫说道："你爹那班要让你哥接咋办哩。"

我被唐老丫的话吓了一跳，异样地看了看唐老丫，没说什么。

我不知对唐老丫该说上些什么。有些话我宁可埋在心底，我不愿意对唐老丫说。或者说，我的这些想法宁可对老唐说，如果老唐有兴趣倾听并且肯于倾听的话。但我知道老唐竟然司机都不想做，而想去跑自己的个体运输，老唐不会赞同我埋在内心的这些想法。

关于接班的事情，从父亲一年以前开始找工作，我相信这就是我和我哥暗自关心的问题。我不想知道我哥怎么想，我也不管在老唐的眼里怎么地过时，但我知道，我的心里一直朦朦胧胧地设想着一个情景，一个掐着时间上班和下班，拥有城镇户口和商品粮的双重身份的集体企业职工的情景。因为这个原因，我哥看我的眼色更不好，本来平时他就不高兴得很，因为家里的活计安排，还因为我的告状。我总是把他期中期末的真实成绩准确及时地告诉家里，而父亲又准保会在吃饭的时候呵斥他，再给他适时地派出一份重活，刨粪或淘厕所之类，以示对我哥的惩罚。而当我哥婆娑着眼泪，一边不怀好意地斜眼看我的时候，母亲总会寻找公平似的嫌我多嘴。母亲不敢骂父亲，却可以逮住我骂上一顿。我知道母亲的意思，母亲想借此安慰我哥。我却无法理解母亲。一顿普通得不能再普通的早饭或午饭或晚饭，就这样经常各自愤愤地结束。我哥准保会几天之内不同我说话，而且时刻寻找机会揪住我的过失。能引起他和父亲共同愤怒的便告状，只能引起他愤怒的便直截了当地给我两拳，或是两个嘴巴。于是我下狠心继续公布他的成绩和表现。

对于我的告状，我给我自己想出一个冠冕堂皇的理由，就是我如果不了解他的情况，我可以不告他的状，但是我了解呀，我和他一个班级，我怎能知道了又不说给家里呢。我想经常发生这种情形的根源也许是因为我们的贫穷，但如果说起贫穷，生产队里肯定有比我们更需要忍受贫穷的煎熬的。但我看到贫穷并不影响他们全家互疼互爱，和和睦睦。我们的土屋里却不是这样的情形。我哥有一次扇我的耳光，扇得我鼻血直流。我疯了似的要找他拼命，母亲却嫌我不够理性，紧紧地抱住我的胳膊，不让我再找他还击。我哥却趁母亲捉住我胳膊不撒手的有利时机，上来又狠狠地扇我两个耳光。

我一下午的时间都坐在菜园向日葵的宽大的叶子下，我却思谋不出过多的报仇策略。我只有红肿着眼睛和脸，在一块肮脏的白布上沾着鼻血写上一行字，我把它称为血书："老大，十年以后我要杀了你。我以十年为界，是因为人们常说君子报仇，十年未晚。除了这个原因，十年之内，我还不能保证我的体力和臂力都可以三下五除二快刀斩乱麻地制服我哥。我把那血书夹在我的日记本底下，遗憾的是时间不长，便被我哥趁我不在时翻找出来。我哥得意扬扬地对着母亲高声朗读我的日记，我哥和母亲对他们生活中的这份个人隐私表现得兴致盎然。以我哥的眼力，自然很快便发现了那行血书，或者说在分享我的日记的同时抓住了我的一个罪行。于是我刚走进土屋，我哥便举着血书要上前灭我，他以为这便是罪证。母亲这次拿着正在做活的尺子跳到地上，拿身体公平地隔开了我们两个。母亲噘着她的雷公嘴狠狠地点划着我们："等你爹回来的，按个收拾你们两个，让你们俩下跪，跪在玻璃碴子上。"

我委屈地大叫："我怎么了，为什么要收拾我？"母亲说："你嚷啥，你哥是你啥，你那么大的仇，还要杀了他。"

我哥气哼哼地把血书撕成碎片，我向他喊："你凭什么撕我的血书？"我哥他又斜我一眼，轻蔑地说："我还要撕你的本子。"于是我最早的日记在他的愤怒之下又化成了碎片。我向我哥冲过去，我哥这次没理会，却弹跳很好地跳上窗台，向我做一个下流而侮辱的动作，然后轻松地走了。我真忘不了我哥对于我的那种不屑、轻蔑以及侮辱的表情。我哥跳到院子之前还清清楚楚地对母亲说："你看，我可没搭理他。"

我相信那种表情只有我看见，而没有被母亲看见。同时我也相信，那引起我愤怒的表情，在母亲那里就是顽劣，没什么大不了的。

我低下身一片一片地捡拾那些纸片和布片，然后试图把它们包进书包里。我觉得除了把它们随时地带在身上，我已经无处可放了。母亲在炕上说我道："别人的哥俩都好成一个人似的，就你们这哥俩，前生的冤家对头。你说你也是，好没样地写那玩意儿干啥。"母亲的话只加速我捡拾的动作。后来我厌恶地捂起耳朵，逃到院子里。

我们的土屋虽破败倾颓，我们的院子里却是郁郁葱葱。虽然这并不妨碍苍蝇的成群和猪圈的臭味刺鼻。我忽然觉出我的无奈，而无奈的具体体现就是腿脚的软弱无力。我有些头重脚轻地站立在凸凹不平的院落中，透过团团飞舞的苍蝇，看着东院老唐家的院落。我心里涌出一种强烈的愿望，我真的希望我是生活在老唐的家中，或是老唐的儿子。我知道我的这种想法一旦说出，连老唐都会笑我，可我还是没办法抑制住我的思想和情绪。但是，我又必须控制住它们，我知道尽管我心神不定时可以走到老唐的家中，但我最终还是得走回我们的土屋。

我想，目前摆脱这里的唯一办法，就是去接父亲的班。到九台的那个集体企业，去从城镇户口的工人一步步地做起。我不知道这种想法是不是我内心隐藏很深的那个比较强烈的，就是关于接班愿望的托词或理由。如果是这样,我便觉出我的虚伪。而我哥因为内心里的愿望也是那样强烈,而且我哥知道正是因为我,他的那个愿望极有可能落空,所以他才会变本加厉。

这些户口和工作的副产品。父亲关心这些吗?母亲知道这些吗。

我对自己说,让我飞吧,不用车票,不用路费,轻而易举地离开这里,飞到远远的地方,在那里开始我的生活。但每当我想要飞时,我会心情沉重地意识到,我缺少一对能飞的翅膀,哪怕是一对飞不出十米远的家鹅翅膀。

我清晰地记得初夏的风一浪一浪地吹拂着谷禾的情形。

那草绿连天的谷禾中,我和唐老丫像成片草绿中的两个游移着的微小黄点。由于咫尺的距离,或者说我与唐老丫经常地间隔一垄窄窄的谷禾,我分明清晰地看到太阳光下唐老丫扁扁圆圆的脸上金黄色的汗毛,和她汗毛上正浸挂着的健康快乐的汗珠。往日长及肩头的两个"刷子"被她巧妙地盘在脑后,她的脸因为劳作和兴奋而通红。唐老丫对我说:"将来你爹的班可能让你哥接呢。"这样纯情自然的环境,我不想再涉及余外的话题。我敷衍地说:"爱谁接谁接吧。"唐老丫撇我一嘴,我明白她的意思,她认为我是言不由衷。唐老丫接着说:"这班就得你哥接。你将来能考上大学,你哥能吗?"唐老丫的这种模棱两可或者两面皆光的话使我挺高兴,不过我还是心存疑惑:"我能考上大学?如果我果真能考上大学,对于我而言,或者对于我们这种出身于乡村,跳不出去就要终生陷在亦爱亦恨的乡村难以脱逃的人而言，那真是太好了，可我不敢想象。我以为大学对于我们整个公社的学生来说都几乎遥不可及。我只见到那些费尽巴力地念完高中的学生，一茬茬地高考落榜转而当兵嫁人或回乡务农，却从没有见到有谁最终满怀胜利地戴上大学校徽。以我的视力所及，我没有见到。

我听见唐老丫说："我要是你，我非要那班不可。接上班再考大学。我齐齐哈尔的表姐就这样的。"我听出唐老丫在怂恿。我不明白唐老丫为什么要怂恿，但我明显地表示出不快。我可以日思夜想地盼望离开我们的土屋，但我不高兴我们家的事情别人跟着插言，也不高兴别人知道得太多。至于老唐也许只是个例外。我试图转移话题，于是淡淡地说道："我爹户口、下放金要哪样还不一定呢。"唐老丫奇怪地说："我爸不是跟你爹说了吗，要下放金有啥用，得要户口。"唐老丫仍这样地说话，我有些发火。我觉得不能再沉默，于是我冲着她的扁脸说道："我们家的事情不要别人来管。"说完我拎起装到一半的筐，准备另找一个地方。我想我跟唐老丫选这片谷地剜菜，本身就是个重要错误。然而我刚走出十来步远，我听到唐老丫在大叫道："哈哈，你看我干什么？"我扭回头去，我看到唐老丫扔开剜刀，双臂扬开，以大字的形状站在谷禾中间。

唐老丫大叫："你猜我在干什么？你猜呀！"

我摇摇头。

唐老丫放肆说："我在撒尿！"

我霎时有些呆住了。

天啊，唐老丫，正双腿叉在垄台上。齐腰的谷禾遮住了她的身体，她闭眼享受的神情，我判定她并没有说谎。那一霎时我觉得又在垄台上撒尿的不是她，而是我，是我站在唐老丫的面前撒尿。我脸红心跳。而那一刻，我在内心剧烈跳动的同时，我居然能腾出心思揣摩她应如何很是方便而不是蹩脚地褪下她的衣服。我想起她是穿着裙子，但我仍不明白她是怎样很方便地把裙子撩开，又怎样褪下她的那层短裤。也许存在一种可能，就是她只穿着裙子，或者说她根本没有穿短裤。想到这些，我的内心更加剧烈地狂跳不止。我警告着我自己：我不知道，我什么都不知道，我绝对不能够知道。我内心里对自己大喊着，顾不上分开谷禾，而是绊踏着那些风姿绰约却层层重重的谷禾，跌跌撞撞地一直横穿着垄沟跑到地边的土路上。

我喘息未定地回头去看她。而唐老丫，正挎着土筐，姿态飞扬地分开谷禾朝我这边走着。她走得饶有风致，她一边走一边捏出腔调对我说："胆小鬼，怕什么。兴你们站着就不兴我们站着。"

我对应该先走还是继续等她表现得犹豫不决。以后漫长的时光里我不断回想，因为我的犹豫，以及我的恐慌逃避，我使我应该提前到来的青春耽误了十年。不过我觉不出遗憾，有些青春过早到来，可能是种误会或麻烦，即便再退回到那个时候，我想我还是会跑开。

我这样说是否有些虚假。我还会跑开吗？

只是，我太不了解唐老丫了。虽然我们朝夕见面，厮混疯闹，但是，我不知道她心中所想，也不知对那一幕她是否遗憾。

我想起二十多年后的小青年口中常说的一句莫名其妙的

话，我觉得那句话特别地适合我既刺激又惊险，既慌张又激动的心情。

"我靠。"

4

父亲回来的第二天便有些迫不及待地到综合厂上班。父亲的那副样子，像是因公出了一趟长差，或像离队的孤鱼历经艰险后又重新归队。父亲在他们的洪炉车间富于激情地干活，在徒弟们十八磅大锤的配合下，把掐马掌钉的活计干得快而且好，那蓝洼洼的钉子散落在砧子的周围，看上去不像是钉子，倒像是繁密泛蓝的星星。洪炉车间的副主任，那个一心盼着父亲快些找回工作，当然主要是盼着父亲这个主任快些离开的家伙嘿嘿地说："你瞧咱师傅，离开这么长的时间，一点儿也见不手生，倒是比以前鼓捣得更好。"父亲才不让他的号，那家伙的手艺差不多是父亲一手调教出来的。父亲便说："回家问问你爹，出去一段时间后跟你妈的活儿是不是更好？"父亲的那些徒弟们都跟着哄笑。父亲心想，我还没死呢，轮到你在这里号丧，×你妈的，冲你这来头，工作找回来我也不走。我要把这牢底坐穿。上午活忙活得差不多，午休的时候，父亲便特地抢段时间，把答应给老唐的那把腿叉子锻打好，然后又大摇大摆地拿到女车工那里，用电砂轮去打磨。父亲一边故意摸着女车工的屁股，一边将火星子打得四处迸溅，让那火星子看上去像燃放的烟花。没人说父亲什么，这种事情在综合厂算是司空见惯，父亲他们厂里的那些人经常偷偷摸摸地打制菜刀、镰刀、剁刀、砍刀、锼刀、夹把刀，扒苞米用的铁签子，还常弄些焊活，焊些鸡架门、猪圈门什么的。不过父亲不偷偷摸摸，父亲就想显摆给他们看，让他们知道父亲还是烘炉车间的主任，如果厂子能够评定专业技术职称，父亲就是铁匠技术的大拿。没有这把技术，父亲就不能从九台搬迁到这里时，行李还没放稳，便直接地被当作人才引进综合厂。没有这把技术，父亲便不敢在全公社响当当，混得比王八盖子还硬的老唐盖房子时直接挑出楚汉分明的界沟。

遗憾的是我们公社的综合厂成立得算是太晚，如果早成立三四年，综合厂就会被划归进线，自然而然地由社办转为集体企业。如果转变为集体企业，那么父亲就算是出了一家集体企业，又入了另一家集体企业。不仅胡干懒干也可以混到退休，而且我们全家大概都有机会得到那求之不得的户口。关键的是父亲可以给九台的那些老同事看看，父亲他在九台是条龙，出九台仍是一条龙，而不是一头熊。遗憾的是在现在的综合厂干到老，父亲也只能是灰溜溜地回家。没人给他老保，也没人安排他的儿子接班，户口的事更不用提及，而且父亲还要一趟一趟地去九台那个地方低三下四地找工作。

我猜想父亲对于上访的事始终有些拖拉，除了上访要误工搭钱之外，父亲内心里对那个因为晚归几天便将他开除的厂子总有些耿耿于怀。对于开除父亲其实是为厂长的小舅子腾出编制的事情更加耿耿于怀。而一个人如果对曾经的单位企业或者人员耿耿于怀，我想不到还会存有什么留恋的感情。父亲如果有一分留恋，当年开除他时，他只消拎两瓶酒去求人高抬贵手，面对我们的便会是另外一种结局。

　　我之所以这样地觉得，是因为这么多年我从未听过父亲说起当年那座厂子的种种情形，相反父亲喝起酒来总是对现在的公社综合厂如数家珍。父亲所以能够一次次地去找，无非是奔求老保和户口。老保是他的，户口是我们的。但老保是相对的，户口是绝对的。没有老保，我们将无条件地对父亲提供老保。没有户口，我们不知该怎样面对以后的生活。

　　活着是简单的事，只要我们还保持着吃喝拉撒的基本功能，只要身体还能出力生产。生活却是复杂的事，虽然没有户口我们也能够活着。

　　我们无以面对的，是户口一方面对非农业人口给予的太多太多；另一方面对农业人口限制的太多太多。

　　我想人人都会有户口，包括盲流，但人人却未必能够奢谈户口。因为我们的户口根本就不是户口。户口对城市而言是一把钥匙，而对我们而言是一把锁。城市拥有户口，所以他们到我们的村屯里来过着比我们还好的生活时，却变成了生活对于他们的磨难，他们可以大言不惭地说他们是在受苦。我们呢，我们到城市去过比他们还差的生活，我们却成了黑人或盲流。而且我知道，老唐和唐老丫他们也没什么可以自豪的，城镇户口中也照样会分出三六九等，大中城市的户口可以顶老唐他们的户口用，而老唐他们的户口却不可以享受大中城市户口的特殊待遇。

　　我想，户口是待遇，是特权，是等级。
　　我想，户口是不平等。

我想，我们都是人呵。

父亲的腿叉子是我送到东院的唐家的。我说过，我总是义不容辞地担负起这种容易受到夹道欢迎的差使。我把父亲打制的腿叉子递给老唐时，老唐还是以往那样先认真地看我一眼，然后接过腿叉子，内行地用大拇指肚横刮那闪着寒光的刀锋。老唐边试刀锋边问我："你爹没说多咱去九台？"我说："我爹暂时像是不去，他正趴柜盖上给九台那边写信。"老唐惊讶地说："你爹还会写信！"我想说，你不会的你以为别人就不会吗，因为面对的是老唐，还是忍住这话说道："怎么不能啊，我爹给山东爷爷奶奶的家书写得正经挺好，比我们语文老师的字都要强。"老唐来了兴致："你爹的字比你呢？"我不谦虚地说："我看不如我的。"老唐说："你爹会写繁体字，你会吗？"我问老唐："我会写英文字母和数学公式，我爹会吗？"老唐哈哈大笑，拿手掌轻轻拍一下我的后脑勺，却又认真地说道："回去告诉你爹，得抓紧去。盘缠不够先从我这里串换。"我的心里真的涌起一种感动，这种感动甚至不能够用谢意来表达。我想我不是轻易会被感动，关键在于我觉得老唐是真心的。虽然传说他外面挂着多少女人，而且还有一个私生女儿在我们班，但我觉得他做人真是挺好。一个人在外面挂女人并不妨碍他可以做朋友，它们之间不应是相互矛盾的。我想，如果有可能，我愿意和他成为忘年之交。

我回到土屋，父亲正把叠好的信纸塞到信封里。父亲把信递给我。不用他说什么，我明白这是让我去邮局把信发走。我同样很高兴做这件事情，我知道我为什么高兴。父亲把信交给我后便出去侍弄他的菜园家禽，而我几乎是急不可耐地打开信纸。于是父亲那熟悉得不能再熟悉的字迹扑眼而来。我喜欢看那信上的那个父亲，我觉得与身边的父亲是相差很大的两个人。

父亲的开首语写道："苟主任你好"

我有些好笑，不晓得九台的什么主任居然采取了这个姓氏。使我感到可笑的，还有那个好字，我琢磨不透父亲何以把这个好字写得既像是"妈"，又像是"呀"，而且那个好字后面连个标点符号也没有，这便使得开首语后呈出突愣愣的一片白，像是绵羊刚被剪刮了毛。于是，父亲信上的那开首语稍不经意便会读成："苟局长你呀"或"苟局长你妈"。我不禁替父亲担心，"苟主任你呀"的话还说得过去，倘苟主任如果眼花，将开首语看成"苟主任你妈"，后面再画蛇添足地想象出个"的"，父亲的这封信的效果就不好说了。

扔下这句话，我又浏览信中的内容。

父亲跟那苟主任说，他要求的是工作而不是下放金，还请苟主任多多帮忙。大意是这样，不过我也只能看清大意，没容我细推敲，身后突然响起父亲的说话声，我被吓得一个冷战。父亲问我："你看什么哪？"我结结巴巴地说："没看什么。"同时想尽量把信披藏起来，却又觉得无处披藏。父亲似乎控制了一下，对我说道："快去邮走。"听父亲这样说，我立刻庆幸不已地逃出土屋。直到父亲的巴掌再也扇不到我，我才顾得上回头去想，父亲还要和我说出的是什么。然而我无从知晓。其实我的目光如果能够和父亲对视一下，我大致能明白父亲要表达的意思是，可是我的目光很少能够和他对视，我所能做的，只有恐惧地低下头，听凭他的声音行事。

那天后半夜，我又听见父亲母亲在说话。我没办法，尽管我并不想听他们说话。但我承认，父亲母亲后半夜里的说话对我具有无可抵御的诱惑力。听到他们带有难得的柔缓气息的语言交流，我内心总是不由自主地升起一种炊烟袅袅的感觉。因为这份感觉，我才暗暗地不由自主地喜欢倾听。

有时我也想快些入睡，可我何谈睡得着呢。我们的土屋和许多人家的一样，仅只是一铺满族式的火炕，寒冬腊月的时候人们需要铺位挨着铺位，以此相拥相挤来获取温暖。包括我哥在内，尽管我们白天会仇眼相向，在父亲母亲的面前，在寒冬的夜里，我们仍会毫无理由地挨在一起。直到我们似乎要渐渐地长大，我哥开始隔三岔五地到宽敞一些的朋友家去住，到后来整夜整夜地在朋友家住。而我的父亲母亲，包括我们那里的任何一个家庭，都会毫不以此为意。我们的居住方式和习惯，在许许多多的家庭中被演绎着，一茬茬地延续着。那天夜里，我在炕梢，父亲和母亲依次睡在炕头。我和父母中间隔着两个谷草枕头，那是我有意放置的障碍。我希望那两个枕头能阻隔住薄薄的月光下遮挡不住的视线，我也希望那两个谷草枕头具有良好的隔音效果，能让我安然入眠。但我仍听到父亲母亲的对话。我先是听见父亲对母亲说："白天我给苟主任邮信了。"母亲迷迷糊糊地唔了一声，我以为母亲白天过于乏累不愿意多说，我刚这样想，母亲忽然声音很大地说："啊，能不能邮错了啊。"母亲这样的话很让我生气，我几乎要坐起来和母亲分辩。使我更生气的是，父亲平时对母亲杵橛横丧的，偏在后半夜这样的时段愿意听从母亲的信口胡言。我一点都不屈枉父亲,他的行动只能证明他的信以为真,听到母亲的话后他竟然立刻喊了声:"老二!我知道父亲的意思是想审问我投信的具体过程。"这种情形下我根本不会吱声。于是土屋之内一阵极短的寂静,只有外屋锅台缝里的蛐蛐在高一声低一声地叫。父亲似乎还要过来招呼我,母亲阻止道:"五更半夜的,你惊着他怎么办。明早再问吧。"母亲的这种建议,听起来似乎很好,我却不领她的情,我觉得母亲方才的那话简直是多余。

母亲说:"要不明天再发它一封。那样的话苟主任就会接到了。"母亲这样说着便声音很响地笑了一下。那声音只是一下,便被母亲小心地控制住。母亲说:"那人怎么姓个苟,咋没姓个猫?"父亲又来了不屑劲儿:"你知道个啥?没听说有姓苟的没有姓猫的,有姓史的没有姓尿的,有姓高的没有姓矮的,有姓常的没有姓短的。"这里头说道多着呢。两人说到这里似乎都有些乏,而母亲居然已打出了两个鼾声。我以为母亲就此睡熟了,不料母亲突然又问父亲:"你不去一趟行吗?"父亲声调有些变粗,听得出父亲的不高兴:"钱呢,车费宿费的。光是饭费,一日三餐得多少。"母亲反驳父亲:"一天不会少吃点吗。"父亲愤怒地捅了母亲一下,大概是父亲的出手比较重,母亲疼得缩了缩身子:"你说话归说话,打我干啥?"父亲骂道:"你那也叫话,那叫狗屁。你在家咋不少吃一顿。"母亲说:"我是那个意思吗?你一顿饭,又得有咸鸭蛋,又得有烧酒,又得有馒头,你这是上访吗,你这是旅游去了。"父亲生气地说:"你干脆给我闭嘴,我出门在外,不吃好喝好,身体有病咋整,你给治吗?你说,你能不能治!"母亲低声地说:"我治不了。"父亲接着说:"你能替我有病吗?"母亲说:"我咋能替你有病。"父亲说:"那你就别红嘴白牙说那个话。"听到这话母亲纵使生气,却也不敢再说,父亲到了这种火气,倘若再说,虽是后半夜,却同样会有重拳出击的危险。

母亲于是任由父亲去说,或者干脆当作没听着。后来见父亲气消了些,才又忍不住地说:"那去信也不如去人好啊。"父亲说:"怎么不好,去信也是要工作,去人也是这个意思。上次苟主任还特意告诉我在家听信,不要来回跑浪费钱呢。"母亲感叹道:"到底人家是当官干事,挣工资吃商品粮的,一样的话到人家嘴里就是中听。"母亲话音未落,不知他们两人谁放了一个响屁,我感到身下的炕面轻微地震动了一下。我正想就这屁的声音距离以及震动情况判断是谁所为,但为了表示我的厌恶,我迅即用被子捂住了耳朵,我想强迫自己进入睡眠状态。

5

使我略感讶异不止的,我哥居然也有了变化。譬如不再除吃饭以外全部待在朋友家,而是经常地回到家里。不再是到家里便拧眉立目,甚至有时不经提示,也能说些体贴父母的话。譬如时不时地跟母亲嘀咕父亲喝酒前须烫烫酒,酒喝得多了不能猛劲灌凉水,这些话语不是直接地说,却总要巧妙地让父亲听到,我知道我哥的这番努力会很难,但效果是显而易见的。这样做的最大的效果是母亲喜上眉梢和父亲的沉默认可。母亲后半夜里有些欢喜地对父亲说:"这老大怎么说懂事就懂事了呢,孩子要大可真是一时,只那么一时,孩子就长大了。"父亲说:"大了就好。这孩子平时总一个心眼往下出溜,不像那个。"父亲对母亲抬抬下巴:"鬼古心眼子多。"母亲说:"不过还是老大好交,我看将来得靠这又傻又实诚的家伙养活呢。"母亲说不上是幸福还是满足地叹了口气。父亲说:"那可不成,我将来谁也不靠,谁都得出钱给我买粮买酒。"母亲说:"不靠一个可不行,没看后街老何家,六个儿子谁都不靠,到老了连棺材都没人给买。"父亲说:"他们敢,我走南闯北的啥事没见过,他们敢不养活我,我砸他们大锅。"母亲抽抽鼻子,大概是想噎下一口痰:"我就不愿听你那话,砸这个砸那个的,你不让孩子活啦。"父亲说:"废话,他们不让我活,我能让他们活。"母亲撇撇嘴:"瞧你们家人那个狠,啥事都不让号。包括老二在内,都随你。"父亲却没吱声,待了一会儿暧昧地说:"我狠吗?"我急忙地堵住耳朵。

事情就是这么不公。一直循规蹈矩的,得不到什么表扬,在外杂耍够了的,浪子回头却要夸奖认可,这就是做好人的代价。看来我也要到朋友家住,出外逃学,抓蛤蟆,到野甸子去游逛,再也不摸那干巴巴的书本,到时候背着书包出去,自己掐着放学时间回来。干脆我就到东院唐家住,他家正好有两铺炕,唐老丫他哥成天修行似的躲在里屋。于是第二天晚上我就搬着被褥过去,挨着唐老丫他哥的身边睡下。使我伤心的是,父亲母亲居然没有反对,甚至有些喜形于色的意思。我想活该,这就是我的坚守在家的报应。但不管他们如何是暗自欢喜,我还得回来住。唐老丫他哥夜里手总不老实,总拿别人的当成自己的。

我想我还是考虑换个德性好的同学家，至于换到谁家，让我观察观察再说。

老唐奇怪我怎么住了一宿就不再住，待我再去他家里便问："怎么不过来住。我家也不是没地方。你们几个一起学习，学习完了你就和唐老丫他哥休息，不是挺好的事情。你若来回的嫌麻烦，干脆吃也在我家。"我摇了摇头认真地说："我还是回家住吧。我从小就是这样，在别人家住不惯。"老唐笑着说："还动不动就从小，你到底才多大嘛。"他摸一下我的后脑勺说："是不是和唐老丫她哥合不来呀，我那儿子特着呢，我知道。"我闪了闪身子，不想让老唐再摸我的后脑勺。老唐有他的儿子，我有我的父亲，老唐这样表示喜欢，我想会引起唐老丫她哥的嫉妒。我经常让我哥嫉妒已经够难受的了，再引起别人家的嫉妒，简直要引火烧身了。

话是这么说，我内心里却挺苦闷。我心知我哥的变化是冲着父亲那工作来的。为了工作和接班，他肯于主动改善关系，我以为他是假惺惺的。但父母亲居然对他的这种假惺惺表示欢喜和认可，这使我不禁失望。我想如果我哥是真心实意，肯于爱护家庭，照顾兄弟，我的心情还会捋顺一些，但我哥不会，他只会认为外人比家人好，外人的家比自己的家强，看来一心一意地在家里做儿子是没意思的，干脆让我也学他那样吧。我这样想着，开始破天荒地逃学。我体验到真正逃学需要很大的毅力，起码不是件容易的事情。逃学最难以克服的困难是止不住的空虚，有种被抛弃的感觉。而且走到哪里，空虚便跟到哪里。尽管如此，我还是背着书包到供销社、粮食所、邮局、公社、农电所、银行、信用社、卫生院,到那些供应粮和城镇户口集中的地方,来来回回仔仔细细地转。我去看那些地方的那些人,那些城镇户口的人,怎样悠闲自在地上班,躲在屋子里风吹不着,雨淋不着,毒太阳晒不着。看他们怎样扬起下巴和进来办事或看病的人说话。我观察着那些前来办事的人在得到一丝肯定后的沾沾自喜,也看到那些病恹恹的人得到医生的那么一点点假模假式的耐心后竟是感动惶恐得不行。那副架势,只要医生发一发善心,多一点宽慰和笑容,病人就愿意把医生称为菩萨,或者西方经常挂在口头上的上帝。

差不多一天的时间里,我感受最深的就是差别。我对差别的感觉驱之不去。我体会到那些城镇户口的有班上的人,他们就是生活在乡村的城里人。我想起政治老师的一句教诲,城乡差别作为三大差别之一将是长期存在,现在我才恍然明白这话的另一种解释是这种差别是天经地义合情合理的,而且这种优越与差别可以通过接班或其他的变通方法惠泽子孙,让它们永远地差别下去。我无以描述我怅然若失的心情。

我在银行门前的水泥台阶上坐着的时候,我看到去年初冬时还在生产队冷风飕飕的场院里跟着打苞米的那个"万紫千红",社员们都愿意这样地叫她,因为她每天都要擦层厚厚的万紫千红胭粉,一直擦到直往下掉渣的程度,而且她的丈夫总是因此打她。她的丈夫嫌她擦胭脂浪费,而万紫千红的态度是宁可被打死也要擦万紫千红。我看到万紫千红正挺着几乎向后折仰过去的头向银行对面的卫生院走。我希望万紫千红能够和我打声招呼,像从前我们到生产队场院里玩耍,她围着红红的三角围巾笑嘻嘻地逗我们那样。但她没有看到我,自从冬天里她爷爷找回原来在卫生院打更做饭的工作,并且安排她顶替接班,让她干起卫生院药房里兔子捣药的活计,整个生产队在她的眼里都陷落消失了。然而我还是愿意盯着她看。我发现有三只蝴蝶纷纷扰扰地围绕着她飞,后来有一只居然胆大地落在她的后背上,并且保持着不动,而另外两只徘徊飞了一会儿,也先后地落在她的肥墩墩的后背上。这使我感到很奇怪,我们这里的蝴蝶都是怕人的,见着我们都要慌不择路地飞得远远,现在却有蝴蝶选择她的后背落下,到底是因为她后背的肉香,还是因为她在接班以后,在原来擦万紫千红的基础上,又增添了往身上掸很多香水的习惯。我想都不是,她掸多少香水也除不去她身上的药腥味,那蝴蝶所以落下,也许因为她变成了挣工资的国家人。我看到迎面而过的几名社员对她讪笑着:"好漂亮哩,连蝴蝶都迷上了。"她却只是满脸不屑,甚至连笑都没笑,便直接拐进了医院的大门。我忽然想起她和老唐的事情,就是她,只要老唐从她家门前的路上开车走过,她总要站在路边出神地张望,一直到汽车走得不见踪影。而老唐不喜欢她这种过分外露的女人,老唐怕她是浸过汽油的木头样子,沾上火星就着起没完,所以从来也不肯给她机会。现在她还肯张望老唐和老唐开着的那辆卡车吗?我想老唐没告诉过我,这也不是我和老唐能够探讨的内容。后来我抬眼再想看她时,我只看到卫生院描着血红十字的大门口。我捋着银行和医院之间的大路再去看那几个社员,我看到他们褶皱的衣服和老气横秋低着头,因而显得有些驼背的身影。

使我意外的是班任老师下班就来到我们家里。当时我正磨磨蹭蹭地回来。我想这不能怪我，要怪只能怪我们土屋的位置，使班任老师从西大道回家的时候正好可以路过。我想父母亲对我的逃学大吃一惊，我为他们的大吃一惊而痛快。他们无法想象我会有学不上，以及我背着书包满土街乱窜的情景，他们以为上学对于我是棒打不回。父亲暴怒地说："惯的他，明天不让他们上学，统统跟我到铁匠炉学打铁。"我躲在院子里听着他们说话，眼里却噙着泪，我想：我死也不跟你去学那打铁。从现在开始，你九台的那个班，请我我也不接了。你们既然这样地看待我，我将来的好与赖干脆我自己托带着，与你们毫无关系。不过我终归只是这样地想，却是不敢说出来。

使我略感兴趣的是班任老师顺便交代了我哥久已有之的逃学行为，并且告诉父亲母亲，我哥经常是背着书包上学，半路直接地和其他几个逃学的会合，学校差不多放学时再散开。我觉得这倒是额外收获，平时纵使我说了也引不起重视的，如今由班任说了，格外地增加分量。不过班任早应该说的。后来班任不得不矮下他一米九〇的身体，小心翼翼地走出我们低矮的土屋，以防我们的门框将他的前额磕出个大包时，我正满眼心事地站在臭烘烘的猪圈旁。我本来犹豫着是否避开，后来我觉得还是应见老师一面。毕竟老师是为我而来的。至于我特意选择站在猪圈旁，是因为这个位置有两条路可以应急逃开，一条通往院外的西大道，一条是通到东院唐家。因为班任老师的在场，风暴没有马上降临。班任老师笑眯眯地看我一眼，低下头对竭力抬头也不及他肩膀的父亲说:"可得看好这孩子,这是我的大弟子,摊着这样的孩子不容易呢。"班任老师这样地评价我,我无法止住的眼泪便变成不竭的瀑布,不过我愿意那瀑布哗哗地流到猪圈里,我宁肯我的眼泪与那头猪耳朵下的猪眼对接。跟在他们身后的母亲叹口气说:"就这样铁匠还不知足呢,动不动就打孩子,把老大吓得整天都不敢着边。"没人接母亲的话。不过我们班任老师这次没有白来,临走时父亲送给他一把铁板锹。我想不到父亲还会这一手,父亲有这一手我感到高兴。拿把铁锹对我们家算不得什么,对于班任可能很有用。

我哥晚饭时又准时回来。我担心地看着他,同时也忧心忡忡地想着我。我想该怎样躲过父亲的视线,寻找机会早些将班任家访的事情通报给他。我哥却不理我,继续感觉良好地打着他的进步,还十分细致地拿那锡壶夹到锅盖缝里,给父亲热上酒,并且主动端到父亲桌前,一滴不洒地倒满。父亲不动声色,我想父亲不动声色的原因可能没有想好处置我哥和我的方式。唐老丫这时像个冒失鬼似的披头散发地跑过来,见到我后不为人注意地闪闪眼。她希望她的闪眼能表示出我在她眼中的与众不同。这些天她经常地过来,故作关心地问父亲母亲:"老大为啥总不回家,又暗示父母亲我哥最近又和哪几个淘出名的家伙搭成伙连成串。"但我真的不高兴唐老丫这样做,唐老丫的心思我知道,我的心思唐老丫并不知道。但我没有必要告诉她,我干吗要告诉她,她是谁呢。唐老丫站在我们土屋里,作势作态地捂嘴笑道:"老大,你们今天又到哪里去了?"我哥他就有些窘,狠狠地瞪唐老丫一眼。唐老丫却故作不见,继续说:"我刚才去张三郎家,张三郎他爹正收拾他呢。"我哥就有些急,看眼父亲,声音低低地对唐老丫说道:"你回家吧,我们要吃饭了。"唐老丫才不管我哥的暗示,继续大声地笑道:"三郎领着你们下到他们家菜窖里打扑克,对不对。"我哥终于忍不住吼道:"你给我滚。"

我哥这样地叱喝唐老丫,唐老丫脸面便有些挂不住。我看见唐老丫扛着个红脸,进退为难地站在那里。我觉得我应该说话了,虽然我未必赞成唐老丫的冒失,但如果我不说话,我就是不仗义。于是我对我哥说:"你怎么能这样对待唐老丫。"我哥说:"你别跟着瞎呲呲。"我哥瞎呲呲的话把我惹恼了,我决定让我的话更有劲,于是我说:"别以为这是你的家,这是爹妈的家。你让她滚她就滚吗,你说话不好使。"我哥气坏了,轻蔑地横我一眼:"别以为我不知道你们狗事情。"我有种预感,知道我哥嘴里不会吐出什么好话,但我仍尽力强硬道:"你说明白,我们有啥狗事情。"我哥居然说道:"你们在一起了。"我哥说出这话,我们大家全愣住了。我呆呆地站在那里,不知往下的事情怎样进行。我看见唐老丫准准地将一口唾沫吐在我哥的鼻子和眼睛上,对我哥说:"你等着,我告诉我爹敲折你的腿。"唐老丫便冲出门去。我不知不觉地摆出以前决斗的架势,并且扑到我哥的跟前,去抓他的胳膊。我哥只是一甩,便把我扔到了炕沿边。我哥边甩边说:"小崽子。"

我想我哥最后的一句话应该是重重地伤害了父亲,使父亲确定了想法。等我们反应过来,父亲已拎着竹条子堵在门边。父亲阴下他那张可怕的脸,死死地盯着我哥道:"跪下。"我哥一见这阵势，立刻条件反射地跪倒在地。我十分恐惧地看到我哥的膝盖刚沾在我们土屋的泥地上，竹条便对着他劈头盖脸地抽下来。父亲那胳膊是经常抡十八磅大锤的，那竹条只几下便被抽折。母亲这时也从呆滞中反应过来，或者母亲知道只有让父亲抽这几下之后她的人道主义大救援才能奏效。总之母亲及时地冲上前去，一边任那竹条噼啪地抽到她的身上，一边冲我哥喊："傻子，还不快跑。"我哥像得到提醒似的，轻车熟路地窜上炕面，又嗖地跳过窗户，落到院子里。我看到我哥的眼睛恶意地盯我一眼，只盯我一眼，便令我毛骨悚然。然后我哥冲我们颓败的土屋说："我再也不回这个破家了。"他大概是瞧见父亲要出来追他的样子，就再顾不上风度，仓皇地跑没了影。

　　该轮到我了。我想我的脸一定是吓得变了形。我时刻等着父亲一声跪下的命令和劈头盖脸的竹条，我先自跪下并且恐惧地哭了起来。这个时候我才悲哀地意识到，我根本不配做地下工作的资格。然而我不得不说，父亲确没有这样，也许我哥挨的那几下竹条替我挡灾了，或者父亲本没有对我进行笞刑的想法。于是极度恐惧和感动的泪水糊得我满脸都是。母亲骂我道："谁家都有哥们姐们，谁家的哥们姐们像你们。还有那个小鬼，'欠儿登'似的，别人家事她也管，哪家有事哪家到。"我说过，母亲的声音很大，母亲愤怒起来的声音更是传得很远。后来母亲大概觉出东边的过道上有个黑乎乎的东西在苞米棵子中蠕动，细看原来唐老丫她妈，那个大肠似的娘们正在她们家的篱杖上摘豆角，母亲知道那准是又在偷听，才长叹一口气，强咽住了声音。

我哥有几天没回来。没回来吃饭、睡觉,也没回来做家务活,那些挑水、扫院子、起鸡架粪的活计。父亲母亲既没有问过,也没有找他。倒是家访的班任老师,在我哥走的第三天讲完课后坐到我的桌旁,先是饶有兴趣地翻看我的文具盒,又看我如何一道道地做他亲自布置的习题,然后问我道:"你哥是不是不念了。"我对班任的问话感到吃惊。我哥真的要不念书了?我的心里没有一丝一毫的得意,反而涌起莫名其妙的失落。他是逃学,成绩差,而且因为上学能躲开些家务活,才使他勉强保持对上学的兴趣。可如果不念书,他会干什么去。就算能接父亲的班,父亲的班还没有找回来呀。同时我想一个更现实的问题:这些天他干什么去了呢?

放学时我问母亲。整天忙里忙外的母亲这时才想起我哥确实不见了。我想到母亲对我们竟是这种粗心大意,我的心里感到难过。我不敢对父亲说话,但我可以与母亲交流。我说道:"我哥他不是跳井或者投河了吧。"母亲骂我道:"你这破嘴怎么这样臭。小小的孩子,跳的什么井,投的什么河。准是去你舅家了。他去就去吧。"父亲回来时,母亲却做出一副细心的样子,把我关于我哥去向的怀疑以她的名义提供给父亲。父亲同样斥责母亲道:"寻什么短见,你看一收拾他就动不动跑开的样子,他惜命着哪。明天让小王去他舅家问问,他真要不念的话就让他到综合厂学铁匠。"母亲说:"那不太麻烦人家小王了吗。"父亲说:"有什么麻烦的,小王家离他舅那屯子近,骑着自行车一出溜就到了。"小王是父亲他们洪炉车间的小徒弟。母亲又说道:"这么小就不让孩子念书,将来不会落埋怨吗。"父亲说道:"那他就回来念呗。他们能念我就能供,多咱不念多咱拉倒。可有一样,得好好念。逃学不上跑人家菜窖里打扑克不行。"母亲无话可说,只是叹了口气。

我不太相信他们的断言。于是悄悄地跑到离家不远的那口老井旁,将那根长年湿漉漉的井绳拉动半天,我希望那黑洞洞的一方水亮里能浮涌出个头来,同时又不希望这样。结果却是一无所获。我又去附近不大有人去的树林里,看看那些柳树榆树卡杈上是否挂着人。我看到树们很好地在初夏的季节里舒展着绿叶,除了绿意葱茏,我未见到其他。我还想趁放学后去附近的大草甸子看一看,是否有人饿晕在自己挖的地窨子里。但没等我这样去做,小王已从舅父那边得到了证实,我哥确实在那里,而且已经随着舅父的简易工程队到县城干活去了。关于跟随父亲学打铁的事,我哥的答复是:"做梦去吧你们。"但这个答复小王没好意思跟父亲说,而是斟酌再三,把那答复的大意婉转地说给了母亲。听到我哥的答复,我心里踏实又惭愧,我觉得我不应该设想我哥的种种,但我真的是不希望他会出现那些不堪的局面的。我承认我对我哥怀着比较复杂的感情。

应该说,父亲母亲听到我哥的消息很是舒心。他们的一个孩子辍学去干活,他们感到快意。这使我感到沮丧。他们也许更看重能否挣钱,来减轻生活对于他们的负担。类似我的这种动不动就容易受肯定的,他们并不多么自豪或以为难得。倒是老唐以为难得,一副惺惺惜惜的样子。我内心里不禁又暗暗升起那个遗憾,为什么我不是老唐的儿子。

6

我不得不说，老唐在幸运风光的同时，也会遇到一些别人遇不到的稀奇古怪的事情。譬如年前腊月二十八的晚上，他们家的平顶下屋进去了黄鼠狼。当然这很让唐老丫她妈生气，唐老丫她妈生气的原因是我们家矮趴趴并且四处漏风的鸡架居然没进那黄仙，而她们家差不多同我们土屋一样高的砖下屋居然有黄仙光顾。唐老丫她妈还生气，黄仙钻进她们平顶下屋那么大的动静，我们家夜里居然没有听见，并且也没有主动帮助她们撑上一撑。难怪唐老丫她妈这样埋怨，这真让人心疼，她们家下屋里的四五十只本地鸡，栖在梁柁上的，落在麻袋堆上的，挤在旧家具上的，或是趴在地上的，没一只能够活命。黄仙还算讲究，除了地上的两只直接地没了头，其余的虽是倒伏在那里，却几乎毫发未损，也算是留个全尸。不过翻开脖颈上的厚毛细看，才会发现鸡脖子上原来有两个黄仙的牙印，针眼般大小。那黄仙不慌不忙地把所有鸡的血脉全吸干以后，才大摇大摆地扬长而去。我想这也怪老唐他们的下屋太过严实，如果不太严实，黄鼠狼会拖着两只鸡走，而多少留点后手的。我记得老唐站在下屋门前那难看的脸色，虽然老唐控制着一言不发，但我分明看到他的牙肌在狠狠地咬动，他的拳头抠攥得紧紧。老唐希望吃鸡的是熊，是狼，他可以伸手与它们斗一斗，但对手太贼又太小，他却无处下手。村屯里的人们很快地传播着老唐家鸡的事情，他们都感到奇怪，不知道老唐家的下屋里到底窜进了多少黄仙，他们纷纷交换着吃惊的眼神，又不断地拍着脑袋，以便回想起那些越来越淡远的往事。他们却实在记不起已有多少年没能发生这种大规模的黄害了。一波未平，一波又起。大年三十的年夜饭前，我亲眼看着老唐一边往冻得通红的手里哈着热气，一边点燃两只漂亮粗壮的二踢脚，老唐准备好好地崩崩那霉气的意思。那两只二踢脚明明被他吐口唾沫，顶朝天结结实实地冻在他们的木篱笆桩子上，点燃以后，却先后嗖嗖地窜进了他们的屋，把他们御风防寒的两层玻璃窗炸得满院子满屋都是。看着老唐眉头紧皱的表情，我立在一旁一言不发。我那时不知如何劝慰他。

老唐家里那两天来了一拨人。住得挺远的一伙亲戚，老唐开车出去时联络上的。当然如果没有老唐的主动联络，这些亲情可能会逐渐淡化并且素不相识。对于这伙亲戚，唐老丫曾跟我提起过，都是她住在齐齐哈尔的表姐、表哥、表叔、表大爷什么的。听的时候没觉出什么，然而他们一旦真的由老唐和唐老丫骄傲自豪地引领着出现在西大道时，我被他们亲戚中唯有的那个女人，唐老丫的表姐所独具的美惊呆了。我承认那是与乡村截然不同的美。那美正是我素感陌生并且一直追求欣赏的那种美。我看到剪裁适当的衣服把唐老丫表姐修长的身材衬托得袅袅婷婷，一双样式非凡的黑皮跟鞋使她在我们的雨后泥路上愈加娇羞得难以立足。还有她身上时刻漾涌出的好奇和不胜惊讶。这些都使我觉得，唐老丫的扁脸蛋以及她妈的大肠蠕动，在唐老丫表姐的辉照下简直如尘如霰。我觉得老唐的幽默潇洒倒是能配得上唐老丫表姐，他们甚至有些天造地设。但我想他们之间几乎不存在可能性。

他们从我家的大门前,也就是从我家篱杖夹成的豁口通道前走过时,我怕他们看见,躲在土屋的窗户后面继续偷偷地欣赏。我不由地琢磨:到底是什么使他们整体地与我们显得不同,使他们在我们乡村一走,立刻显出他们令人愉悦的鲜明气质。一切都因为城市。城市真是个好东西。城市是个蒸汽熨斗,把他们熨得体体贴贴,城市是个蒸汽舱,把他们熏得皮白肉嫩,城市又是个蒸汽机车,使他们能够以超然的姿态和速度在我们广阔的乡间行驶。

我想肯定是唐老丫表姐们做客的缘故,唐老丫整天都不过我们这边来了。唐老丫迅速地把我们忘记了。不过来梳头,也不娇声嗲气眼神灵活地说着唐老丫表姐她们带来的什么趣事。唐老丫真的不过来,倒令我想起唐老丫的种种好处。我想起唐老丫在我可否接替父亲工作的问题上是倾向于我的,甚至倾向得旗帜鲜明。唐老丫平时对我也是主动的,主动地给我讲她眼中的趣事,当然那些趣事中她都是主角,并且具有画中人一样非凡的美丽和引力。想起这些我便有些按捺不住。我一边按捺不住,一边极力地鼓励自己。我终于在唐老丫表姐飘来后的第二个傍晚,过到她们东院去。我想好了理由,向唐老丫他哥或唐老丫借两本连环画。其实我知道我到底是为什么。

我想接近另一种世界。因为我渴盼另一种世界。

使我惊讶的是唐老丫竟然摆出一副不苟言笑的淑女模样。两天的工夫,她便以为把她表姐的自然娇滴学得像模像样。她仿佛要从此做个小姐,注意保持自己的身份,注意与外界保持接触，注意对男孩不理不睬，并且整天猫在屋里，有人时低头做着女红或者读些闲暇读物，没人时一门心思地择个佳婿填补空虚。唐老丫的故作姿态让我觉得好笑。我知道她只是图个新鲜，别看她现在喜欢得不行，不出十天，她就要主动撕下自己的伪装，并且带头嘲笑她曾经竭力模仿过的这些做法。

　　我更为惊奇的，唐老丫表姐竟然是斜眼。这使我高兴地松了口气。但我仍是又遗憾又高兴。我遗憾她不是十全十美，美艳绝伦。我高兴的是我觉得我因此有了更密切靠近她的可能和把握。果然，当我故意向唐老丫她哥提出借连环画的要求，而唐老丫她哥居然愚蠢而傲慢地拒绝了我的要求时，唐老丫表姐用她纤长的玉手，会说话似的搭在唐老丫她哥的猴窄的柳肩上，那双斜眼却分明好看地调对着我。唐老丫表姐掐起嗓子细声软语地说："邻里之间，借本书的有什么呀。"说完她不由唐老丫她哥，伸长她的另一只玉手，拾起唐老丫她们棺材一样的红躺柜上随便扔着的几本连环画，亲自递到我的手上。准确地说，是轻而不飘地，柔而不硬地，温和有礼地递到我的手上。我的前额激动地沁出一层汗珠。我一兴奋紧张的时候总是前额沁出汗珠，尤其是见到我倾心的女朋友的时候。而我的这个毛病，我不得不说就是这个时候跟唐老丫美丽的斜眼表姐留下的。然而我并不满足，因为我还想跟唐老丫的斜眼表姐示意，我愿意和她长时间地攀谈，我愿意了解那些遥远的世界和那些世界的女人们，这对我而言异常重要。我却分明感到，在我和唐老丫的斜眼表姐之间，缺少一个必要的途径。我回身去寻找老唐，老唐却没在家，否则老唐会为我制造这种机会的。有的时候，我觉得老唐了解我的心思，就像了解他曾经有的心思。老唐会让我坐在凳子上，让唐老丫她妈炒一盘昨年打下的葵花籽，这是我们这里待客的习惯，然后老唐认真地将我介绍给唐老丫的表姐，再把唐老丫的表姐介绍给我。于是我们大家可以一边磕着旧而弥香的瓜子，一边随意寻找出一个有趣味的话题。我不禁再次用目光去求助似的寻找老唐，老唐确实没在家。

于是我只有独自地去迎接唐老丫表姐那目光。我相信她表姐的目光是亲切的友好的，她的眼睛在正视的时候，虽略为扭斜，却是灵性的随和的。她的眼睛在侧视的时候，虽是显出较为严重的斜视，不过在我看来，却因此多了份自然随便。

我想我一定很有礼节地向她点了点头。我想通过我的点头来示意友好。而她，唐老丫的斜眼表姐，也十分优雅地向我微微点头，表示对我的认可。我不会忘记，那个时刻，那样的房间里，那些人当中，我与斜眼表姐抓紧时机，进行着令唐老丫和唐老丫她哥阻隔不住的并且令她们干瞪眼的交流。那斜眼表姐大概不会想到，在我的生活和生命中，斜眼表姐将是我第一个正式面对的城市人，是我第一个友好平等地接触过的城市人，也是第一个点头向我示意的城市女性。这对于斜眼表姐只是瞬间的事，一种善意的应酬，甚至像她因为自然生理需要而眨一下眼皮或褪下裤子撒尿一样的简单，而对于我，我想却是满足着我的一种愿望。

尽管我愿意进一步交流，我仍是尽可能早地离开了。我分明感受到了唐老丫她哥眼里又在熊熊燃烧起来的妒火，甚至看到了唐老丫眼中的不满。我不在意唐老丫她哥的想法，却很在意唐老丫的态度。凭唐老丫以往对于我的热情和莫名其妙的支持，我想不到唐老丫会如此决绝。斜眼表姐是她们家的私有资源，是她们瞭望外面世界的一扇窗口，在这些窗口和资源面前，我们之间童真未泯的厮混简直是不堪一击的。我有些自尊而泄气垂下眼睑，和她们大家打了声招呼便转身走出，我甚至没有越过她们的头顶再去看一眼唐老丫的表姐。那连环画我并没有拿，那些连环画其实我早已通过别的途径看到。即便是没有看到，我也不想沾上一沾。唐老丫似乎终于拿着连环画，向我喊着什么。我却不想听她话，我只想尽快地远离她们的氛围。那个氛围，只有勾起我的情绪的低落。

　　我注意到我走出门槛时，斜眼表姐并没有站起身来，表示一句什么。这使我暗自难过。后来我想了想，斜眼表姐是对的，如果她将我送到唐老丫她们的家门口，反倒会不正常。但我仍是忍不住有些难过。

　　第四天的时候，斜眼表姐她们就张罗着要返程了。老唐还坚持着让她们留住一周，她们托词说，城市里的事情太忙了。后来老唐听明白了她们的意思，乡村太单调寂寞了。她们的新鲜劲儿一过，乡村会成为她们的藩篱或是牢笼的。老唐这样地理解，也就不好再继续挽留。斜眼表姐和那些人再次经过我家门口，要走上西大道的时候，我的心和目光都是同时躲在我们土屋的窗户后面跟着他们而行。我分明感到斜眼表姐的眼睛特意时间较长地搭落在我们的土屋院落的某一点。她要回归城市，从此可能永不再来的时候，她一定是想记住什么，或在搜求什么。

她的斜眼虽然没能搜求到什么，但她一定是感到了什么。我相信人都是有特殊感官的。我想那时我的内心真是有些触痛。我还没来得及走到她的面前，表示要和她交流呢，可是，斜眼表姐却要走了。我挺伤心地意识到，能做心情交流的，却要错开可能，不能做心之交流的，却总要朝夕相处。那时我注意地看看窗户外边南天上的阳光，阳光正亮亮堂堂地照耀着。尽管有些烤人，却照耀着生活的每一个细节，把我对斜眼表姐，对那些衣着笔挺讲究、姿势身材姣美的城市人群的留恋，照耀在通往公共汽车站的西大道，和西大道两旁郁郁葱葱生机盎然的大杨树上。我对我说："不可以再想斜眼表姐了，这种想法虽是有来由，却注定是没有结果的。"

7

谷禾蹿穗时，父亲先后接到了两封信。第一封是九台县邮来的，第二封仍是九台县邮来的。两封信分别出自两个人的手笔。父亲说，两个人都和苟主任一个办公室，或者说都是苟主任的手下。

不过为什么是他们写信而不是苟主任回信。他们回信是代表公家还是个人，如果代表公家为什么是两个人，如果代表个人为什么相互说法又不一致，我想父亲也有些莫衷一是。父亲对于莫衷一是的东西，父亲不会告诉我们。我们也不想详细打听。

但我想父亲会挺激动。无论他们传达什么信息，他们都是九台县坐在权力岗位上的公家人。能收到公家人二百里外寄来的信，或者说，九台的公家人能从二百里外的地方给父亲来信，起码说明父亲一年多的时间并没有白跑。而我们也很是激动，我们的激动差不多接近于唐老丫家来了斜眼表姐的高兴。虽然接近于，但斜眼表姐并不能与信件之间画等号，人不是信，信也不是人，这一点区分很重要。但它们都是来自城里，这一点同样很重要。

给父亲写第一封信的人像是姓张。我愿意这样模棱两可地提到他的姓氏。其实我能够清楚地记得他姓张，尽管对此父亲并没有特意叮嘱过我。父亲和我都知道，自从我识字以来一直坚持着偷看父亲的往来信件。对于我的偷看，父亲始终保持睁只眼闭只眼的态度，有时甚至特意将信件扔到家里那口大躺柜的柜面上，什么时候有我看过的痕迹，譬如信纸弄折或者信角沾上口水的汁痕，或弄上两个黑手印，父亲才无关痛痒地将信件收起。更多的时候是扔在那里不管不问了。当然这是对于一般意义上的书信而言。父亲的这种做法，我理解为是对于读书识字的支持，也许有更深一层的理由，就是父亲很孤独，希望有人能够了解并参透他的内心。因此这种情形下我的偷看与我哥对我日记的偷看具有完全不同的性质。

我还是说那第一封信，我虽然记得那写信人姓张，但对于他们的张姓或是李姓，或是孙姓，那些无所谓的姓氏符号，我本不必拥有太多的记忆。他无论是父亲在九台结交的朋友还是打过交道的同志，对我而言，已谈不上切肤之痛，就是说，我若是想忘记或已经忘记他的姓甚名谁也很正常，但由于我清楚地记住那实格与虚格相间的红色横条信纸，那些与横条信纸相关的内容，譬如那姓氏以及那格纸上的字迹，也几乎是自然而然地顺带记忆下来。我虽然十分清晰地记住了那个姓名，我不得不遗憾地说，那是一个普通得不能再普通的姓名。

那实格与虚格相间的红色横条信纸上，九台县有关乡企科局信访办公室那个上班的人说："你的来信我们收到了，你的事情已报到省城去了，你就在家里耐心等待吧。不要来来回回地浪费时间和金钱了。"

那封信里接下来的最后一句尤为重要，那一句是："有了消息我们会写信通知你的。"

落款是那个人的那个名字。

父亲读完这封信后，喜悦得有些不能自持。父亲因为不能自持，便拿给母亲看，并特意让母亲看落款上郑重的姓名。父亲特意半是饶舌半是夸耀地对母亲说，那人是苟主任手下的干将，也是能办事说了算的。母亲对于父亲热诚的举动有些害羞，其实四十多岁的女人做出害羞的神态真是有些不合时宜，尤其是母亲害羞的时候常把她的雷公嘴闭得紧紧，但母亲的害羞是真实的。母亲从父亲热诚中体验出一种叫作幸福的东西，所以她一时忘记了父亲猴子似的酸脸，很实诚地应允父亲的要求，顺着父亲因皲裂而粘满白色胶布的手，去看那几个字的签名。母亲更是画蛇添足地指着那三个字中的第一个字说："这个是弓长张的张，还是立早章的章？"父亲想起什么，果然酸急地说："你怎么连哪个张都不知道。"母亲羞惭而幸福地说："我不是只读了妇女识字班吗。"父亲便觉得他才是热脸贴上了冷屁股，嗨了一声要将那信收起来。母亲不无娇羞地要求说："知道我不识字,那你就给我念呗。"父亲有些不耐烦地说:"快收拾你的桌子去吧。连字都不认识,还抻脖子看信。"母亲并不和父亲计较,而是满怀幸福地看看我:"老二,你给我念吧。"我不敢跟父亲顶嘴,我却敢当着父亲的面跟母亲犟嘴,这是父亲和我实际生活中唯一形成的默契。我对母亲说:"他都不给你念,凭什么我给你念。"母亲气得用粗手指点划着我:"怎么跟你爹一个德性。"父亲在一旁便嘿嘿地笑。

如果没有第二封信,我们会满怀希望地等下去。可是第二封信却冷冰地制止了我们关于坐等其成的幻想。事实上我们收到第二封信,较之于第一封信而言,仅只相隔了三天。或许发信的时候是同一时间,或者第二封信竟比第一封信提前,只是由于邮路上的复杂耽搁,以致后发的反而提前。当然只要查看一下落款的日期,一切实际情形会水落石显,但那又能如何呢,我们关心的是内容。信来的时候,我们的心思和视线立即飞扑到那信的内容上了。

后来的第二封信署着另外一个名字。那信居然是用毛笔在竖条信纸上写成。我当时看到那竖条的纸,真是大吃一惊。我说不清我的预感,我只觉得那竖条纸本身就是有些奇怪,或者是不同寻常。而且我有些不敢见那种用毛笔横挑竖抹的信件,看到它们,我就心惊肉跳,我便想起往昔关于历史的沉重记载,我的心头就会泛起带着呛味的细尘,我就会因那些细尘吸入气管而剧烈地咳嗽不止。我注意到父亲看信的时候双眉紧锁,父亲在反复地阅读七八遍后,目光开始变得有些直勾勾。父亲出现这种眼神的时候，我和母亲都不敢说话。父亲眼神一直勾就说明他是进入了某种状态，而我们最好不要试图让他恢复常态。除了这样做会是徒劳之外，我们还容易招来意义不明的拳头以及斥骂。所以我们宁可耐下心来，任凭他慢慢地转过神。

我看到父亲吃力地把那竖条的毛笔信放在他的炕桌上，满脸萎靡疲倦地歪倒在炕头上，眯起眼睛一言不发，这种状态持续了一会儿，便沉沉地倒在炕头上睡觉。母亲按捺不住地小声问我："你快看看，那信上到底写了些啥？"我看了看炕头上假寐状态的父亲，不禁有些犹豫，却又受不了母亲发自真心的又痛又急的神情。我镇定了一下，尽量悄无声息地拿起信来。

我轻声地给母亲读那信的结果，是我和母亲的大眼对小眼。主要是我的大眼睛对母亲的小眼睛。那封信照样写得很短，这几乎是公家人的一个技巧，尤其这种对待上访的回信，断然不会大肆笔墨。话说得越多，漏洞越多，知道这一点是干公事的必备素质。那信上的最后一句话虽是字迹寥寥，却尤其语义深刻，像是前边的那些话，都是为着最后那一句话。

那句话说："希望你是否能来九台一次，多找几次总是有好处的。要知道过来听信总比在家干等着强。"

就是这句话，与前封信内容迥然有异的话，令我们感到费解。因为费解，我们便特意叨念并且竭力记住写信者的名字。但那句话的内容太重大了，实际上我们只顾琢磨那话的隐含意思，我们竟不知不觉地统统把那个名字忘掉，包括父亲在内，我们只能回忆来信的是苟主任手下的一个工作人员，当然是另一名工作人员。我们的记忆最终仅及于此。如果有信留存，这个困难当然会迎刃而解。问题是时间一长,那封信也不知放到了哪里。而上一封信却完整无缺地被父亲叠好,放在他躺柜中属于他个人专用的箱子里,和那些买房契约、全国粮票、布票以及往返九台的车票宿费饭票什么的包在一起。这真是没办法的事情,我们想留下的信件,以及我们想要记住的名字,我们却过早地把它们放飞到叫作爪哇国的地方。

父亲躺在炕头由浅睡到深睡,由渐渐地暮色苍茫睡到次日东方发白。后半夜的时候母亲曾想发出邀请和暗示,希望他能回到他们固定时间的谈心聊天节目中来。我躺在炕梢也这样地想,我甚至要想方设法地帮助母亲。后来我想我有责任继续保留这一秘密,况且我虽左思右想,却仍设计不出如何邀动父亲的办法,于是我只有选择沉默。父亲天明起炕时终于开口说话了。他满脸严肃地说,他得尽快张罗去九台。母亲担心父亲这个状态,便劝阻道:"哪有听到句猫话狗话就去那九台的。你这人总是捺不住性子,听着风就是雨。"父亲急着说:"我做件事,你怎么总在后头跟着瞎呲咧。"母亲接下来的话就显得有些不识时务:"要不再问问东院老唐,这事该怎么办?"父亲急道:"你说什么?你啥都听他的,你干脆嫁给他算了。"母亲立刻气得眼泪汪汪,好像遭到多大屈辱似的,声音也就提高了许多:"你这人怎么老没个正经的,我都这么大的岁数,你还跟我说这个话。世界上我就没见过你这样的。"父亲蛮横地说:"今天你就见着了,咋的吧,有能耐你告我去。"母亲说:"我告你顶个啥用,老唐他经验多,找他好好商量商量,也省得遇事没个主意。"父亲见母亲如此碎碎叨叨，火气已被激发了出来，便大声呵骂道："他的经验多，我找他商量，我不如找那大叫驴商量，不如找那泡卵子商量，不如找那老牤牛商量。"母亲气得顾不上害臊："你不是穷吗，不是拿不起那路费车费吗。这次不找人家老唐，我看你还哪儿去借。综合厂借你一年钱了，你寻思还会借你吗？"父亲简直狂吼起来："我走着去也不去借。现在我警告你，你若再跟我多一句，看我敲了你。"母亲听见父亲这话，条件反射似的看看父亲手里是否拿着掌锤子或钳子，母亲看见父亲虽是两手空空，却仍是哆嗦着攥成掌锤子或钳子的形状，便识相地噤了声。

父亲说："你说呀，你咋不说了呢。你的章程呢。"

母亲噘起了她的雷公嘴，细心地给父亲收拾东西。但钱上哪儿借去呢，想到这个问题母亲就不由地叹气。看父亲那副凶煞的样子，虽是狐疑，却不敢再问。

8

我们从来没曾问，父亲是怎样与舅父联系，及时召回了我哥。父亲有召回我哥的权利，但我们感到疑惑的是，父亲如何能够想到他的大儿子。那时我哥因为进队时间短，上不了墙，差不多属于比学徒还学徒的阶段，还只能干些筛沙子、抛砖之类的活计。舅父这样的安排并没有什么不当之处，瓦工也是相当专门的一种行当，要想掌握，谁都得从最基础最零星的做起。我想说的是，我哥从工地一回来，给人的感觉像一颗闪耀的新星，升起在我们土屋的上空。母亲在这颗新星的光耀之下，简直成了彻头彻尾的追星族,而父亲听说工地每天要给我哥开成手瓦匠的工钱时,平素见到我们总阴沉沉的脸上居然也现出一丝开朗。同时仅只二十来天不见,我哥居然整体上扩张了不少。我不能不这样地说。他由姜黄变得红润,由干瘦变得健壮,由眼神发苶变得富有神采。而且他的上唇居然钻出了毛茸茸的细胡子尖。我觉得工地真的了不起,是工地使他像是整个换了一个人。

我想,如果工地具有这样神奇的力量,让我也扔下课本去干活吧。我哥是舅舅的外甥,我同样也是。让我去当一个技术精湛的瓦工,去揣着沉甸甸的钱回来。哪怕那钱上尽是血泡和老茧。

母亲看我哥的眼神都变了。母亲的眼睛里长出两只厚实而温暖的小手,上下地抚摸着我哥。我哥走到哪里,母亲的眼光会跟到哪里。母亲享受精致套餐似的跟在我哥的身后问:吃的什么伙食,住的什么地方,盖的被子厚不厚,睡土炕还是睡板铺,炕有没有人烧,板铺潮还是不潮,一天能睡多长时间,够睡不够睡,不够睡怎么办,夜里蚊子咬不咬?母亲的问话我能列出漫长的一串,母亲还要杀鸡宰鹅,说要给我哥补养身体。真正要动手时,想到那公鸡和公鹅已被父亲宰吃得差不多,而母鸡和母鹅正处于下蛋时节,母亲才在给我哥做的土豆炖豆角中多放两大勺荤油了事。我哥却吧嗒着嘴没良心地说:"家中的菜实在不如工地上的好吃。"母亲听了这话既高兴又遗憾。

老唐远远地隔着我们两家的篱笆,乐呵呵地和在菜园子里摘黄瓜吃的我哥打招呼。但老唐只是招呼,并没有过来和我哥话寒问暖。如果换了我,我想老唐会热情爽朗地过来,而且没准会因此布置一顿便宴,专门地请我过去。想到这些,我落寞的心情不禁生出丝丝温暖。唐老丫自然又跑到我们土屋里来梳头,一边通过镜子的反射来观察打量着我们的每一个人。斜眼表姐的到来,像是在她生活的河面上扔进一颗土圪垃,或伸进一根柳叶枝条。虽是泛起些许涟漪,却很快平静如初。她表姐走后,她也许才意识到平时最能够朝夕相处的还是我们。与此同时,她早已忘记了我哥对她和我之间的带着想象成分的恶意揭露,那些无中生有却令人想入非非的诽谤。

唐老丫动作夸张地做着梳头的动作。她做出头发被自己揪疼和胳膊举得太酸的娇弱自怜的表情。她的表情和我们土屋墙面上挂的那面镜子,镜子上印着的南京长江大桥竣工和三面红旗的图案,斑斑剥落的镜漆,以及自窗户投射进来而变得折曲分散的阳光组合在一起,使人不由产生一种错觉。一种印象派油画般的错觉。我哥似乎也不再反感唐老丫,而是以他的小眼特意地注意到唐老丫新近突兀起来的胸,我哥的眼光是那样地直接和迫不及待,连唐老丫也感受到了。唐老丫的脸有些红,唐老丫一脸红我便没来由地跟着担心,我以为她又要吐我哥一脸唾沫,那样的话我绝对不加以阻拦。使我失望的是,唐老丫却更加卖力地向后弯举起正在束发的胳膊,以使她的姿势更加曲折曼妙,主要是使她胸前小小的乳房更加明显。

唐老丫似乎想和我哥找些话题。于是特意地问起我哥他们是否有机会到电影院看电影什么的。唐老丫说有一部日本电影《追捕》非常好看,还有一部《望乡》更加精彩,精彩到连小孩都不能进去看。唐老丫裂开大扁脸上的大扁嘴,在我们的土屋里愤愤不平地叫着:"凭什么大人看的小孩就不可以看,怕小孩子看干脆就别放。这个社会大人干些啥都行,小孩子就不行。小孩子不是人吗?"唐老丫的这些话让我们不得其解,到底是谁限制她了,她这样突如其来的话语更使我们无法对答。后来唐老丫听说我哥他们干活的地方虽在县城,却是地处偏远的城郊,虽有业余时间,却是除了睡觉就是睡觉,没看过一次电影,甚至没听说过《望乡》,便很是失望地起身而去。而我哥,死死地盯着唐老丫扭措着的屁股,一直到她走出屋。我哥盯着唐老丫的时候,我盯着我哥。我感觉到我哥真是变了,到工地几天的工夫就变了,他的肉体里在膨胀着一种东西,这种东西我还不能够准确地体验到。但具有了这种东西,人就会很快地发生变化,而这种变化,大概构成了成人与少年的区分。

我哥算是带了一百元回来,是他工资的借支。如果不是因为工头是舅父,没人肯这样提前预支的。但如果不是我哥的干活,舅父也是不肯借的。舅父对母亲说他宁可白送父亲粮米,也不借给父亲钱款,舅父说他绝不肯借钱给父亲装酒喝酒和耍酒疯。舅父对母亲跟着父亲过的这种日子似乎一直深恶痛绝。我哥的借支,也可以说是舅舅的先期支付。于是母亲又不停地念叨她弟弟的好。

不知什么时候长的心眼,我想大概是和他的身体变化同期的,我哥居然聪明地留起来其中的三十元,只把剩下的七十元当着母亲的面交给了父亲。那都是壹圆钱一张的人民币,七十元便是很厚的一叠钱。说实在的,够父亲去九台住上十天半个月的。但我分明看到父亲期望值很高的脸上拂过一丝不快。我听见父亲问道:"不是让你拿回来一百块吗?"父亲这样地问,令我想到舅父在付给我哥之前或之后也肯定将钱数转告给了父亲。舅父的这些做事方法真是令人受益不尽。我听我哥说道:"剩下的那些,我有点用。""剩下有多少?"父亲有些咄咄逼人。父亲的这种态度,我哥也来了气:"剩下三十,咋的?"父亲那情势像是要发作:"把那三十拿出来。"

母亲总是能够在她自认为需要的时候及时插话。母亲说父亲道:"七十块钱不够你用吗?"父亲没搭理母亲的话茬,母亲心犹不甘,母亲又说父亲道:"你要那些钱干啥,你的手脚那样大,给你个金山你都花光了。"父亲说:"放屁,我干啥花了,我花钱不是为了你们吗?"母亲噘起嘴说:"你整天喝那尿汤子也是为了我们?"父亲便说:"我愿意。"我想不到母亲说话也挺锋利,母亲说:"你可不愿意,孩子这么小的岁数,谁不是念书待着,能出去给你挣钱,你就烧高香吧。留三十块咋的,孩子大了,遇个大事小情,人情来往的,兜里不得揣俩钱吗?"父亲说:"不会先把钱交上,用钱时朝家里要吗?"母亲说:"你欠了一屁股饥荒,能朝你要个啥?"我哥也忍不住愤愤地说:"你除了房子像个猪圈,你还有个啥呀。"父亲一拍桌子:"好啊,翅膀没硬就先爹上了。我问你们,你长这么大谁养活的你,谁给你挣的口粮,谁给你吃穿,谁供你上学。"我哥说:"你净供老二了,没供我上学。"我气得干瞪眼,我想他们要钱留钱的与我何干。但没等我说话,父亲已经说道:"没供你上学,你这些年见天在家待着啦。刚干几天活,先把自己那小份子留出来了,你不还在这个家吗,你只要在这个家一天,就得交一天钱。"我哥说:"我要不在这个家呢?"父亲的手又像是握了把钳子:"那你痛快给我滚,别再回这个家,可有一件,钱得往回交。"母亲听见父亲居然让我哥滚,生气冲父亲说道:"我就没看过你这样当爹的,你这哪是爹,是黄世仁。"我说过母亲的嗓门大,母亲生气起来,稍微地放大些声音,听起来就是滚滚咆哮。

父亲啪地一个耳光扇到了母亲的左颊上。这个耳光闷实实的不是很响,我们一听便知道父亲出手很重。在别的家里,这是大战爆发的信号弹,在我们土屋里,这常常是他们之间迅速结束战斗的前提。父亲暴怒的耳光对母亲来讲常常是清醒剂。我相信母亲若有可能,一定会重重地扇父亲一个嘴巴,但母亲不敢。母亲知道果真那样,父亲会立刻抄起斧子或菜刀。至于父亲能不能抡起那斧子或者刀,并且使它们飞快地落下,母亲不想做这样的试验。但我觉得父亲这个耳光用意很深,父亲不仅打给母亲,也是打给我哥,所以耳光就格外地重一些。我看见母亲的左颊顷刻便红肿起来,母亲吐口唾沫,那唾沫尽是带着血水的沫子。母亲含泪指着父亲:"你这人,一辈子白活。有能耐到九台使去。"父亲没有吱声。我看到我哥站起身来,把拳头攥得紧紧,但他站起身来才清醒认识到,尽管他生长得如此之快,却仍只及父亲的耳梢。因为这样的高度,使他只是握着拳头,没敢上前。而父亲也先是一惊,甚至老猫遇敌似的后退半步,却迅即又调整过来,暴突着眼,盯着我哥的一举一动。我看到父亲的眼光之下,我哥也试图将他的眼光勇敢地迎上去,但只迎到一半,便被他薄薄下耷的单眼皮挡住。我听到父亲的鼻孔里不屑地哼了一声。

母亲说我哥道："你们都是祖宗啊。丁点儿的小岁数，揣那么多钱干吗？也不知个好歹，没有你舅，谁能借给你这么多钱？"我哥小声嘟囔着："那是我自己挣的。"母亲说："胡扯，你干啥能挣这么多钱，不是你舅，拖你两年，不把你拖黄才怪。"父亲听母亲这样说，便反驳母亲道："干活给钱，天经地义。谁的账让他给拖黄了？"母亲说："就是不拖黄了，拖你两年，你还有啥招儿使咋的。"父亲说："他敢拖我，我砸他们家玻璃。"母亲说："你不讲理，我不跟你说。"父亲像是替我哥说话，我哥却不买父亲的账，仍是乜起眼皮看也不看他。母亲对我哥说道："你不抽烟不喝酒的，留那些钱干啥。再拿出十块，自己留下二十元也就够了。现在就分家分心的，将来谁给你说媳妇。"母亲这样一说，我听到父亲和哥哥的鼻孔同时哼了一声，而父亲听见我哥居然哼他，于是又格外重重地哼了一声。

我哥索性把钱都掏出来，扔到炕上："我都不要了，你们不就认钱吗。"那钱便明晃晃地散在炕上，一时谁也没上前将钱收起。母亲有些心疼哥哥："不让你留点零花吗，都拿出来，你用钱时咋办？"我哥没吱声。母亲下边的话便又有些画蛇添足。母亲说道："这钱还是先还给老唐吧。上两次从人家那里拿钱，共欠人家一百二十五块。七十块钱你上九台，剩这三十块钱，正好先把零头还上。剩下那五块，给老大平时用。"父亲说："你别总是老唐老唐的，怕我借钱不还咋的。他那钱，秋后结算工资时再说。"母亲说："你怎么有钱不还。"父亲瞪起眼睛："废话，他爷他奶有半年没邮钱了，这钱不邮，你去给邮吗？"母亲嘟嚷着:"自己爹妈自己养,卡儿子钱养爹妈,算什么能耐。"我哥本来生着气,听母亲这样说,便怨怨地看着这些钱,又仇恨地斜看父母亲一眼,当然那眼光也没落下我。看那意思抬腿要走的,大概是想起了舅父的嘱咐,才强忍着留下来。

午饭时,父亲似乎要做出解释,或平衡一下关系,于是坐在他的炕桌旁,对着我们这边的炕桌说道:"花你们点钱也是应该的,别说你老大,就是你老二,将来也要一样不差地给我买酒喝。"母亲还要接上什么话,我哥却阻止母亲道:"别跟他说,没用。"母亲于是和我哥会心会意地交换一下眼色,复又吃他们的饭。我的心里有些不受用,他们之间眼色的密切交换,使我感到我与他们的远离。我究竟因为什么跟他们远离,连我自己都找不到原因。只是我心里奇怪地涌起一种感觉,除了冷落,我知道还有不满。父亲看了母亲和我哥一眼,又说:"我养了你们那么多年,用这么点钱你们看着了,我这钱给谁用,是给你们找工作找户口。"我哥头也不抬地嘟囔说:"我看你们是给老二找呢。"我听我哥的话就有些急:"我招你惹你啦,你有话非得冲我说。"我哥不屑地说:"别跟我装那三孙子,你不就是会溜须拍马屁吗?"母亲拿筷子磕打一下碗,母亲吃得香或吃得快时总喜欢这样,母亲要说话时似乎也喜欢这样。母亲说道:"吃饭就是吃饭,别因为那工作叽叽咕咕的,你们再要这样,你爹那工作要找回来,谁也不给。"我哥对母亲的话很是轻蔑:"那班有啥用,给我都不要。我认可要饭也不打铁。谁会溜须谁要吧。"父亲筷子往桌沿上一撂:"你说啥?"母亲瞪我哥一眼:"你不说不行吗,跟他能说出个啥来。"我哥趁父亲低头夹菜,又没好眼神地横上父亲一眼,然后将手伸到南窗那瓶已长得绿油油的葱上,咔地折上半棵,蘸上大酱,咔吧咔吧很响地嚼。我问我哥:"你干吗撅我的葱?"父亲和母亲都没吱声。他们没啥吱声的,包括我哥都会知道,那葱是我精心养护,平时一个葱叶都舍不得动的。我哥同样地横我一眼,故意嘎巴着嘴,不出声音地骂我小崽子之类的话。我的火气也腾地上来,我伸出手就要夺下他还没有嚼完的葱,扔到院子里。我不知道我为什么动不动就这么大的火气,在这样一种环境里,再没脾气的人,也会动不动就怒气冲冲。我哥动作很硬地挡住我的胳膊,仿佛要气我似的,又伸手掰断另一棵葱。我大叫道:"不要吃我栽的葱。"母亲呵斥我道:"两棵破葱,你哥吃就吃呗,他总也不回家,你看他一回家你这个样,谁像你们似的。"母亲这样地说,我立刻满眼里都是泪。我哥横母亲一眼:"都是你惯的,整天锹镐都不摸,装模作样端着书,我就不信,能考上大学咋的。"我看父亲已经是忍不住了,如果没有我哥最后扔在炕上的那些钱,父亲说不定碗已经扣到我哥的脸上或身上。父亲说我哥:"我看你是回来找碴来了,是不是。"父亲几乎要站起身来,控制一下才继续坐着不动。父亲阴着脸命令我哥:"你给我跪下。"父亲的命令让我哥愣住了,愣完之后我哥便觉得可笑。我哥大概觉得父亲时至如今居然能够说出这样的话来,真是有些荒唐至极。于是我哥像没听着父亲的话似的,把筷子和碗往桌上一撂,下地便走。我哥一边快速嚼着口中的饭食,一边谁也不看地对母亲说:"这个破家,我再也不回来了,今后有脸你们就别再找我。"母亲慌慌张张地追出门去,对哥哥的背影说:"你啥时候回来呀?"我哥远远地说:"你别管了。"

土屋里的我有些害怕。我怕父亲会不顾一切地追出去,或者迁怒于我。但父亲没有追出去,而是将头探到窗户框那儿,冲着外面骂着:"杂种操的,翅膀硬了是不是,等着吧,到时候我一堆儿收拾你们。"然后父亲重新坐好,一粒一粒地夹他的下酒菜,那些炒熟后迅速地浇酱而成的酱豆。我想了想,壮起胆小心翼翼地对父亲说:"你别跟他生气了。让他接上班,户口再给他变上,他就不会这样了。"我不知道为什么挑这个时候跟父亲说这些,但说完之后我心里真的开始奇怪地坦然。我想,这就行了。倘若知道说出这话便能坦然,我早该摒弃那些胡思乱想。与其因为抢着接班便要带来永无完结的恩怨计较,我宁可选择心情坦然。那时我才觉出我早已隐隐生发这种想法,只是如今才将它说了出来。

父亲看我一眼,没有说话。我有些紧张。我本来想告诉父亲,此刻我也很想考虑学个手艺,但我还是没有说。不是不能说,我确实没有和父亲交流谈心的习惯。

我不知道我为什么要送父亲去车站。即便不送,父亲完全可以一个人利手利脚地蹬上客车,到达我们那座县城再换乘上通往九台的列车。或者即便是送,也完全可以送到我们土屋门口或者我们的菜园篱杖外边为止。如果我是这样,无论父亲或是我,我们都会感觉方便一些。父亲会如一条剑鱼,哗啦啦地在外面那些时光、事件以及人群的湖水中窜游,而我们,如小鱼小虾,静静地守候在凹角的浅滩上,享受着浮游植物的亲柔,以及那种苍白的却稀奇而珍贵的水底光线的折射。

然而我还是选择去送父亲。我的送行没有征得母亲或父亲任何一个人的同意。一个男孩对父亲的理解，我想也许就在那一时候、那一行动之下产生的。我体验到那种理解来得毫无征兆，甚至是奇怪和偶然。谁能够相信，一个眼神，一句话语，一次举动甚至呵骂，便能忽然间地拉近原本应亲近的关系。就在那一个奇怪的和偶然的行动间，心与心间会跨越湍急的河面而搭起一座桥。尽管可能是独木的、单孔的、粗糙的、简易的、临时的。

我一言不发地尾随在父亲的身后，看他新添的白发和他用来拎帆布提兜的缠满了白色胶布的手。他的手指上，到处都是皲裂的茧口，那新胶布与旧胶布之间，沾着不少的脏黑的泥污。我意识到，父亲即便是一条剑鱼，也是一条孤独剑鱼。父亲注定是一条没有目标又到处是目标的剑鱼。一条因背负着沉重的包袱而沉重地喘息着的剑鱼。

那一切，原本是我们应该具有的。而父亲所付出的一切，都是为着找回原本的一切呀。可是我们能够找得回吗？即便我们能够找得回，我们能够找回已经流逝了十几年的时光吗？如果为此竟是心头的千辛万苦，或是伤痕累累,那又有什么意义呢。

我将身形掩在水泥电线杆的后面，只露出一双眼睛。我用我的眼睛记录着父亲站在灰土飞扬的路边等车的那一时空。看着父亲等着搭车的身影。我忽然产生一种憎恨，我憎恨在那个时空内行雨行风的城镇户口。

那辆客车开过来了。我看着父亲尽力地往黑压压的拥满人群的客车里拥挤。在父亲回转身来，以便客车门顺利地拉上的一刹那，我看见父亲的眼睛正对着水泥电线杆旁我的眼睛。

我想追逐着那破旧的，延边客车厂生产的，并且涂着红白油漆的机械怪物喊："别去了，我们不要那集体工作，也不要那城镇户口了。"可是我最终只是躲避在水泥电线杆后。我的身体一动不动。

9

一年中最闷热的季节来临了。这样的季节里，密不透风的植物们都处于静静的状态中。层层的苞米棵子交织着茎和青叶，组成一道厚实实的向四外延展的墙。谷禾下挑着青黄的穗子，若是不知底细地走进地里，除了浑身很快便会被汗水浸透，那些舒张着的谷叶还会将裸露的皮肤拉出道道的血痕。鸡鸭鹅们小心翼翼地躺进坶圈里不肯出来，偶有几只鸭子肯到太阳地里出来，也是因为院子里废弃的铁盆或大锅里可能洼存着的一些污水。它们伸出扁嘴出出着，用含水的嘴去尽量淋湿身上的毛羽，再歪起脑袋冲着刺眼的阳光嘎嘎地叫上几声，然后重又跋到坶圈里。这样的季节，狗们会逃到凉湿地，四肢展开，尽量将肚皮贴紧地面趴下来，然后吐出它们猩红的长舌头，阴沉沉地盯住每一个它们认为可疑的陌生人。这样的季节，除非天边涌来一片乌云，遮蔽晴日，然后狂风刮起，骤雨瓢泼，才能迅疾地驱走四处蒸腾弥漫的暑意。然而雨停后只是半个小时，会觉得空气较之以前更增加了一种潮热。而这种潮热，是容易诱人生病的。

这个季节，睡觉成了一件痛苦的事情。除了躺在炕上动不动就会出一身汗外，蚊子、苍蝇、跳蚤会成群地繁殖。而且忌于鸡雏和鸭雏，又不能充分地喷洒药液，那些沾上药物的苍蝇们会故意地落到鸡雏们面前，以便临死时抓一个垫背的。也有不少的人家是吝惜那药液的费用，认可苍蝇嗡嗡成群地飞来飞去，蚊子、跳蚤阻挡不住地叮咬。这个季节，没有人敢到臭烘烘的积着雨水的敞口猪圈里去起粪。只要卷起裤腿，站在那种猪圈里，一会儿的工夫，小腿上便会捉到二十几只的跳蚤。我所以确定为二十几只，是我们上访的前一年，父亲一边不听劝地站在猪圈里起粪，一边笑嘻嘻地将一只只跳蚤捉给猪圈外面喂鸡的母亲看。父亲属于那样一种血型，招蚊子而不招跳蚤，跳蚤落上也没太大的反应，不像母亲恰恰相反，招跳蚤而不招蚊子，那只跳蚤只消在母亲的胳膊上咬上一口，便痒痛难忍，挠上一挠，便是成串的红包。

这个季节，老唐不肯在正房里住了。老唐嘴上说不在正房里住是嫌正房里热，其实他是嫌唐老丫她妈大肠似的蠕动。唐老丫她妈大肠似的蠕动并不碍他的什么事，他完全可以闭眼不看，问题是老唐糊弄不了自己，老唐以为他就是闭上眼睛也看得到。我觉得老唐这一点与父亲迥然不同，这么多年我就没发现父亲嫌母亲这样或那样过，即使母亲睡觉总是张嘴大睡，并且鼾声如雷。我无法评价他们的这种不同究竟哪一个算是更加高明。

老唐相中了他们下屋的平屋顶，说躺在那平屋顶上会爽快得很。他特意从供销社库房里拎来只木梯,又在平房顶上铺上凉席,凉席的左边摆上两把大蒲扇和一壶茶水,右边和头顶上摆放两盘蚊香,不消说,这些什物也都是从他们供销社里拿来的。以老唐在供销社的方便条件,做到这点轻而易举。准备完这些,每当月光初照,万籁齐鸣的仲夏之夜,老唐就会认真地爬到下屋顶上,仰面朝天地躺在凉席上,一边清晰真切地数着夜空中的星斗,一边享受着那些不需要蒲扇便时时送过的习习晚风。不过老唐从不让唐老丫她妈登上屋顶,说唐老丫她妈的身体会污了他洁净的地方。其实他纵使让唐老丫她妈登上,唐老丫她妈也会自谦地连连说不行。唐老丫她妈对我们说她十分地晕高,有恐高症。别说下屋的平顶,就是台阶高上一些都会使她血压升高,心跳不止,得眼珠动也不敢动地盯住台阶,倒退着撒爬下来。我无法相信唐老丫她妈的话,春天鸡刚开张的时候,我们家的一只吃里扒外的母鸡,居然挑战似的把鸡蛋下到唐老丫她们家的下屋顶上。我亲眼看到唐老丫她妈在发现这个秘密后,踩两把叠高的方凳,拙而不笨地将那七八个鸡蛋尽数兜进她的围裙,并且完整无缺放到她家的橱柜里。我向她要鸡蛋,她态度坚决地说是她家的鸡下的。我觉得她瞪着眼睛说是她家的鸡下的,还不如说凡是下在她家的鸡蛋都是她的鸡蛋,或者说那鸡蛋干脆就是她下的,那样可能更接近于合理。尽管如此,我实在不忍心揭穿唐老丫她妈关于恐高的一派谎言,除了她毕竟是唐老丫她妈以外,我知道她张口闭口地说她恐高,并且说得那样坚决,于她而言也许是最好的方式。如果她再不肯这样嚷嚷,而是踩着两只凳子直接地察看老唐,面临她的只有以前的结局。

我们十里八村的都知道，老唐曾坚决地和她分居两年，后来她义无反顾地走了回来。

唐老丫她妈坚决地恐高，是因为她比谁都清楚，一年中最热的那些夏夜里，老唐的下屋顶上总会接连出现一个神秘女子。除了老唐和唐老丫她妈，谁也不知道那个女子是从哪里来的，每夜又是什么时候走的。这真是极少数人才能知晓的秘密，而我所以知道，是因为其中的一个夏夜，母亲灵感突发地让我搭梯子爬到我们土屋的屋顶去捅烟筒灰，就是把拴系着绳索的砖头吊进去，直上直下地在烟筒里拉动，使那些积得太多的烟灰掉落。母亲说这样灶坑便能够好烧一些，她的酱土豆也能更快更好地烀完。就在我爬到我们土屋屋顶上，上下地拉动绳索和砖头的时候，我突然听到了一种奇怪的夜鸟在叫。我惊讶地察看夜鸟的方向，却看到两块模糊的白色扭结到一起。我说的没错，的确是两条白影，朦胧夏夜里的白影。我痴痴地看唐家下屋顶上的几乎成为一体的白影，然后环顾我们村庄里的房屋，以及将我们村庄围绕起来的深海一样的青庄稼，我意识到老唐和那条白影算是躺在了我们这个村庄的最高处，因为他们躺在几乎与杨树梢和榆树杈同样的高度，使得月亮的光华能够最早沐浴着他们。我觉得此时我眼里的白影，与我们夜的乡村已经彻底地融合在一起。与此同时，我顺下眼梢，我看见老唐的正屋窗里正在向外飘散着一缕缕连续不断的叹息，那叹息奇怪地扭结着，并且扭结出一种类似于大肠蠕动的形状。

我没有把我所见的说给母亲。我为什么要说给母亲呢，我愿意为下屋顶上的老唐保守秘密。我愿意遵守秘密，除了因为平房顶上的是老唐，还因为我挺喜欢那种月光下的情调，我觉得那两条白影挺美。天呵，我竟然觉得那几乎成为一体的两条白影挺美。因为我是这样的想，我不会拾起一块土坷垃，准准地往那两块白的中间抛过去，或兜起一盆水，趁他们不注意浇他们满头满脸，或点起一把火，让房木在他们周围燃起美丽的火焰。如果我要做，我只想掐下一箩筐的榆树叶，当然不是杨树叶，杨树叶总是一种浓浓的呛鼻味儿，而不像榆树叶总令人感觉到一种素淡的清香。我会爬到更高的树巅上，撒化肥一样地撒那些榆树叶，让榆树叶成片地落在他们的周围，或抱来青青的谷禾，缠满他们光脚走下屋顶时的木梯。

我想这样做的时候，也许我还不知爱为何物。我的内心里却的确隐隐向往那种炽烈的火一样燃烧的爱，那种死去活来披头散发茶饭不思的爱。

也就是这样的季节里，我去找唐老丫和唐老丫她哥。我看见他们家外边的门挂着，我便直接地走到他们的窗前，扒着他们的窗户往里看。我至今还为我这样的无知鲁莽而惭愧。我不得不承认，我是生活在我们的习惯之中。我想既然大白天的时间里挂着门，就应到窗前看看屋里在干什么，是不是睡着了，还是没听见，然后由我大声地招呼他们起来开门。就是这样。所以我径直地让脸贴在了唐老丫他们的窗前，因为我的脸是径直地贴在唐家窗玻璃上，我便没办法不对窗玻璃里面的情景一览无余。如果窗玻璃后能有层窗帘就好了，但是的确没有。尽管唐老丫他们在老唐的努力和创造下，正享受着我们村屯富裕阶层的生活，他们却的确没有窗帘。也许他们没有挂起窗帘的意识。

我见到唐老丫和唐老丫她哥俩人躺在他们的里屋炕上。我看到他们共同躺在一个灰色的毯子里。那席毯子大概是老唐参加活动的礼品或纪念品，也许是谁家结婚帮忙出车的馈赠品吧。我看到唐老丫和唐老丫她哥的时候，他们也突然看到了我。他们显然经历了瞬间的惊呆以及不知所措，然后唐老丫她哥靠在炕墙上一言不发，而唐老丫圆脸红红，正努力做出不自然的笑，一边向我喊："我们正过家家玩呢。你也过来玩吧。"

我没有点头也没有摇头，只是歉意似的笑笑。我形单影只地走上西大道。我顺着西大道，走到乡路旁的那片谷禾地。我看见那片谷禾地被苞米地和土豆地包围着，那些土豆们，在谷地的一侧开着蓝色带黄芯或白色带黄芯的花，蜻蜓和燕子在它们的头顶上飞来飞去。我又去看那大片谷禾地，那满眼的谷禾，正呈出排排婆婆密集的姿态。我知道，再过两个节气，它们便要渐渐变得金黄了。它们变得金黄时，便是它们成熟之时。而它们现在，正在为以后的成熟做着准备。

唐老丫他哥出现在我的身后。他双手抱胸，以那样的姿态对我说："我们在过家家对吗？"

我鄙夷地看着他，摆出一副疑惑的表情："你在说什么，我听不懂。"

10

　　父亲回来了。老实说,父亲的样子很令我们吃惊。他眼窝深陷,两腮下塌,几根稀而发黄的胡子像爆满了灰的干豆角秧。他眼睛发滞,目光却亮得吓人。母亲还像以往那样说些嘘寒问暖的话,父亲视若无睹。父亲站在我们的土屋中,有些陌生地环顾一下周围的简陋摆设,似乎十分地心烦,那帆布提兜也被他垃圾似的扔掉。

　　母亲见是这副情形,也不敢多问,忙铺好枕头,让他先歇息下来。父亲一声不吭,直接地躺在炕头他的老位置上,任凭他的一只鞋子掉到地上,另外一只耷拉在脚趾上。母亲忙上前将脚趾上的那只鞋子脱下,见父亲的那两只鞋子也不知在哪里踩过,一只泥乎乎湿唧唧地进了一些水,另外一只还沾了黑药丸似的羊粪蛋,母亲抬起眼就想心疼地叨咕父亲几句,却又不敢乱说,只好叹着气将鞋子扔进墙角那堆待洗的烂衣服中。做完这些,又上前脱除父亲又湿又脏的已露出一根脚趾头的尼龙袜子,父亲也不理会,只是继续瞪着两眼,直直地注视着我们土屋的棚顶。那棚顶糊着不少打着对勾横叉的卷子纸,都是我哥和我念书用过的,也不知父亲在琢磨或审看哪一类型题。

　　父亲就那样一动不动地躺着,母亲不敢惊动他,以为过度疲乏了,歇过劲儿来就会好的。等母亲把捞饭炖熟,酒也烫好,想招呼他吃饭时,父亲却仍是这副样子。这时一个小时已经过去了。母亲见这情形,没了主意,慌慌张张地打发我去找老唐。老唐恰巧在家,便大步流星地走了过来。听母亲叙说了经过,又察看父亲的情形,老唐语气肯定地说:"没大事的,连紧张带累,气血滞淤,调养调养就好了。"

老唐十分把握地招呼父亲:"大哥。"父亲不动。老唐提高声音说:"大哥,跟你说话呢。"父亲依是不动,眼睛直直地看着棚顶。老唐大声说:"大哥,跟你说话呢。"父亲仍是没动。

母亲抹把眼泪,手心手背立刻都是湿漉漉:"大兄弟,这人不是傻了吗。九台的人把他咋的啦,不是下蒙汗药了吧。他们都是上班的人,他们怎么会这样?"老唐说:"嗨,大嫂,你咋也跟着糊涂,他们想要下药,我大哥还能回来吗?共产党的天下,谁敢哪。"母亲止不住哭泣起来:"那好好的一个人,怎么变成这个样子。这可让我们咋活呀。"母亲这样一哭,把唐老丫她们都惊过来瞧。我们的土屋立时显得满登登的。老唐见父亲仍是那个状态,狠狠心道:"我大哥是有点迷心窍了,我得给他治治。"老唐便上前冲着父亲的耳朵喊:

"大哥,工作的事妥了。"

父亲似乎动了动,呼吸声也粗了一些。

老唐急忙又喊道:

"户口工作都办完了,你得抓紧上班哪。"

父亲这次手脚动了动,像是要做出积极反应的样子。老唐抓住时机,毫不客气地伸出左手,四根指头兜住父亲的下巴颏,大拇指掐住父亲的人中穴位,狠狠地用力。乱哄哄的屋内变得静悄悄,连母亲也忘记了啜泣。大家都希望老唐的这个办法见到效果。

看着老唐叉在父亲脸上的大手,我想,老唐报界沟之仇的机会来了。

父亲终于长长地唔了一声,好像先前他一直堵憋着,现在总算透出口气来。父亲的眼神由纸棚顶下移到老唐的面部,然后父亲愣住了。父亲的眼珠不相信似的转了转,毫不客气地拨开老唐仍罩在他下巴颏上的手,质问老唐道:"老唐,你捂我脸干啥?"母亲怕父亲说出的话不中听,忙截断父亲的话头:"干啥,没有他叔你就完了。"父亲很不满地看母亲一眼:"你是属穆桂英的,怎么阵阵不落呢。"

父亲能骂人了。大家一阵哄笑,母亲也跟着高兴地笑起来。大家都松出一口长气,说这下可好了。父亲终于算是摆脱了那种吓人的直勾勾的状态。老唐有些得意地大声说:"干啥,请你喝酒。老弟不有瓶好酒吗,今天咱哥俩把它灭掉。"

父亲有些不相信,老唐便又将他那话重复一遍。父亲居然矜持地摇了摇头。老唐还要继续坚持,母亲感动地劝阻着:"大兄弟,别让他喝吧。让他先进些食水,要喝改天你们兄弟再喝。"老唐点点头,对父亲长篇大论道:"大哥,男子汉大丈夫,你得挺起来。没有走不过的桥,没有过不去的关,啥事情你要难解,老弟去给你擎着。不就是个九台吗,就算它是九百台,九千台,有老弟呢。老弟这些年就是个抱打不平。"

唐老丫她妈说老唐:"行了吧,房盖快让你吵吵翻了,还不快点回去,让大哥也歇歇。"

母亲把一碗粥端过来。父亲喝了两口,旁若无人地打了个哈欠,扑腾又躺在炕上,一副超然尘世的神态。老唐有些不放心,特意提醒道:"大哥,歇可是歇,可得控制着点。你还不像我，关里关外一大家人哪。关外也罢了，有我大嫂挺着，关里呢，你要是有个好歹，你老爹老妈不就是个遭罪吗。"

老唐的这番话说完，父亲闭着的眼里突然涌出些清水似的眼泪。我们服气的眼神不看着父亲，却都看着老唐。我们想看清老唐的那张乌鸦嘴到底什么结构，几句话就能叨到父亲的心疼处。

老唐叹口气："好了，能哭就好了。"老唐拍拍父亲的肩膀，告诉母亲一些注意事项，挺身走出屋去。

我没有出去送老唐。我看到父亲依恋似的握住母亲的手，像孩子依恋母亲。母亲肯定不习惯，尤其当着我们的面前。母亲甚至试图推开父亲的手，一边有些着急上火地说："你要干啥呀。"

父亲的无助母亲不会懂。于是我对母亲说道："他想握就让他握吧。握握手有什么了不得的。"我暗地想，他不是没要求干别的吗，有什么大惊小怪的。

父亲自此像是进入一种奇怪的状态，而且形成一种规律。譬如他白天说话少，夜里梦话多，白天的眼神茶，夜里的眼睛亮。譬如他更加酒不离手，不喝酒就无精打采，喝上酒便精神倍增，喝多酒便呼呼大睡，一边大睡一边旁若无人地放屁、打嗝、梦话、磨牙。母亲固执地以为她的男人是中了邪或魔，隔三岔五地找本屯或者后屯的那些巫医神汉来诊病。好在他们的出诊费都不是很高，一瓶散装白酒和一些千恩万谢的好话就能把他们打发。不过他们对父亲病因的诊断却离题万里。有人说父亲的疾病源自于黄仙,因为据他们的启发,母亲回忆起某年某月的某一天,父亲在菜园里劳作,见一只类猫似鼠的家伙蹲在草丛中,瞪起黑星星似的眼睛向父亲张望。父亲想起那些天连续失踪的鸡雏,牙根咬得紧紧,手中的镰刀像流星拐子一样急掷出去,却被那浑蛋以极其灵巧的身法躲开。虽是未伤其皮毛,却因此结下怨恨。有人说父亲病痛源于关内祖母信佛之香根。如今香根找寻新主,因此千里迢迢地奔到父亲名下。有人说父亲去九台某个岔路口时,迎面遇到一股飞沙走石的旋风,父亲躲闪不及,其中的一个稻草棍刮到父亲的稻草般的头发中,由此沾上了九台的鬼祟。还有人从我们的老土屋挖掘缘由,说老土屋因为年代较久,已有仙家潜此修行,目前争取出局,要求父亲予以承认等等。这些巫医神汉的说法都无所谓的,让我们费解的是,他们在炕梢施法,父亲居然在炕头心情愉快地应答。父亲的怡然自得使我越来越怀疑,究竟是他们的心理诱导得法,还是父亲越来越喜欢上了这种类似于精神安抚的形式。

我不得不说,这种状态还未得以恢复,父亲又面临着新的现实。整个综合厂的工人们都面临着新的现实,就是随着公社的解散,公社属下的综合厂,颇具规模的综合厂也迅即解散。其实那综合厂就是日后乡镇企业的好班底,须臾之间便不复存在,须臾得让我们无话可说。父亲原来还能迷迷懵懵地上班下班,如今连班也不用上了,只需由母亲带头,想方设法地种好责任田。母亲不带头总是不成的,父亲种过的最大的田就是围绕着我们土屋的菜园,在我们东北,谁如果以为能种菜园那二亩三分地,便可以轻快地耪起大田,那要招人笑话的。当然就是不种大田,母亲也得带头了，母亲的男人，也就是我们的父亲，在他最后一次地从九台回来，就已不再带头。父亲才不关心大田不大田，父亲关心最多的是如何进行指鹿为马，不过他的指鹿为马总要在母亲面前实施。他说地上正在觅食的黑鸡是恶魔，只有杀了它，而且要一刀迅速地斩断脖颈，让鸡血刷地喷射出来，喷得如一朵盛开的猩红色鲜花，才能消弭孽债。他告诉我们，要想取得花的效果，需要不停地撵鸡，撵呵撵，让鸡跑得血脉偾张，人也跑得心情暴躁，暴躁得要杀人，动手的机会才算是来了。他在炕头上坐着，满怀深情地向祖国的西南方向眺望，他说他看到了无限宽阔的天安门广场正利用黎明的时间冉冉地进行升旗。

我们都挺庆幸，多亏父亲没对家里那只吃糠咽菜却仍呼呼上膘的壳郎猪提出要求，或者径直地对每个家庭成员提出要求，否则我们会义无反顾地把父亲送到精神病院。送精神病院差不多是我的提法，我所以提出是父亲接连两次很是灵巧地从炕上翻滚到窗外，而且利用的是标准的前滚翻动作，难度之大，标准系数之高，让人瞠目。父亲这种超水平发挥的举动如醍醐灌顶，一下使我醒了腔。不过事后我觉得我很傻，我光考虑父亲的病情以及带来的负担，没考虑母亲多么愿意和父亲共处，即便是父亲白天黑夜地保持着折磨人的强烈臆想。我竟然十分愚蠢地向母亲做出暗示，是否可以把父亲送到康复医院，也就是我们那里的精神病院住上一段。母亲本可以用没钱住院的理由来拒绝，母亲却没有，而是立即义正词严地骂我道："养你们这些孽种，老大成年不回家也就罢了，你更坏心眼没良心，你爹才病几天,你就张罗着把你爹往火炕里推。那精神病院里还有好人吗?好人进了精神病院也要得上精神病。"

母亲骂我也就罢了。使我觉得难以理解的是母亲居然很快地把这话告诉父亲。我就搞不懂母亲到底是怎么回事,我固然愚蠢,可我也是考虑治病救人哪,她尽可以激情张扬地对父亲表达爱情和她的忠贞不移,但不一定非要把我作为牺牲和代价。其实母亲就不明白,他俩要表达爱情,完全可以把我视为一场强烈爱情的产物的。结果本来可以略过的事,却弄得父亲好人时看着我一言不发,恍惚时盯着我嘿嘿冷笑。

那时我们几乎看不到父亲恢复的希望了。而户口和工作的问题,也如河道中心的黑礁石,我们的船不得不接近它,接近它,但我们又不得不躲避它,躲避它。最后,它仍如黑礁石一样地立于河道中心,我们的视线和我们的船一起,却越来越觉出它的远。我们无奈地意识到,我们要渐渐地看不见它了,而它也正在借机离我们远去。那时父亲开始唠叨他视物不清,我们也搞不清楚父亲是视物不清,还是他自以为视物不清。父亲便埋怨母亲不管他,不给他看病,父亲委屈地说他私下里早已打听到的,哈尔滨的眼科最好,剩下的就看母亲怎么办了。母亲叹了口气,看着父亲像看着母亲的孩子。后来母亲张罗借钱,陪着父亲,开始北上哈尔滨的求医路程。

父亲常常回忆他在哈尔滨的遭遇。父亲会说:"怎么就那么怪,那大夫从护士端着的那么大的瓷托盘里拿出两根钢针,两根大钢针啊。"我插话问父亲:"你是怎么看到的。"父亲瞪眼说:

"你到底听不听。"我说："听啊。"父亲说："听你就得眯着,你这个逆子。"父亲这样说我,我无话可说,父亲深刻地记忆着我劝母亲把他推进精神病院那个火坑的事情。父亲对精神病院有种天然的戒备和恐惧,就像耗子对猫有种天性的本能。不过我比我哥好一些的是父亲对我哥连提都不提。这一点很使母亲伤心。母亲坚信待到父亲那么多孽业消除的那天,我哥也会重入我们这个家庭。我们听说,我哥在舅父的势力范围内,已悄悄地处着女朋友,看发展趋向很快就要娶妻生子的。在他的这一人生举动之前,一直容留他跑前跑后的舅父会让他归根的。舅父能够带着他,到底看的是父亲和母亲,如果舅父再任我哥在外不回家,舅父的收留在他人的眼里会变成纵容。事情果真那样,便是违背了初衷。舅父是工头,违背初衷的事一般不会做的。

其实我没跟父亲和母亲说起,他们去哈尔滨时,我哥确曾回来过。我没说的原因,是我哥虽然回来,我们却没见面。我当时没有在家,我哥撬开窗户钻进来的。我们的窗户好撬,有根长满了锈的旧钉子作模作样地扦着,一启就开。我哥大概是饿坏了的,碗架子里却只有一碗剩饭,我哥想了想,便往灶坑里填了把柴火,用一点酱油加上葱花,做成了一碗炒饭。这是我哥比较喜爱的吃法之一。中午我回到家,打开碗架子,早晨留好的饭已经没了,掀开锅盖,锅底余留着不少酱油炒饭的香味,我再看看窗户,窗户咧开着,那根长满锈的铁钉子扔在窗脚下。我便立刻知道了我哥的光顾。

我试着揭下锅巴上剩余的饭粒,并且品尝一下,不得不承认我哥的厨艺很好。我一边耐下性子往锅里填水,一边抱来烧柴,在灶底点燃。经验告诉我,这样能把锅巴尽快地馇泡开,以便重新焖上一些饭。焖饭的时候,我要多加上一碗米,因为我保不准我哥还会突然回来,那样的话,碗架子里会再有三碗饭在等着他。一碗米出三碗饭,有了三碗饭,他可以再次从从容容地把酱油炒饭做好,倘若他还回来的话。那时我认真地想,对于我哥,我的确应该想得更开些。我们连可能性极强的城镇户口都彻底地没有了,我们再没了兄弟情谊,那我们还能有什么呢。就是父亲,对于我哥也应该看开。我的理由是,既然我当弟的都看开了,他当爹的还有什么看不开呢。既然他的怪病都快治好了,他还有什么不能好起来的呢。想想我的话,我不由承认很有道理。

父亲说:"怎么就那么怪,那大夫从护士端着的瓷托盘里拿出两根钢针,我头脑霎时就清醒了。"父亲说:"那时我就想,这下好了,该是我出头的日子了。"果然,那两根钢针,父亲伸手比画到七八寸的长度,不过父亲的手势不够准确,让人疑心父亲比画的不是钢针,而是别的什么。父亲说:"那两根钢针冲我的两个眼珠子狠狠地扎下来,扎下来……扎进去,再扎进去。"父亲说到这里,仍不无恐惧地闭起眼,体味那两根钢针给他带来的感受。不过我以为,他说的钢针扎进眼珠可能是他的误感,或者是他喜欢这样夸饰,那是一种类似于快感与恐惧交混的感受。他觉得这样才能充分体现出他的痛苦经历。我想那钢针确切地说应是扎到眼部的某个穴位,但我不想更正他。

父亲说:"那大夫两手拿着两根针,在眼珠里旋转了二百七十度,又一路旋转着拔出来。你说咋的。"

"咋的？"听的人惊心动魄地问。

父亲带有感情色彩地说："我心明眼亮了。"

11

对于老唐的死因，村里人向来有不同的说法。最通行的说法，是老唐死于他们的那间平顶下屋。不是平顶下屋害死了老唐，而是老唐固执地将那座下屋盖得像座小庙，到头来害了自己。村民们说的那种小庙，不是大型寺院那种飞檐翘角的，村民说的是乡村过去立着供牌的简易小庙。老唐盖了这种小庙，就是犯了说道。黄鼠狼大规模地偷袭鸡们，大过年的爆竹炸碎窗玻璃就是证明。另外一种说法来自长春的医生。老唐躺在家里发烧三天后，被送到县医院。县医院里搁了半天，又转道送到长春的医院，长春的医生说，老唐是得了一种很厉害的脑炎。医生其实还说，老唐的脑病有些耽误，如果刚发现老唐发烧不退便接受较好的救治，老唐断不会有性命之虞。但陪护人员没把这话对外泄露，自然也没有讲给唐老丫她妈，那个老唐生病只知道一次次往老唐脑门上蒙湿毛巾的女人。人死已经够痛，何苦又折磨生者呢。供销社后来派出的陪护人员说，因为这种病，老唐的尸首只能就地火化。当然即便不是这种病，那种烈日炎炎的天气，也不能几百里地拉着尸首回来火化。而且因为老唐是在外横死，按当地的规矩便不能迁入祖坟。声誉广泛的老唐死后居然祖坟里没有位置，老唐生前绝想不到的。老唐的生前，倘若开车回趟老屯，全体亲戚族属差不多都要照面相迎的，倘拍张全家福，老唐起码要处于中间的核心位置的。如今只是在老屯之外，选了一道桥边高地埋葬了事。

对于老唐死因的种种说法，我始终不同意。我一直以为老唐是死于蚊子，夜里老唐在下屋顶上睡觉时，袭扰他的那些蚊子。每当想起这种可能，我便看到老唐和那白影缠绕在一起，宠辱皆忘快乐欲仙的时候，几只带着流脑病毒的蚊子乘其不备，悄悄地接近，再接近，把老唐的新鲜血液吸取出来，然后再把病毒植入老唐的体内。

老唐的葬礼是全公社少见的红白喜事之一。公社党委书记他娘死时也没见那么隆重。不过这个时候应称为乡党委书记，公社党委书记的称呼已是过去时了。那么多衣着整齐的人从四面八方赶来，人人胸前都带着白花，组成令人肃然起敬的强大阵容。那些人大部分都是有着工作，持城镇户口吃商品粮的，最不济的也要占有其中的一项。他们都是我们眼里的人物。还有几乎全村的男女老幼，当然他们中不乏看热闹的，但就算是看热闹来的，也得有热闹可看。老唐开过的大卡车上，装着上好红松攒就的棺材，那粗大的红漆棺材里，是老唐小小的骨灰盒。络绎不绝的哭丧队伍中，有一个黄脸女人哭得尤为惨烈，呼天抢地的，只是哭着哭着便喊起了"我的儿"，使人们不明就里。后来有人悄悄地解释，那女人是前屯的，春天时儿子溺死，以至于哭跑了题。有些远远地旁观的人便捂起带着笑意的嘴巴，或紧绷起脸，那愉快的眼神却是挡也挡不住的。几个老唐的生前好友，大概是供销社的会计主任什么的，便想办法把那黄脸女人引到人群外围，让她对着路旁的黑土沟号去。我特地看看黄脸女人的脸,我希望看出老唐下屋平顶上的白影的模样,但像是又不是。我又扫瞄那些戴白花的衣着整齐神态肃穆的女人们,我看人人都像,人人都不是。一想起人人都像,我便替老唐骄傲,一想起人人都不是,我便替老唐失落,我便再不敢继续往下想。

老唐的葬礼,我们全家除了我哥在外没有参加,其余的都去了。父亲那时刚从哈尔滨回来,被哈尔滨的医生用两根七八寸长的钢针扎了眼睛。母亲便搀着父亲过来。父亲在那葬礼上见到不少老熟人,都是求父亲戗过菜刀,磨过剪子,或打过扎枪腿叉子的。也有生产队赶车的老板子,他们一年四季地给马挂掌,算得上是父亲他们洪炉车间的老主顾了。因此就不断地相互招呼,问问情况。遗憾的是父亲见人不是说起老唐作为邻居的美德,感叹他的英年早逝,而是不停地讲他如何大病一场,几乎送命,又讲那两根大钢针。母亲见他说话有些颠倒,送了两卷黄表纸后,忙搀着父亲回去。

我没跟父母亲回去。我想多坚持一会儿。以后再看到老唐,就是远远的黄土堆了。而且那黄土堆也会渐渐地湮平的。我因为个子小,便挑稍远的一个旧树墩子上站着。我倒是希望能安慰一下唐老丫,但即使我能挤进人群,面对头缠孝布的她,我又该说些什么呢。我很坏地想,还是让她们兄妹相互安慰去吧。

我清楚而深刻地记忆着葬礼上的那些细节。我能如此记忆,因为我太在意。但我没有流泪,我的心里只是无限怅落,怅落。而且时至如今,我闭上眼便能回忆起参加老唐葬礼的每一个我认识的人和不认识的人。他们的衣着相貌,他们的神态动作。我甚至能看到老唐平静地躺在棺材里歇息的情景。虽然他入殓时已无可奈何地变成一撮骨灰。我固执地以为他仍是躺在棺材里。那时我真的很感伤。我不知道这世上还会有多少如老唐一样肯于关注我、理解我的人,我为此不会忘记老唐。

那时已近末伏。东北平原的腹地上,早晚已刮起较凉的秋风。田野上的苞米谷子高粱大豆,都在抓紧时间最后上好籽粒,以求收获的结局。而老唐就带着无限的遗憾走了。我久久地看着那具棺材,看到它被拉往那处埋葬地,看着围观的人渐渐地走散,走进他们各自鲜活的生活中。

我时常地和父亲说起以前。我因为现在,便感慨以前。因为以前,便更感慨现在。我承认这是种较为复杂的心态和感情,知足而庸俗,却健康而亮色。后来我不愿意说的时候,便静静地坐在屋里,一个人翻检这些关于户口、工作、生活、命运的往事。我故意做出一种忽然想起什么的语气问父亲:"你找的那工作,当年就让等着,怎么一直等到现在。你想千年等一回吗?"上了年纪的父亲委屈而不解地说:"胡扯,那名额不是让苟主任给顶替了吗,你怎么连这也不知道。"

我想说,你何曾跟我们提起过这些细节。但我忽然无言。

我意识到,我想说的其实太多太多。

幸福中介

1

不管怎么说，扛猪肉桦子是挺辛苦的活计。一年四季，不分冬夏，后半夜两点便需一骨碌爬起来，迷迷糊糊地跌进闷罐车，去离城三四十里的小镇。那是一个著名的屠宰和贩卖猪肉的集散地，每天都有大量的活猪涌进，大量肉味鲜美或者来路可疑的猪肉运出。

闷罐车开到那里，在雇主吆吆喝喝的指挥下，将屠宰工连夜收拾的猪肉桦子，一具具地斜挎上肩，身脚利索地装车。大概有二十多具的样子，将车胎压得发扁。然后本根他们攀缘上车，直接坐到猪们劈成两半的身上，颤巍巍地回走。驾驶楼里当然可以坐人的，不过算是雇主们的专用舱，本根他们只能蹲在车厢里。好在猪们还热乎乎的有些弹性，尤其个别没收拾利索的猪身，稀稀拉拉地渗出一些莫名其妙的血水。坐得久了，扭扭蹭蹭，本根身体的某些零件，也跟着振作起来。这时应是四点半的时间，若睡在床或炕上，休整了一夜的身板正是追寻温存的好时光，尤其本根这种体力好的。坐在猪们的身上，便只能任其瞎想了。反正黑乎乎的没人看见。闷罐车一路疯叫着往城里的幸福街市场进发。猪们的身体最终要掀倒在众多摊床上，面对手捏着钱的顾客，一刀刀地分割掉。

　　进城的时光，大概有一个小时左右，说些段子也是可以的。但本根他们不说。真正说黄段子的，都得是身体和嘴巴有闲的。本根他们没那工夫。本根他们可以打个盹，或默默地抽根烟。也有嘴茬子好的人，专讲些发财传奇和权力传奇，都是今生达不到但感兴趣的。讲的人，云山雾罩地说；听的人，黑暗里的眼熠熠地闪光。

　　到幸福街市场的角门时，已是六点。若在冬天，正是黎明前的那段，昏昏欲睡的路灯下，空气会冰冻凝结。若是夏天，天便已大亮，挂着眼屎的学生，嗖嗖地骑起自行车，往叫作学校的地方赶。都是厢门打开时，一眼看到的情形。不过不是有意看到的，本根他们此时没心思看。早完活早利索，本根他们听到冲锋号似的，两手抓起猪的前腿，嗖地拉到背上，一路小跑着往市场里的摊床上猛冲。六点半的时候，该卸的部分卸完了，人们哄地四散。不过本根还没完事，他要从一个暗处推出人力车，每天固定地锁在那里的，将剩下的依旧颤巍巍的猪肉梆子东一家西一家地送到饭店，活计才算全部跑完。

　　此时正好交到八点半，城里人上班的时间。不过本根已下班了,摇摇晃晃地回家。吃完早饭,可以去干兼职,也可以呼呼睡大觉,总之剩下的时间属于自己了。本根当然要睡大觉,坚决把后半夜的觉补回来。然后呢,就等着下一个后半夜的到来。除了睡觉,本根很愿意和胡同里密麻麻的住户们打成一片。唠闲嗑,下象棋,晒太阳,或者劈引柴,生炉子。本根媳妇嘀咕本根,要他利用白天的时间再揽份活。本根媳妇的建议遭到亲姨妈义正词严地反对。亲姨妈痛斥道:"你个家伙,起早贪黑地给你扛肉桦子,还要白天去干活。你成天待家里养着,你倒是出去干点活呀。"本根媳妇不敢直接反驳亲姨妈,背地里忍不住嘟囔:"俺不能出去咋的,要不差底子钱,俺就出去卖点菜。"本根毫不客气:"你出去,你说说你能干些啥。像姐那样摆摊?小心把你也卖了去。"

本根这样说话,本根媳妇便不敢再说。只是噘起嘴,直硬着矮矮的身子,里出外进地忙活家务。所谓家务也没啥忙的,八平方米的棚屋,炕先占去半截,本根和本根媳妇,还有亲姨妈,每夜一齐拦在炕上。地上除了一个炉子,还有一张地桌,几把凳子,锅碗瓢盆。一车便可以推走的。但本根媳妇仍旧里出外进地忙。本根媳妇喜欢忙,一闲下来便会无所适从,便会手脚没地方放。本根媳妇无论坐到哪里,都会有亲姨妈一双冷冷的眼睛盯住她。本根媳妇惧怕亲姨妈的眼睛,那双眼睛让人想起鹰隼。而本根媳妇,不过是一只哆哆嗦嗦的沙笨鸡。

棚屋是本根租来的,八十元的租金,按月跑。屋子虽小,生活也窘迫,不过尚可维持。本根这样的工作,每月开八百元的支，钱算是有保障的。本根姐姐十年前就在市场里卖肉，隔几天会将些骨头渣碎肉末什么的拿过来，吃肉的问题解决了。几家馒头作坊，一家赛一家地便宜，恨不能赔着老本倒贴，为的是拢住客源，于是面食的问题也解决了。至于菜，本根一家刚从山东的微山湖过来，还自豪地保持着星星点点吃菜的习惯，不像棚户区的其他人家，吞吃起粗菜来，像跟谁发狠赌气。总之吃住一解决，本根生活中重大的问题就解决齐了。本根尽可以昼伏夜出，抽烟，抠牙，放响屁，看热闹，闲散又自在。本根显然认识到这一点，甚至愉快地建议本根娘和本根媳妇，去胡同外的玛克威保龄球馆。不是进到馆里撒那白胶瓶子，而是在馆外宽敞的水泥地上活动筋骨。富人们在馆里弯腰叉腿弄那物，穷人们在馆外热热闹闹地扭秧歌，跳健身舞。本根觉得挺好。

2

如果没有后面的事情，本根的生活暂时看不出忒大的变化。不是不希求变化，而是怕变得太陡，禁受不起。宁肯维持现状，一点一点，小步紧捣朝前走。可是事情突然就来了，一切都得变化，想不变化都不成了。

后面的事情是，本根在一个春草萌生的清晨，在幸福街市场的门前卸车时，简洁地说，在揪住一头肥肥胖胖的老母猪前腿不放，嘿地往背上斜挎时，腰给扭了。

扭了腰，搁谁都不是小事情。对于本根更是如此。腰是工资，是中轴，是生活。有了腰，肩背才能承受一百多斤的猪肉样子。本根当时疼得身体一怔愣，心也一怔愣。那老母猪失去依撑，啪地摔到地上，发出肉身落地时特有的声音。似乎还"嗯"了一声，嗔怨皮肉摔青了。雇主迅速瞪本根一眼，像是看到致富路上的拉车驴子不好好走路，突然停下蹄步，叉开后腿，泚出一泡刺鼻的骚尿，或者排出一串热烘烘的球形粪便。雇主就想拿起鞭子抽这驴子。后来见本根前额两侧，主要是太阳穴上滚落的汗珠，才改变主意，嘲笑道："头半夜整事了，往天不是硬邦邦的吗？"本根见摊主说得风趣，又考虑到月月准时领工资，甚至可以提前借支，算得上衣食父母，才咧嘴笑了笑。只是笑到一半，又疼得抽搐一下，没笑完的表情便扭扭曲曲的。雇主有些不耐烦："咋搞的，到底行还是不行。"雇主这样说话，本根脸更加扭曲，苦恼层层往上涨，撑着回答道："腰扭了一下，歇两天就好了。"摊主说："待会儿他们扶你回去，好了再来。"本根心里就想说："能给治一治吗。"张嘴吐出的却只一个字："是。"

　　本根一气儿歇七天，歇得心里直慌。二百元的工资不但没挣着，还花出去三百多。为了好得快，不得不输的水。不过药到底不白用，第五天就恢复得好些。只是不能吃重，旁的什么还可以。为了表示庆贺，本根和本根媳妇亲热了一回。小小的棚屋，若想经常保持生命激情，需要相当的设计和磨合。不过本根他们还行，鸡狗同船过渡一样，安排得有序而合理。本根娘睡炕梢，本根媳妇睡中间。本根干活累，两个女人都坚持他睡炕头。为了表示区别，婆媳中间竖起一个稻皮灌的枕头。只能是竖起，趴着都不成，没那样大的地方。枕头不知是谁竖的，姑且当作界墙了。其实想皆大欢喜，办法倒有的是。不用别的，稍微串串时间也就完事了。长时间没有，一小时还没有吗？一小时没有，半小时还没有吗？要那长时间干吗，又不是毛驴子。为了串这时间，本根娘每日坚持吃茶散步。尤其是吃茶。本根对外解释，这是本根爹没死时就养成的习惯，或者立下的规矩。家里再穷，茶要不断的。本根娘的做派便很令人吃惊。幸福街的人，吃茶的没有，喝汤的不少。不过他们喝的汤，不是南方人专门用慢火或者微火煲的汤。他们喝的是菜汤和米汤。有人据此怀疑本根娘喝的是树叶子。若是树叶子就好说了，茶是树叶子，榆树叶杨树叶也是树叶子，尤其后两者，马路边有的是，公共厕所边还有两棵呢。至于散步，幸福街的人散步只能叫走路。幸福街的人坐轿车才叫散步。如此地想，便明白本根娘也是可敬的。瞧见本根眼神发贼发亮，便散到本根姐家去坐，拿腔作势地吃上一盏茶。待到本根的姐夫也发贼发亮，再散着幸福街的步流星似的赶回来。这个时候，本根的眼神不是发贼发亮，而是发茶了。若不了解儿子，单看本根媳妇是不成的。这小媖子看不透，经常合着衣服装模作样地闲坐，像未曾除脱衣服似的。不过怨不得她，本根娘尚未回来，本根媳妇敢先自脱衣躺下，亲姨妈要大大生气的。

3

养伤的那几天，本根愿意搬上把凳子，坐在门外，看弯弯窄窄的胡同。天很热，空气静止不动，胡同里也平平静静。街外隐约的喧闹声和汽车声，愈发衬出这种平静。偶尔有一丝风儿拂过，似乎从老屋的墙底生出的，穿绕过街街角角，钻进紧紧相挨的窗口。各间屋里，人们正横七竖八地午睡。很幸福，无所事事的幸福。不大去想什么，也不大去做什么。像越来越旧、越来越窄的胡同，一种命运是拆迁，另一种命运是等待拆迁。

本根有些恍惚。回想起原来曾有的情形。山东老家的院子里，细直的泡桐树下，一张木桌，几只矮凳，一把蒲扇，一壶清茶。那种生活离他很远了，又似乎很近，和眼前静静悬浮的时光一起，虚虚幻幻、远景近景地交替。

胡同里不断有人走过，去越来越显得拥挤的公共厕所，或者去胡同外的世界。偶尔有胡同外面的人进来，眼光不住地往棚屋门上胡写乱涂的字迹扫瞄。那样子，像要寻租一处房屋。也有走走停停，眼神中凌乱与戒备交织的家伙，本根知道，他们是寻小姐来的。幸福街的小姐多，幸福胡同里的更多，人们把她们叫作暗娼，本根却觉不出她们的神秘。胡同出口处的那个朱美容，谁能看出她新近接待的事情，站到哪里，都是标准的商场清洁员。只有久居的邻居，才知道她为何脖子上挂出一部荧光的手机。真的，而不是假的。如今朱美容就是接待和麻将两个事。接待了就打麻将，麻将输了再继续接待。楼上的赵老太太统计，以她每天的工作量，一天至少要挣一百五。心怀叵测哦。不过朱美容并不隐瞒，很得意，说上个月冒了高，挣四千元，十分地兴高采烈。

本根媳妇走了过来，靠墙角坐下。本根媳妇穿条旧物市场捡拾来的劣质脚蹬裤，坐下的时候，腿是叉劈开的，腿内侧便很深刻地显露出来。阳光和阴影下,有些沟沟壑壑。本根皱一下眉,避开视线,只一霎,却又挪转回来,继续地打量。本根媳妇耷眼皮下的小眼睛看着本根,粗粗的嗓音说道:"腰好了就去干活吧,看时间长了人家找旁人。"本根很不耐烦:"我知道,不得等伤好了吗?"说这话时已有些气咻咻。本根媳妇见状便说:"催你还不愿意,也没想想,好几口人,再不进钱,面都买不了的。"本根忍无可忍:"你不说话行不,怕把你当哑巴卖了?"本根媳妇忧心忡忡地闭住嘴,乱蓬蓬的短发下,是略带浮肿的脸。见本根看也不看她,有些无奈地垂下眼皮,去看脚下。谁家新倒的洗衣水,蛇爬行似的过来,正顺着洼处慢慢地往前流。

　　本根去了趟姐家。本根姐住幸福街市场的附近,不过租的楼屋。本根娘在姐家坐着,身边放着杯茶,很气派,像房屋的主人。见到本根便硬朗地说:"是不上你姐这儿挪钱来了。日子不知道咋过的,进钱不多,花项不少。来时我那二百块全交给你了,还不够用,明天痛快还我那钱。"本根说:"咋花的还不明摆着,一瓶吊滴得多少钱,这些天又没出去挣。"本根娘便说:"整个媳妇,成天在家里闲着,就不知道出去赚些钱。"本根说:"底子钱在哪呢,她又不熟悉情况。要是赔上老本,还不如先这样待着。"本根娘没好气地:"打个祖宗板供起来吧。我还不知道她,一天到晚噘张猪嘴。我在家的时候,饭不好好做,菜也不好好做。我不在家的时候,好吃好喝的。"本根气恼道:"我不跟你说。"转身便往外走。

　　回到幸福胡同,已是下午。充分休息过的人们又醒了过来。

养小狗卖的那个男人，坐在沙发上悠闲地闭眼。两只长毛狗得意地趴在他的腿边，暧昧地伸吐着鲜红的舌头。退休在家的肥胖老头，拿起笤帚，闲不住地打扫着门前卫生。卖盒饭的离异女人又开始拾掇青菜了。本根媳妇和赵老太太她们，浑浑和和地凑成一堆儿，帮助她择香菜，洗白菜，削土豆皮。干完这些活，盒饭女人要将剩余的菜料分送她们。盒饭女人做的饭包只能用菜叶，不能用菜帮，本根媳妇可以拿回去熬菜汤。成捆买来的香菜，顶新鲜的留下来，有些发黄打蔫的，交给楼上的赵老太太，她家的老头最得意香菜蘸土豆泥。总之都是可以食用甚至很好的。本根冲女人们点点头，没精打采地回棚屋里倒下，喊喊喳喳的议论跟屁虫似的传到耳鼓。本根听盒饭女人问本根媳妇："小山东的腰伤怎么样了，还能出去干活吧。"本根有些烦躁地侧过身去，不理她们的议论。

凌晨的时候，本根又上了闷罐车。雇主到后面巡看，扔过来一根烟："伤养好了？"本根点着头，笑得很憨厚，还露出一嘴黑黄的有些内扣的牙齿。本根有意跟雇主搭讪几句的，真正张嘴时，却不知说什么好，便一边抽烟，一边打起精神看旁人说笑。坐车的时候觉着还行，往车上扛猪肉桦子的时候，也没打怵，待又重又敦实的猪肉发到背上，方觉出与以往不同，却咬牙挺着。只是没走出两步，腰上一软，手头一松，猪肉已无声地脱滑在地。本根心头轰的一声钝响，知道这活计以后不大好干了。雇主倒没呵斥，却也没搭理。这种态度，比骂人还难受的。结果袖起手来，眼睁睁地看别人把活干完，又讪讪地跟回了幸福街。

本根没参与卸车的活计,直接回到棚屋里。媳妇奇怪地问:"怎么,他们不用了。"见本根叉着腰不吱声,便说:"是不又扭伤了?"本根点点头。媳妇忙拉过枕头,让本根躺下,又张罗查看本根的腰伤。奇怪的是腰上既没有青也没有紫,捏动一下,本根却皱着眉毛直哎哟。媳妇叹口气:"不行再养两天吧。"

压力于是就来了。平时有这么根擎天柱撑着,倒觉不出啥,现在便知道柱子塌下来的情形。余钱没有的,现钱也没有,两人除了身体还在,其余已空无一物。从到这个城市,便是干一天活挣一天钱。若说一分没攒过也不尽然。只是口挪肚攒的那点,看病输水早花得溜干净。没办法,又向本根姐借了些钱。伙食上的影响早显现出来的。腰扭的头几天,本根媳妇还给本根弄点特调,后来连菜也不买了,天天就着酱油下饭。本根娘自是不来回散步了,每天留在本根姐那里吃茶,也算眼不见心不烦。倒是楼上的赵老太太,时常到他们的火炕坐一会儿,烙骨质增生兼老寒的腿。看两人的伙食下不去眼,便从家里翻出前年晾晒的陈咸菜干。虽是有些白毛,洗洗却能吃的。本根和本根媳妇千恩万谢。有这咸菜,硬对付了十来天。

4

两人原本逃婚过来的。本根算是跑腿子一个,本根媳妇却是有家室的。有丈夫,还有两个上初中的儿子。本根媳妇受不了那男人的打,又无娘家可回,便逃到姨妈家寄居。后来便躺到了一起。本根媳妇既然没跟原来的男人离婚,这边便无法和本根结婚。老家那里待不下去,便跑到东北,投奔本根姐待的这个城市。对外说是两口子,派出所来查户籍时,却只好躲开,或是拿本根以前的结婚证应付。说起本根,原来也曾有过婚史的,因为打老婆以及本根娘的刁蛮,人家受不了,才跟本根离婚。之后又讨了一方,同样原因也离婚了。本根虽是年轻,有了这些经历,在老家便不好找。还有,每次结婚都是诸多的花费,本根再也拿不出这钱了,所以因陋就简,将表姐收编。本根虽有些牙黑,脸上褶皱也多,面色却是比较白,个子也有一米八。表姐既黑且丑,半大孩子的身高,还大本根五六岁,看上去便不很般配。

本根对老婆依是喜好动手,一两件事做不对了,或者语言上争不过,或者气没处撒,便伸出手来捶。如今在家里养腰伤,药买不起,针没钱打,只能简单地吃点云南白药维持,后来连云南白药也吃不起了,心里早已相当地窝火。没过几天,姐家住着的本根娘又跟本根姐夫吵了起来,在那里住不下了,只好夹着包散步回来。却不肯好好待,挑三拣四,嫌本根媳妇这个那个,还嫌饭菜不好吃。后来弄得本根也受不了,娘两个便吵。本根娘伤心了,要求本根每月支付赡养费二百元,她独自回山东老家。本根媳妇这时插话,婆媳两个便吵起来。本根娘向本根要个态度,本根急了眼:"我这个情况,哪里有钱给你。"本根娘说道:"白养你一回,娶了媳妇,连老娘也不养了。"又夹起包,重去本根姐家。

本根便把怒气全撒到媳妇的身上,发起疯来,要拿砖头拍媳妇的头。媳妇以前吃过亏的,满脸恐惧地跑赵老太太家躲了一个上午,却仍不敢露面。赵老太太约觉着气消得差不多,便过去试探本根。胡同里不少人已知道这件事情,兴致极浓地仄愣起耳朵听。本根满腹怨言地对赵老太太,其实也是对众人说道:"她不在的时候,两人也没有意见。她一来可好,一会儿嫌饭不好,一会儿要她过去那二百块钱。有钱还不给她咋的。"赵老太太知道本根娘的做派,不过既是涉及娘和儿子,仍是批评本根道:"咋的也是你娘,生你养你一回,没功劳还没苦劳了?有话不会好好跟你娘说。"赵老太太这样说,本根更是气恼。心里明镜似的,胡同里都知道这事,与赵老太太直接的关系,表面却不吱声。赵老太太以为没了事情,继续说道:"看把你媳妇吓得,猫我屋子里躲一上午。一会儿我把人给你送回来,可不能再吵架。"

上楼后,赵老太太又开导本根媳妇,称本根让她给说服了。然后去教堂参加礼拜活动。本根媳妇本想继续躲一躲的,赵老太太话到这个份上,也只好下楼,胆胆突突地回到棚屋。没想到自投罗网,被本根堵在屋里,插上门就是一顿暴打,呜呜号号的动静传出挺远。胡同里的几个女人上前重重地拍门,本根非但不给开,反而打得更厉害,最后连哭叫声都没了。整天养狗下棋的几个男的,干脆上前把棚屋的门踹开。本根媳妇这时已昏在炕上。盒饭女人冲上前,指着本根的鼻子骂:"你也算是个人,这样打老婆,你连个狗都不如。"养狗的那个男的跟着说:"我养的狗都比他强,管咋它还知道个好赖。"本根气昏了头,嚷道:"你算哪根毛,来管我的事情。"养狗的见本根这样骂他,照着本根的鼻梁就是一下,本根的鼻子立刻见了血。本根要跟养狗的支巴，下棋的上前架住了他。不让他动手，却没不让养狗的动手。本根媳妇这时醒过来，见眼前的架势，昏头涨脑地支起身子，跪在炕上嘶声道："大哥大姐，大叔大婶，求你们了，千万别伤着他。"披头散发连肿带泪的脸，便让人们觉得惨不忍睹。盒饭女人不知勾起了什么伤心事，抹把眼泪："跟这牲口有啥说的，咱们走。"说完捂着嘴，低头快步走出屋子。其他人见状，也都哼着鼻子鱼贯而出。

棚屋里只剩下本根和媳妇。本根媳妇虽是醒过来了，刚才还说了几句话，这时却是爬也爬不起来，死猪不怕开水烫地躺着。媳妇这副样子，本根也心灰意冷，抱着头，蹲地上不吭声。赵老太太礼拜回来，听说这事情，愤愤地找到本根："你吃过几年干饭，敢这样欺侮妇女。要房子没房子，要地没地的，人家能跟你过就不错了。你倒好，往死里给打，打死了不偿命咋的。再这样打人，就挂110，今天算便宜了你。"

本根手揪住头发，泪眼婆婆地诉苦："我现在怎么办，腰也扭了，活干不了，老的要钱，少的埋怨。"赵老太太解决不了本根的问题，也不想听，冷冷地讥诮："腰扭了还能打老婆。腰要不扭，还不得杀几口子。"

5

事情到这程度，本根娘再回来，胡同的人便对她侧目而视。本根娘有些受不住，知道一楼的老刘头那里，原来干活的保姆回家了，便主动敲开老刘头的门，要求给他当保姆。事情谈成之后,气倔倔地回家搬行李。本根见老娘去给人家当保姆,心里自是不太得劲。不过既解决了吃住的问题,又能够挣到一些钱,也是一举两得的好事。便试探着跟老娘说:"那老刘头子,你能伺候好吗?"本根的意思,老刘头得的是淋巴癌,四五斤重的大肿瘤,整天扛脖子上,脾气也是极个别。见老娘没表态,又接着说道:"要不晚上等我姐过来,咱商量一下。"本根娘说话很赶劲:"你们不能伺候老人,反倒逼得老人去伺候别人,还要商量什么?我自己的事情,我自己做主。"又拿鹰眼剜木根媳妇:"小贱人养的。"剜罢,抬起一尘不染的圆口平底布鞋就往出走。本根在后面跟包似的,拎着日常用的那些替换衣物、头梳、雪花膏、茶叶、茶杯。老刘头病到这种程度,早是恶狠狠的表情,见了谁恨不能咬一口,没想到对本根娘却挺客气。不过,见到本根却带理不理的。他不搭理本根,本根也不上赶着他,这点个性还是有的。放下老娘的东西,跟老娘招呼一声便往出走。老刘头应名是住的楼,却比棚屋强不到哪去。原来四户人家的住宅,现在住着将近二十户,走廊被封隔得一道一道的。进了楼,像误钻了羊肠子。本根深一脚浅一脚地往出摸索,想起留在老刘头屋中的老娘,仿佛从此越来越远似的,心中不由翻涌起一股凄凉。

以后的日子更加艰苦些。虽然艰苦,却是平静。本根娘大部分的时间待在老刘头那里,既挣着钱,也耗去她不少精力,省得总是挑毛拣刺的。在维持老娘的工作上,本根算是尽心尽力。有天早晨老刘头的瘤子疼得受不了,本根娘赶来招呼本根。

本根二话不说，抄起老刘头就走。都是百多斤的分量，背猪肉杵子时受不了，背老刘头却有些轻松，简直是小菜一碟。老刘头有些感动，趴在本根倒三角的背上，像是得到了依赖，幸福得眯起灰白的眼皮。到了医院，楼上楼下噔噔地跑，医院的人都以为老刘头是本根的亲爹，本根是感天动地的大孝子。本根娘也有些骄傲。儿子这样出彩，本根娘不仅在众人眼里有面子，在老刘头跟前也显出强大的重要性。只是结果令人沮丧，医生一看老刘头的巨大瘤子，检查都不做，直接往回打发。申辩了半天，只开些简单的止痛药了事。老刘头的儿子们也赶过来了，都是些下岗后经营海鲜或者水果的个体户，居然连声谢谢也没讲，阴郁着面孔，应该应分似的。不过本根也不挑，依旧背着老刘头回来。倒是本根娘，满嘴女管家的语气，叨咕上医院的前前后后。老刘头的儿子们听也不听。

回到棚屋，本根有些想不明白，风风火火地背老刘头时，腰为什么就没疼，难道腰伤好了？想到这里，一阵幸福，一阵战栗。却不吱声，依是坐在门前的巷道里，木起表情打扇，喝水，看风景。

市场关门的时候，本根姐拎点猪骨棒过来，都是剩下卖不动的，要本根媳妇给本根熬些大骨头汤喝。本根媳妇低沉着嗓音，说着感谢表姐的话。本根姐便借此批评了本根和本根媳妇，说他们待老娘不够好。不过也是浮皮潦草的，毕竟了解老娘的情况。又借给本根三百块钱，让他赶快去附近一个按摩师那里按摩，身体好了以后继续干活。本根有些幸福地涨红着脸。受人关怀总归是件好事，只是拿着姐的钱觉得沉甸甸。那浸着猪油味的钱，是一天天地剜肉、切肉、吆喝挣来的。况且本根姐的日子也不宽裕。再宽裕也供不起擎吃擎喝的两个大活人。本根想了想，把那钱给姐退了回去。本根姐有些诧异地看着本根。

本根没解释其中的原因。他早不想去干那活了。

6

本根的隔壁新搬来一个住户。胡同里的人们都叫她海米。

海米搬来的时候很简单，本根倚门边看着的。一床铺盖，几只锅碗。还有一沓废报纸。本根想过去帮忙，又没什么可帮的，便用眼睛帮忙，注视着海米的一举一动，只等海米招呼他。海米似乎懂得本根的意思，有些发灰的脸冲本根笑了一笑。那笑倏忽隐没，像水痕消失在海绵中。

本根注意到那沓废报纸，以为海米是捡破烂的。接着海米不知从哪里拎来一捆旧纸壳，连同废报纸一起，竖在墙壁上，然后将门打开。本根更加深了这种印象。来来往往的行人往棚屋里看，都会留下这种印象。胡同里专职捡破烂的不少，许多老住户也有积攒和捡拾破烂的习惯。破烂在人们的眼里，是鸡蛋、酱油、大粒盐、钱。

捡破烂的印象只是一天。海米奇怪的叫声透过墙壁时断时续地传到本根的耳郭时，本根主动推翻了先前的印象。黄昏的时候噪音大，本根听得模糊。夜里和早上却是一清二楚。包括每一处停顿，每一句拖长。那声音带着咝咝的气流，像是谁在不断地倒吸冷气。本根就明白，屋里杵着的那些报纸和纸壳，既是捡拾破烂的符号,更是联络的信号。本根再见到海米,便向海米行注目礼。海米明白本根的意思,也向本根点头。

本根猜测,也许幸福街的软环境吸引并招来了海米。本根很有兴趣,坐在墙边的小矮凳上,对海米和朱美容的收入进行比较。朱美容一天挣只猪头,不错,但不稀奇。海米的收入,让本根吓上一跳。再重新计算,结果同样,海米一天的收入,相当于两具猪肉样子。一头大肥猪呵。

本根没想到海米会找他。找他的时候,本根以为就是聊天说话。不管有人没人,本根的屋门整天敞着。门旁总是扔着几个矮凳,谁来谁坐。如此,到本根这里拉呱的便多。

海米坐到本根跟前,灰暗的脸色里,一双主观的眼睛看他,然后不容置疑地说:"到我屋来一趟。"海米起身便走,本根心却一阵狂跳。不过没往别处想。海米不会把本根当作客人,本根有自知之明。本根想,海米可能有什么事需要帮忙,比如揳根钉子,掏掏炕洞,抬抬扛扛之类。

海米却不要求这些,而是对本根说:"帮我插门怎么样?"

本根说:"插门?"

海米说:"唔。"

本根想,插门还用找人。再想又不对,心内有所醒悟。不过仍是强装糊涂:"怎样插?"

海米垂下眼皮:"来人时,帮我插上。到时再打开。"

本根就笑。本根这样地笑,海米便知道这家伙心里通透得很,于是瞪本根一眼:"这两天人比较乱,形势也紧。"

说完海米又看本根。

本根点了点头，提议道："光插门还不行，外边得拿锁明晃晃地挂上，然后四周围放风。"

海米有些高兴，果真没看错人，便说："不让你白忙，给你提点儿成。"

本根满脸都是笑，却摇摇头："邻里之间，帮这点忙，提那个干啥。"

7

本根每天坐墙根下，伸伸手，就可以挣十块八块了。本根不觉得少，很满意。原来扛猪肉，一天要挣三十的，可那是一人挣钱三个人花。现在老娘做保姆去了，负担减轻不少，这十块八块的除了交纳房费，也够维持两个人吃饭了。犯着腰伤的本根把钱挣到这份上，不易了。

头儿一开，想法便有些活络。为什么不主动做呢。和海米是处得不错，不过主动做好了，不会影响到海米，反而会帮助海米的。立个户头，多拉几个客源，海米不也挣吗。如果她忙不过来，就再介绍给胡同口的朱美容，还有胡同里边和外边的那些。一大批产品等着找买主，同时一大批买主等着找产品，这个联系空间多么大，又多容易形成产业啊。

本根的这个想法，像生在墙角的绿藤，四处攀爬越长越旺。再不拨开，便要覆满他的身体了。

一个陌生家伙贼眉鼠眼地过来，在一间间棚屋前来回地踅。

本根主动搭讪:"你找谁?"陌生家伙打量着本根,判断问话的用意,迟疑道:"找一个人。"本根拿干惯力气活的大手搔耳朵:"坐下说吧。"陌生家伙紧盯住本根的大手,见那手心和手背磨满了老茧,没半点游手好闲,便放心地蹲下身来,递给本根一根烟:"这里有那个吧?"本根心里哈哈地笑,却佯装不知:"你说的哪个?"陌生家伙着急地做个手势。本根没有吱声,略微地掀起眼角,观瞧海米的棚屋。棚屋的门锁着,不过钥匙在他手里。再转过脖子看朱美容那边,朱美容这几天挣了些钱,正重新泡到麻将桌热身。这个娘们,做事虽是不用心,却可资利用。多介绍几份活,少打些麻将,少输些钱,对她也算是件好事。

本根的脸上浮出暧昧的笑容。陌生家伙果然道:"哥们,看来你也是懂行的,找个好户,哥们这里有赏。"本根没有吱声,笑容重又拾起来。像正在扩散的涟漪,因落进一枚土块,又生出一个新的涟漪。本根的涟漪尚未扩散完,陌生家伙已拿出十元钱,在本根的眼前晃。本根没有立刻接那钱,却热情而正经地说:"屋里唠。"便请陌生家伙走进屋里,拿出一个捡来的空罐头瓶子,给陌生家伙沏茶。茶叶总是有的,本根娘的末等茶叶依是不断,如今伺候老刘头挣钱,更有了喝茶的理由。陌生家伙挺满意,吹吹水面上的茶末,急切地说:"快些呀。"本根扫眼陌生家伙:"忙的啥,心急吃不了热馒头。"

本根便出来开海米的门。然后咳嗽一声,回到墙边的小板凳上等待。门被一只手轻轻地推开,海米将她有些蓬乱的头小心地探出来。这个女人,脸色越来越像野地中的灰灰菜,黄中带灰,灰中带蓝,眼圈却是黑且疲惫。见没有别人,海米将门半开,走到本根面前。一个影子趁机从海米身后溜走了,像青鱼摆尾。本根会心地笑笑,权当没见。荡漾在眼前的,只是一片乌灰的浑水。

接近中午的时候,本根进到海米的屋里。海米正若有所思地坐炕沿上。海米说:"小山东,你行啊。多咱学会的?"本根说:"还用学吗。没吃过肥猪肉,还没看过肥猪走。"海米说:"不是骂我吧。"本根说:"我咋敢骂你。再说,瞅你那瘦样,哪像肥猪啊。若像肥猪,我也惦着吃两口呢。"海米说:"想吃拿钱来。"本根说:"咋着,跟我也讲钱吗?"海米刺激本根道:"你不讲钱吗?"本根脸红一下,嬉皮笑脸道:"不是我说你,咋放省心不省心呢。如今光见农民自己种粮自己卖,其余的谁还做这样蠢的事。又洗屁股又洗脸的,瞅着挺忙乎,见不到大效益。连歌星大腕的都委托个演出公司呢。"海米说:"有钱大家挣,冲你这话,行。不过我跟你说,眼光不能放到我熟悉的这块,得到别处去拉赞助,拉来后先可着我用。"本根说:"那是,肥水还不流外人田呢。那点零星雨,咋的先可着你浇。"海米便笑了一下:"有点废木头,帮我劈劈。我去买点现成的,中午在我这里吃。"本根大声地说:"行。"

媳妇嗅出一些味道,不太放心:"这样行吗,别是人家设的套。"本根脖子一梗:"咋不行?"媳妇说:"还是养好了腰,到市场找活干。"本根说:"市场?还有比这大的市场吗?"媳妇说:"总得找些正经事做吧。"本根就呵呵冷笑:"正经事都让正经人做了,快别跟我提这正经。那些洗浴、宾馆、歌厅、迪厅、酒吧、按摩屋、发廊，牌子恨不得比屋子大，哪个里头没猫腻，哪个是正经？一样的生意，就是人家硬件好，赚个高价罢了。再说，我在市场上干活，除了扛猪肉，还能干什么。卖海鲜，做馒头，卖熟食，你给我本钱？赔了你给我平坑？"媳妇说不出什么，便皱紧眉头，叹口气。本根继续说："我熬骨头，你痛快跟着喝汤得了。"

吃饭的时候，本根跟海米学说这些话。海米吐出块猪脆骨："说的对。人家宾馆条件好，卖的是精品屋的价，咱们这里，只能卖个批发价，最多是个地摊价。"

本根说："啥价都得有。光是星级宾馆，老百姓上哪儿去？"

海米对本根说："想不到你还挺开放，以前竟不知道。"本根说："不知道的多了。十七岁那时候，我就在这地方混，一气儿待了八年。我爹有病，家里没人管，我才回去的。"海米有些好奇："八年，你都做些什么？"本根声调低下去："也是扛猪肉，给一个老板做。说起来，这些年净扛猪肉了。"海米说："那老板做生意那么早，挺厉害吧。"本根饧眼看着海米："惦上了不是，和你一样，也是没长把儿的。"海米伸出筷子戳本根。本根躲躲脸，说道："那女的真厉害。收死猪，卖猪骨头，收马肉，搅肥膘，收病鸡，做肉肠。啥事都干，钱挣飞了。"海米说："工商不查她。"本根说："查过，把那死猪死马，敛到一块儿，浇上汽油烧掉。可前脚一走，后脚把那肉扒出来，照样卖。"海米说："以后可不能买肉肠了。"本根说："管那个事。粮食有化肥，蔬菜有农药，地下水有污染，你怎么办？"海米捶捶腰眼，换个姿势坐着："那女老板没相中你吗？"本根说："连你都没相中我，人家能相中？养了三个大学生,专门陪着她。"海米挺感兴趣:"一齐吗?"本根说:"群狗掐架,轮着养的"。海米说:"那大学生同意?"本根说:"咋不同意,第一个陪三个月,女老板现金就搭了两万。第二个陪半年,给买块四万块钱的表。第三个跟着做的人工授精,赏套一室一厅的房子。你不知道,干这行的,男的价格比女的贵。"海米淡淡说道:"人家是有钱人做有钱事,现在那女的在哪儿?"本根说:"不知道。哪天去打听打听。"海米说:"有啥打听的,报纸电视上,那些打广告登照片的,这样的人多的是了。"

8

从海米那里出来,本根躺在自家的棚屋里。炕是热的,烙着舒服。从海米那里提成八块,加上陌生面孔的中介费十块,一天收入就是十八块,还蹭海米一顿饭,若是算钱,也值个三块五块。本根有些志得意满。一高兴,给媳妇十五块,让她买点豆油,再买十斤面粉。自己留下三块,买两盒人参烟。正想着下一步的事情,本根娘气嘟嘟地迈进屋来。本根娘当时和老刘头子谈好的,到月就给钱,结果到月却不给,非要等他开支再说。本根说:"他开不开支的,与工钱啥关系。他要是不开支了,这钱还不给了。"本根娘说:"就因为这个,我才气得慌。"本根说:"不行就不干了,咱再找一家做。"本根娘一听更不高兴:"这头还没撂下,就让我另找下家,你是不往外推我。赶明儿找个人家,把你老娘嫁出去算了。"本根嘻嘻地笑:"我不是那个意思。"本根娘说:"我看你是那个意思,和你媳妇一起算计我。"本根说:

"娘啥时候都是娘,打我骂我都是娘。再说,儿媳妇你也看着的,她敢对你咋样。"本根娘沉了沉脸:"山东那里还有俩崽子,得看住了,别让她里外倒腾东西。"本根说:"她敢?"本根娘说:"有啥不敢,偷偷摸摸的,你知道吗?"本根说:"家里这个情况,除了煤灰、炉渣、尿盆子,还有啥?"本根娘说:"我是让你注意。"

本根没有吱声,躺炕上有些迷糊。海米那里喝过的半斤酒起作用了。本根娘便不理他,出门去幸福街市场买五毛钱的蔬菜。每天五毛钱菜金,老刘头规定的,不准多也不准少,心里却盘算如何跟他摊牌。老刘头虽是扛着个大肿瘤,做事仍尖损,心肠也鬼道。工资的事,不管本根娘怎么试探,躺在那里就是不吱声。反正钱把在他的手上,看谁抻得过谁。好在次日,卖海鲜的黄头发儿媳妇把工资给领来了。儿媳妇的嘴甜甜的,本根娘知道,是老刘头的楼房给抹的蜜。老刘头有三个儿子,这个黄头发儿媳妇下定决心,要依靠嘴甜腿勤,把房子弄到手。工资既已开回,本根娘也要开薪水了。磨磨蹭蹭地直到中午,趁老刘头被太阳光晒得迷迷糊糊的时候提的茬。老刘头也算认账,只是原来讲好的二百元,如今只给一百元。本根娘就问怎么回事,老刘头说:"你给洗衣服吗?生炉子还浪费煤,煤核也不挑,直接扔外面去。捡破烂那两口子都不买煤,整天捡着你扔的煤核烧。"本根娘虽是眼毒嘴狠,因为钱把子仍在人家手上,又是坐地户,心里有忌讳,只能压住气愤,尽量缓和着说:"老刘头,我不洗衣服,原先就跟你讲好的,你儿媳妇可以作证。我天天往出扔煤渣,煤核从来都是挑了又挑。捡破烂的两口子,半月以前就嫌屋子冷回老家了。你说你不是顺嘴胡诌?"老刘头激眼了,破口骂道:"谁顺嘴胡诌,我看你是瞎呲呲。"本根娘从没受过这样的气,一把鼻涕抹鞋底子上:"天地良心,你这叫欺负穷人。"

吵话的声音越来越高,便有闲人过来观瞧。本根媳妇知道这事,忙告诉本根,两人一齐过来。本根上前指着老刘头说道:"刘大爷,你说话咋不讲理,讲好的二百元,凭啥只给一百元。"老刘头大骂道:"要你管,你是哪里的,给我滚出去,别在我屋里待着。"本根也吼着说:"你恁大岁数,咋还骂人,你忘了,上医院时我背的你。"老刘头轻蔑地横本根一眼:"你活该攮丧,你个臭皮条。"本根气得直攥拳头,媳妇忙往出拽本根,怕惹出乱子。本根娘看这个情势,只得把话收回来:"老刘头,我就是条狗,绕活这一个月,也能有点感情吧。你少给我工钱不说,还骂我儿子。就算看我的分上,你也不能这样。"老刘头听本根娘这样说,便闭起嘴巴不吱声,一副与己无关的神态。本根娘心里直咬牙:"你个老刘头,一点阴德也不积。让你身上再长出八个大肿包。"

事情未了,黄头发儿媳妇居然找过来,责怪本根娘不该跟老刘头吵,还引着一帮人到他爹的屋里,把他爹给气病了。黄头发儿媳妇威吓说,老刘头的流氓儿子要过来,是她给拦住了。若是过来,绝不会轻易放手。她男人有名的打仗成性。本根娘虽近六十,又有些驼腰,身量仍比黄头发高出一尺,便虎起脸说道:"不放手又怎么样,横竖敢整死人咋的。干活不给工钱,告都告得赢。"黄头发平时卖货用嗓惯了的,声音很大地说:"你要这样说话，我跟你没啥说了。你告去吧，看能告到哪里。我爹哪也不动，就坐家里等着。话先给你们撂下，他儿子找上门来，别怪我不管。"

本根觉得憋气，到海米的屋里坐。海米始终没有露面，却从头听到尾。这时便劝本根："别跟他们生那个气，权当花钱买把教训。以后干活得看个顾主，给钱不痛快的别干。老刘头的儿子，尽量少惹乎，现在是宁可惹白道上的，也别惹黑道或者沾半拉黑的。他们脑袋掖裤腰沿上，有今天没明天的，咱还想好好活呢。"本根说："就这么忍着了？"海米冷笑道："不忍着怎么样，都说你娘的工资少给，谁知道当时咋讲的。就是知道，也都看热闹，谁站出来给你说句话。"

一番话，本根半晌不吱声。

海米又说："小鸡尿尿，各走各道。有能耐就埋头挣钱，挣着钱，让他管你叫大爷。"

本根媳妇走了过来，说老娘先坐屋里生气，后来就出去散步了。本根最好到姐家找找，看出什么事情。本根媳妇始终站在门外，不肯进屋。说话时肿眼泡低垂着，也不肯看两人。海米说道："快去看看你娘吧。别挨了欺负，再气出场病来。"

9

很快，本根在周围有了些小名。从事幸福的和寻找幸福的，不少都找到他。他也竭诚为众人的幸福服务。海米的门，依然坚持替插。不过有了自己的业务，提成的费用便不急不躁，而是根据海米的心情。给也罢，不给也行，没有挑头。至于活源，仍是先供着海米，除非是海米不要。朱美容当然也要考虑，毕竟是元老级的，需要尊重。然后才排到其他。如此，海米和本根两个人，都觉得比原来更近了一层，很有些知音的感觉。既然如此，难免相互欣赏。海米便说："本根很有天赋。"本根幽默道："你的意思，我天生就是干这活儿的。"海米白本根一眼："我可没这样说。不过，你这个人，表面木头，其实精得很。"本根听后，几分得意地笑。

本根媳妇有些不高兴。本根媳妇性格直，又有些鲁，不高兴便写在脸上，炒菜做饭的时候也叮叮当当的。本根骂媳妇："别跟我整那出，我愿意联络这个事情？"媳妇说："不愿意还联络。"本根说："不联络你挣钱哪，你给钱哪。"本根媳妇说："我管不了你。非要做的话，别在咱的屋里做。"本根呷口酒问道："上哪里做，想安排到日本皇宫，人家让吗？"

做得时间稍长，手头有些活泛钱，本根便把毗邻公共厕所的棚屋租下来。算是有个回避的地方。要不然，自家棚屋占的时间太长，本根和媳妇也真没个地方待。本根媳妇不知足，觉得应当使用新租的臭屋子，哪怕不收钟点费。本根达观地说："这个屋子离公厕近，上趟厕所方便。尿频尿急，跑肚子窜稀的，也不怕了。"媳妇说："她们才尿频尿急，她们是公共厕所。住这样的屋子，才叫臭味相投。"本根警告道："这话让她们听见，看我扇你的嘴。没有她们，哪来的财运。"媳妇两腮条件反射似的鼓了鼓，不再说什么。

本根媳妇满肚子都是话，不知道能对谁说。实在没处说，就在肚子里忍着。本根媳妇觉着肚子鼓得发胀了，肚皮接近半透明的颜色。像是秧歌队里那面反复捶打的鼓，表面皮皮实实的，越捶打声音越响，有一天，豁地捅漏了——

本根媳妇不敢想从前的故事，却止不住想两个儿子。本根和亲姨妈坚决不允许她想，本根媳妇也就不去想。本根媳妇拿切菜用的菜刀去切，拿洗衣服的粗手去搓，拿劈木柴的笨斧头去劈。本根媳妇这样做了，却发现只是徒劳。想起两个儿子，本根媳妇就止不住地要哭。那哭声是无泪的，粗哑着嗓子，听起来像笑。

本根媳妇还特别想老家，尤其躲到公厕旁边棚屋里的时候。那种感觉很强烈，闷得她喘不过气来。不过老家回不去的。她想偷偷地去找两个儿子，却不知道两个儿子会如何对待她。儿子们已经大了，不会再像从前那样，依赖着她，听她的话，一步一步地跟着她。本根媳妇曾跟本根说起回家的事，本根没有生气，而是很惆怅。本根媳妇相信本根的惆怅是真的，本根媳妇喜欢本根的惆怅。本根叹口气："再回去的话，老家是住不成了，不行的话搬别的地方去。"别的地方是哪里，本根没说过，本根媳妇不知道，也不想打听。像那歌子一样，本根媳妇觉得她就是沙，本根就是一阵肆虐的风，风吹着沙四处地刮。只是刮不到绿色的地方。山清水秀的地方，风刮的是绿，刮不起沙的。

本根媳妇有时到赵老太太那里去。赵老太太先还说让本根出去干活或者管管本根的话，后来就不说了，只是怜悯的眼光看她。本根媳妇到盒饭女人那里帮着择菜。盒饭女人会突然盯住她因为下蹲露出的腰,大惊小叫地喊:"小山东咋打得你?"本根媳妇莫名其妙。盒饭女人说:"你腰上的那块青。"本根媳妇茫然地说:"我不知道啊。"盒饭女人想对她说些什么,涌上来的却是滔滔不绝的骂。盒饭女人诅咒天下的男人都瘟死。赵老太太不同意:"天下的男人都瘟死了,谁给你做伴,谁做你的保护神。"盒饭女人看了看赵老太太:"你家大叔那样的男人多留几个。"赵老太太和盒饭女人便笑,本根媳妇也跟着呜噜呜噜地笑。

顾客一个一个地来。本根像钓鱼台上的渔翁,静观鱼儿一尾尾地过来咬钩。又像赛马场上的看管员,将栅栏打开,看一匹匹高头大马惊心动魄地冲奔而出,腾起一溜儿的灰土狼烟。本根满心欢喜,联系起事情越来越游刃有余。还主动到海米那里征求意见,及时听取对他的反映。海米反馈说,有个顾客,大概是个老机关油子,说本根长相木讷,眼神不老实,联系事情的思路,很像办公室主任。

海米自此不称呼他本根,而叫他根主任。本根说:"你既是叫我主任,我就叫你海场长吧。"本根是说搞海水养殖,容纳鳖头虾蟹的意思。海米不理解,问本根为何这样地称呼她,本根笑而不答。海米猜测不是好话,故意沉下脸道:"你可不能耍笑你大姑奶。是不看你做了点事情,就忘本了。"本根急忙说:"那可不是。知道我为啥叫本根吧,我从来不会忘了本。咱是干啥的,打工的一个,若不是腰病,若不是你引导,最后能干上这事?"海米说:"我没引导过你,你自己愿意的。"本根说:"你没引导过我,你帮助过老弟还不行?"海米说:"这还差不多。"本根心情舒畅，便又忍不住笑。海米以为又在笑她，恼道："你小子这几天到底挣了多少钱，嘴咧得跟什么似的。"本根心里骂道："咧什么咧，这话也叫话。"嘴上没有说出来，却是止住了笑，脸上重又一副僵板的模样。

10

本根娘从老刘头那里不干，又在两站地外找了份活。也是保姆，却正儿八经的楼房，伺候的人也比老刘头硬实。隔三五天回来一次，回娘家做客似的。知道本根做的事项，心下也有些担忧。不是别的，怕有天进了牢房，连棚屋也住不成了。明知道与本根媳妇无关，仍是训斥道："连个男的也管不住，成天净白吃饱了。"本根媳妇眼看本根没希望，凑在一起也是对付过，如此下去，不定哪天散摊子，便顶撞道："你的儿，你自己都不管，我管个啥。依着我，还想让他摆摊卖菜呢，他听吗？"本根娘说："你怎么这样跟老的说话。我啥时不管我儿了。哪里像你，扔下两个狼崽子，抬脚就跟人走。"本根媳妇撸下脸："你也别那样说，哪天我就走给你看。"本根娘见本根媳妇这样说，便有些后悔，怕媳妇真的下了决心，也是说到做到的主。连儿子都能扔下不管，还有啥扔不下的。本根若真的被扔下，下一步不知怎样找呢。却不能表示后悔，硬起嘴说道："你走。你前脚走，我后脚给我儿说个黄花大闺女。"

待本根回来，本根媳妇就把本根娘的话说了一遍。本根也挺生气，这边正想方设法挣钱，那边却制造着麻烦。真要挣到了钱,再说这话也不晚。现在这个情况,说得肯定早了点。媳妇是丑,毕竟真心真意过日子,有天真的走了,空档的日子也不好挨的。小姐是联系几个,人家为了啥,他本根真若有想法,照样一手钱一手货,没得说的。便对媳妇说:"别听她的,她一拍屁股就走人,日子还得咱俩过。"本根媳妇便有些感动。女人一感动,就觉得前边有了光亮,也不跟本根叨咕了,撅起屁股,吭吭哧哧地洗衣服做饭,任本根继续在外面勾来引去地忙。

不仅媳妇认可,胡同里的别人也都有些暧昧,或者睁眼闭眼。赵老太太虽是嘴碎,有时爱传个闲话,惹得人家上门来找,涉及这方面的事情,却是不大管。管了滥搭的棚屋就没有人租了。看不惯也得心里擎受着。老刘头的注意力只在保姆的工资上,只要工资付得少,巴不得整天鸡飞鸭叫,有个热闹看。包括盒饭女人,虽是从心往外看不上本根,却没有太多的表示。只是经过海米和本根们的棚屋时,不屑地白上一眼,又忍不住再溜上一眼,窥测他们在干什么。盒饭女人独居五六年,新近处上一个挺中意的男友,想不到这外来的男友不认可了,要行侠仗义。男友是开出租车的,跟盒饭女人正在兴头上,夜夜回到盒饭女人这里留宿。有天十二点钟回来,见到一个年轻人蹲在本根门口,猜是干完了坏事蹲那里歇着,便上前严肃地盘问。年轻人虽然不太高兴,以为是派出所的暗探,便小心地分辩:"我是走道的,蹲一会儿不行呵。"出租车司机便破口大骂,激昂的声音传进不少人家。盒饭女人听见出租车司机的声音,忙出来看个究竟。见到眼前的情形,恐怕惹出事情,拉着出租车司机就要回屋年轻人明白不是暗探，急了眼，抄起电话要找人来揍他，两个男人便撕巴到一起。本根屋里坐不住了，人是他引来的，总要保障顾客的安全，忙推门出来劝架。又有些着急，怕把事情搞大，一边拉开两人，一边支吾不清地劝。盒饭女人看见本根就生气，上前兜胸一拳："明天找房东，把你们都送派出所去。"后来还是本根媳妇出来，可怜巴巴地求盒饭女人息怒。看在平时择菜的份上，或者也需要有个借口收场，盒饭女人才又招呼出租车司机回屋。

这边打发走了顾客，本根却再睡不着，蹲地上一颗接一颗地抽烟。媳妇劝道："睡吧，再不睡天就亮了。"本根有些无奈，语气出奇地温柔："你先睡吧，我再坐一会儿。"心里却算计，盒饭女人哪来这么大的火气，以后怎样收拢她，不让她和那个出租车司机找茬，却始终想不出个头绪。天亮后到海米的屋里坐，海米说道："一年年地没男人拾掇，变态呗。"本根说："真让她乱说乱讲，要坏事情的。"海米说道："由她去讲，你能封住她的嘴？讲够了她就不讲了。"本根说："满胡同里的人都各忙各的，谁也不管谁，怎么出了这个贱货。"海米沉吟着："她要跟派出所说，也早就说了，还至于等到现在。"本根说："倒也是，毛病还是在出租车司机身上。"海米冷笑一声："出租车司机就是正装玩意儿吗，找人跟到他家，再通知他老婆，他这里找了相好的。"本根说："做盒饭的跟我媳妇说，这个司机是单身。"海米呸一声："谁信哪，现在的男人花着哪。实在不行就找人，堵哪儿揍他一顿。"本根说："这倒是。我也想起一个招儿，做盒饭的看不得别人好，哪天在她的盒饭里加点泻药，看谁还买她的饭菜。"海米说:"你怎么这样坏,谁的事情找谁,跟人家买盒饭的作什么对。真要查出你,别说是泻药,就是撒点沙子,也不是小事情,弄不好枪毙呢。"

这样说过没两天,盒饭女人的菜饭竟是卖不出去。整车推出去,又整车推回来。盒饭女人坐屋里直抹眼泪,抹完眼泪,便东一家西一家地发送。赵老太太手捧熘肉段,蹙起眉头劝盒饭女人,却掩藏不住嘴角的笑意。老刘头的新保姆盛回一碗地三鲜,老刘头吃不下,瞪起老三角眼看新保姆吃。直到新保姆受不了老刘头的眼光,撂下筷子不吃了,老刘头才闭上灰白的眼皮。本根挺乐,到海米屋里说这些事,见海米怀疑的眼光看他,忙声辩道:"与我可没关系。谁知道遇到了竞争对手,还是怎么回事。兴许大家嫌她的饭菜有汽油味呢。"只是海米仍用那样的眼光看他,本根便闭紧嘴巴,不再吱声。海米阴阴地笑道:"瞅你这点胆,谁说你使坏了。就她那双手,一手掏灰,一手摸人家男的,能做出啥好饭菜来。"本根感叹,这个女人果然经过阵势的,真要坏起来,比盒饭女人厉害多了。忽然想起前夜里闹得地覆天翻,海米仍是声影未见。一时竟觉得深不测底。

11

本根觉着不对头了。以往是人堆里闻味似的寻找客源,现在却是不少人急迫迫地找他。本根就觉得奇怪,不知道业务量来自哪里。思考事情的前前后后,突然明白,原因在于宾馆洗浴等休闲娱乐场所的阶段性整治。这些人们挤到幸福街来了。

像河水改道，野鸟迁徙。像秋天收割了庄稼，田鼠跑到家鼠的地界。

脑袋里的某根筋动了一下，欲望和胆子霎时接通了。接通以后便意识到，挣钱的机会来了。

本根把胡同转个遍。不用转，犄角旮旯都在心里的。不过本根还是转个遍。本根计算，加上两个卖鸡蛋的住户腾出来的，可租的棚子一共五个。每间棚子的价格压在百元以内，月租费不超过五百元。还得备几条褥子，可从家里解决，也可去拆迁工地或医院的后墙捡。床的问题不难，棚屋顶上堆着的那些破木头拼凑一下就成了。

本根觉着有股气在他的周围升腾，脸上不觉板出两道横纹，下决心做大事的横纹。除了貌似呆拙的眼皮下依然乱转的眼神，本根的脸就是娘脸的翻版。本根媳妇有些担心："你怎么了？"本根打断她："不该问的别问。"

房主那里几乎没有费事，甚至一副快乐和谄媚的神态。市里将很快拆除三小建筑，幸福街区在重点拆建之列，胡同更是必拆无疑。一些旧租户已因此不肯续租，他们正为棚屋的空置闹心呢。没想到平时沉默寡言的小山东，给他们带来如此商机。他们都以崭新的眼光打量着本根。

本根做的这些事情没有告诉海米。本根想找个适当的机会，慢慢地渗透。本根自己的决定，当然可以不告诉海米的，但本根不想那样，也不能那样。让本根生气的是，本根的想法让媳妇说破了。本根媳妇生硬地敲开海米的门，十分不满地冲海米说："你们搞的啥事，租五间房子，一个月就是五百块呀，犯了事咋治？"海米有些不明白："什么租房子？"本根媳妇说："你不知道？"海米刺她道："你男人的事，我凭什么知道。"本根媳妇挺高兴，不过接着发愁："连你都不知道，那更糟糕了。"

晚饭后，本根走了过来。海米白他一眼："这两天挺忙啊，一不小心，当上老板了。"本根笑了笑："得靠你支持啊。"海米有些酸意："你们两口子咋回事，那个找我这个支持的，挣钱给我花咋的。"本根说："给你花，没有你，我一时还找不到这路子呢。"海米横道："这话以后可别乱说。什么路子，你进大坑还想拽上一个咋的。"海米这样的态度，本根有些吃不住劲，沉默一会儿说："我得大干一场了，发财的机会不抓住，以后就没机会了。"海米没吱声，半天叹口气，本根便明白，海米算是认同了。海米这些天腰酸腿疼，为了补给身体，每天特意订一斤牛奶，这时便煮了煮，有些疲乏地喝。本根说："就怕派出所插手。"海米撇一下嘴："挺拿自己当回事的。也不想想，人家净顾那来钱的大场子了，哪有工夫管你贫民窟。"本根说："可也是。"海米又撇一下嘴："再说，你们男人都是猪，记吃不记打的。"

本根娘居然把自己嫁了出去。这个眼光似鹰的老太太真是能，炒了第二家雇主后，不知什么途径，和胡同外高楼里的老头子连上了线。本根和本根媳妇都不知她使的什么计。那老头子虽和儿子儿媳一起过，却是月月有工资。那份可观的工资，除了每月上交伙食费，其余的都由本根娘经管。本根娘也因此鸟枪换炮，弄上浅根的黑皮鞋和漂白的袜子穿着。只是鞋袜的式样有些不对头，配上古板的藏青色裤子，怎么看都像装老服。

本根高兴又遗憾。老娘嫁人到底是不好四处张扬的事情。不过也没有理由失望或者生气，心底里还隐隐有一丝喜悦。也并不是没有些微的遗憾。眼见中介事业蒸蒸日上，吃穿不愁的生活即将来临，老娘还是嫁得早了。若嫁得晚些，可以找得更好。当然也可能不找。就是说，若果有钱，能够保证好的生活，娘也不至如此了。于是心内发狠，一定抓住时机挣上一把，将事业发展起来，否则连老娘的尊严都保不住。

　　本根媳妇倒些许的宽慰。有了新老头子牵挂着，本根娘就不会总牵挂她了。本根媳妇觉得从此能够自在些。

12

　　胡同里很少有过的热闹光景。伪满洲国时，幸福街便是城市的繁喧笙歌地带，如今看，倒是不虚此说，起码返照了一些气象。

　　本根每日里挺忙碌，大大小小的事情够他处理的。小姐们要用不少的水，不仅要喝，而且要洗，公共水龙头便不断地流。很快有住户提出意见，本根便中气十足地去找五个棚屋的房东。房东笑容可掬地说好办。所谓的好办，无非在嘴欠的跟前念叨几句，事情也就过去了。胡同里的人，本来就是好说话的，又没什么特殊要求。对于每天过来的神秘顾客，那些闲坐在胡同里下棋或者聊天的，反倒有些矜持自豪的意思。除了水，还有电。小姐们没人的时候要点灯。这个问题难不倒本根，接几个线盒，弄一两个插座，可以轻松地做到，本根从小就会捅咕。还有安全四防。有的小姐问:"什么叫作安全四防?"本根便一样一样地解释。小姐们嘲笑道:"四防问题要都考虑,还会有人找我们吗?"弄得本根无话可说。不过小姐们也有要求,她们想让本根给张罗点伙食,省得东一顿西一顿地蹭。盒饭女人那里自是有,不过盒饭女人宁肯卖不出去,也不卖给她们。这使她们感到奇怪,都是女人,怎么跟天敌似的。本根便跟媳妇说,让媳妇每天安排点伙食。本根媳妇嘟囔道:"让我去伺候她们,我不干。"本根怂恿:"可以向她们收费,收的钱你揣着。"本根媳妇说:"那我也不干,她们又不是没长手。"本根便要向媳妇发威。本根知道,他一发威,媳妇不敢不从的。想不到小姐们却不干了:"让你老婆做饭,得了,我们还是出去买吧,要不自己煮点现成的。"本根还以为老婆做的山东菜小姐们不习惯,没想到小姐们居然是嫌本根的老婆脏,做的饭吃不下去。她们人都不嫌,居然嫌老婆做的饭。但她们就是愿意把这些事情分开看。

地盘既是做大了,得弄身新衣穿着,改变一下装束,起码有个老板的样儿。只是买衣服的钱,是冲本根娘借来的。本根娘的钱,则是自己做保姆时挣的。本根娘再糊涂,也不会拿老头子的钱贴补本根。人家虽是让她经管一些,不定几双眼睛盯着呢。若想搭的时间更长,有些规矩就得遵守。不过既是自己的钱,谁也不敢放屁的。说是这样说,仍有些舍不得。没光着没露着,买的什么新衣,干脆捡几件算了。想不到本根不满足,提出再借六百元,要买个本地通手机。本根娘大吵起来:"买那玩意儿干什么,那么大的花销,月月还要交费用。"本根说:"我也不是管你要,借还不行吗?"本根娘说:"那我也不借,这也买那也买的，平常日子怎么过。"本根说："手机我必须用，这么多人找我，不能个个都到家里来呀。"本根娘说："你联系那玩意儿，我早就知道了。那是啥活你知道不，你正往坑里走哪。"本根板起脸上的横纹："是坑我也得走，不走我怎么活。干活腰不行，等着房笆掉饺子吗？再说，抓紧机会干上一阵子，我会转型的。多少发财的人都是这路子，先坑蒙拐骗，暴富起来了，再糊上脸做人。规规矩矩的谁能发财，谁又是规规矩矩发财的。"本根娘便无话可说。本根又说："先借你一个月，一个月以后肯定还，行不行？"

手机没用上两天，一个小姐便提出要借，说是回家镇她家的老公。这个小姐已从本根这里拿过两回钱的。第一回借了四百，说回家一趟，需要点路费，隔两天就还了。第二回又要回家，说孩子有病了，需要送钱回去打点滴。本根一听是孩子的事情，立刻借她二百元，连点迟疑都不曾。本根媳妇不乐意，本根还振振有词地批评媳妇："她们都是我邀过来的，如今也算咱属下，有事情不找我找谁，我算是组织啊。"本根媳妇说："我还跟着你过日子呢，你咋从不给我当组织。"本根说："你能跟她们一样吗？"本根媳妇说："咋不一样，她们是小姐，我是你媳妇，她们还比我强了。"本根说："我不跟你说这些话，反正得帮她的忙。"小姐倒挺守信用，隔上两天又还了。来来回回地借还，本根便知道一些情况。几个小姐中，这个离家最近，差不多五六十里就到的。离家近，事情就多，不像那些小姐，断线风筝似的在外飘。只是这次不仅借手机，还向本根借了五十元的路费。本根有些犹豫，但还是借了。然后小姐就没了影儿。整个胡同都知道本根被骗了一把。本根这个上火，五十块钱的路费也就算了，那手机可是一千多块。玩一回鹰，让鹰鹐了眼。心疼钱不说，脸上无光的。

本根媳妇不依不饶地跟本根吵。平时一个嘴巴两个侧踹的，毕竟不损失钱，受也就受了。如今一千多块说没就没了，本根媳妇话也不说，饭也不做，躺炕上生闷气。本根娘听见这事也急了眼，立马朝本根要钱。本根虽是窝火，却又没话可说，只能磕磕巴巴地解释。钱却不能即刻就还的。本根便到海米的屋子里去。海米说道："丢就丢了，找是找不回来了。想跟她们当朋友处，怕是你打错了主意。"本根说："我也不是没想到。"海米问道："想到了你还借。"本根懊悔地说："所以后悔呢。"海米想了想，对本根说："咱们交往一回，有句话我该提个醒。抓紧时间干一段，就得收敛了。该是树根底下的事，偏要拿到太阳底下来晒，当你是棉花，越晒越起暄呢。看人家又开洗浴又办按摩的，你照量照量试试。"本根不吱声，只是低头叹气。

叹气归叹气，该着管理还得管理。先在胡同里放风，说是敢这样地干，跟派出所疏通好的。不少人果然相信，便跟着骂派出所。倒是赵老太太，因为是四十来年的坐地户，眼光也敏锐一些，觉着棚户区里乱糟糟的有些过，应该适当治理。趁居委会的女主任做防疫调查，大致地反映胡同里的情况。女主任也有同感，不满地说："我特意跟他们说过的，他们不当回事呵。"他们是谁，女主任没说，赵老太太也不问。又偷着拨 12345 的电话，要亲自跟市长通话。因为始终占线，还搞不清是否收话费，拨了几次后，只好停下来。原来的想法这时占了上风，何必呢，除了原有的棚屋，自己又把煤棚子倒腾出来。靠这些棚屋，一个月进个三五百，顶上每月发的退休金了。心里便骂："去她的，天又没塌下来，再嫌乱就搬女儿家住，一百五十多米的大楼哩。趁这乱劲儿，多逗几个钱是真的。便闭住嘴，不再吱声。

本根这里却有些收不住口，原因是小姐们的业务越来越花，居然跟老外有了交往。本根先还不信，以为是新疆吐鲁番的。后来仔细打听，果真是老外，而且开辆跑车过来，停在幸福街市场的门口。本根便想，多亏没停在胡同口，否则洋人加洋车，还不显山露水的。心里发慌，便又去问海米。海米说："除了显眼，倒也没啥。老外也是人，都能理解的。"本根算是放下心来。因为好奇，又问海米："你也找过吧。"海米啐本根一口："我从不做那些崇洋媚外的下贱事。"本根心想：你是没做着，做着了架高音喇叭广播。便往各个小姐的棚屋里窜，跟她们个个交代明白："老外既是有钱，干吗不上香格里拉，幸福胡同又不涉外。涉及外事活动一定要慎重。"

13

本根忙碌，胡同里其他的业内人员一样。像是终于等到了鱼汛，大家兴高采烈地张网。胡同口来了亲姐俩，支起一间姐妹炖肉馆，挂着驴肉猪肉的幌儿，关起门来搞别的。朱美容自是不闲着，每天把最新款式的白颜色手机挂脖子上，还弄根线塞进耳孔，跟录音棚里唱歌的人一样。盒饭女人依旧坐在碧绿的菜叶中间，择菜、洗菜、切菜。有时冷眼瞥视来来往往的男人女人，会突然地骂一声："什么地方，简直窑子窝。"老刘头扛在肩上的大肿瘤尽管已长出花纹，像农博会上荷兰公牛的巨卵，却依旧眯着白眼皮晒太阳，很是惬意。听盒饭女人这样骂，急忙接茬道："你个小丫头，怎么这样说话。你说这里是窑子窝，我是啥？你是啥。"盒饭女人有些生气："老刘头，我说你了吗？"老刘头说："说胡同就是说我，我在这里住一辈子了。"盒饭女人分辩道："可是我没说胡同呀。"老刘头紧追不舍："你怎么没说，大家都听着的。"盒饭女人说："我就没见过，这世上还有捡骂的。"说完扭身进屋，坐床沿上发愣。弄不清老刘头究竟怎么回事，她又错在了哪里。更可气的，全世界的女人都快让激情淹死了，她连个出租车司机也委身不住。住得够了，拍拍屁股就走人，连一丝一毫的歉意也不曾有。越想越憋闷，头扎在被子里无声地哭。老刘头坐在外面，却掩饰不住的得意。老刘头爱捡盒饭女人的话，这是老刘头的大肿瘤破开时，胡同里的人才醒悟的。可脓水还没流尽，老刘头就死了。

本根媳妇心慌慌的，神情麻木呆漠。像是谁整天地惹着了她。其实谁也没惹着她，倒是她和本根的生活比以前好多了。本根除了还上他娘的六百块钱，还花八百块买回一台彩电。只是胡同属待拆区，有线电视台不肯往这里配线。不过因为信号强，还是可以收上几个频道的。本根媳妇却不看，每天干完了活，便心神不定地来回走。或者坐在门前的小凳下，望着胡同口不断出神，谁也搞不清她在想什么。有一天，正独自坐在房根下，迷迷糊糊地发呆，一个男人站到了她跟前。本根媳妇不知道那男人为什么站到她跟前，不过她一眼便可以辨出，那男人不是幸福胡同的。那男人用身影挡住了她的脸，一边坏笑着，一边往前靠。本根媳妇恐慌地推搡，那男人被本根媳妇碰了个中，痛得弯下腰去。因为是白天，又怕引来众人，那男人也不大敢吱声。一抬头，本根从公共厕所拐过来，那男人随口骂道："你给介绍的什么东西，烂酸菜。"本根有些不明白，问是怎么回事。那男人指着本根媳妇："你问她。"本根脸色瞬时有些难看，不过即刻变得和缓："你弄错了。"那男人气汹汹道："我弄错了，还是你弄错了。"本根说："这是你弟妹。"那男人便说："这扯不扯，我怎么看着像野鸡。"本根媳妇明白过来，就要蹦起来叫骂。本根拉下脸，将她拦进棚屋里。本根媳妇说："你咋不让我骂他。"本根说："你闭嘴，他是主顾你知道不。"本根媳妇说："他跟你老婆耍流氓。"

　　本根说："那也怨你，谁让你长得像。"本根媳妇说："你妈才长得像。"本根并不生气，而是笑笑："我妈是你姨，你姨要是像，你这做外甥女的可不就像。"本根媳妇见本根这样说话，便拿又厚又小的手去抹眼泪。本根媳妇每日里虽是煤灰炉灰地抓，冷水热水地洗涮，脸也潜得跟牧羊女似的，却有一样，体肤非常地细白油滑。本根心下便是一动。本根媳妇抹着眼泪说："我长得像，是因为跟了你。你个鸡头，皮条客。"本根脸色一变。搁上以往，伸手就是个嘴巴，这时却压住火气道："天下的王八兔子多着哩。你就没有想想，那些跑皮的男人，哪个是单身。那些野鸡，哪个背后没有男人。一天反倒混个自在快活。"

本根媳妇叹口气："你算坏透腔了。哪天我就离开你，你走你的阳关道，我走我的独木桥。"本根五官立刻变得狰狞，低低地威胁道："再说这话，我把你腿劈折了。"本根这种脸色，便要动真的。本根媳妇一个寒噤，头皮有些发麻，不敢吱声。本根锉着牙："敬酒不吃吃罚酒。"

14

朱美容被请进了派出所。这消息让胡同的业内人员都噤了声，有些胆寒。本根更是如坐针毡，却打听不到具体原因。稍可以喘口气的，朱美容不是被幸福街派出所的人抓的。至于哪个派出所来抓的，本根搞不清楚。不过抓的时候肯定有预谋。先是内线冒充顾客进去，然后派出所的人员堵个现形。赵老太太很有经验地说："朱美容肯定得罪谁了，看她挂个手机的样儿，钱挣得不多，骚风倒刮得紧。这回该傻眼了。"有人问："为什么幸福街的没来抓。"赵老太太猜测道："八成顾不过来吧。"有人阴阳怪气道："小山东和派出所关系铁呀。"赵老太太冷笑几声："派出所理他？"那个人就说："派出所是不理他，可是架不住上礼呀。"赵老太太便说："搁啥上礼呀，有上礼钱还干这个。"

盒饭女人也听说了这件事情。她刚从情感苦恼中解脱出来，这算是解脱后第一件喜笑颜开的事。盒饭女人咔地撅折一根黄瓜："活该。咋不把这些野鸡都抓起来，狠狠地罚，罚死她们。"

幸福街派出所很快有了反应。傍晚的时候，来了三个小片警，逐家逐户地查身份证。身份证都是有的，包括业内人员。

小片警逐个地登记，询问职业工种。小姐们都说是打工的，平时擦玻璃、刮大白或者涂油漆。见小片警们言语和善，长相清秀，有的便犯了毛病，双目灼灼地盯着他们，弄得小片警们心慌意乱地走开。查到本根的时候，小片警特意停留很长的时间，问的话也有些意味深长。从哪里来的，家里几口人，以前做什么，现在做什么，杂七杂八的。还特意要本根拿出结婚证，翻来掉去地看，又拿眼盯着本根媳妇。后来见两人说得合牙，不像临时组搭的那种，才将身份证和结婚证重新递回，告诫本根平时要遵纪守法。本根捣蒜似的点头。查完了本根，又去查海米。海米恰好没在家，其实是被人包去几天。小片警便问住户怎么没在，去哪里了。本根刚要张嘴，本根媳妇扯扯他的衣后襟说："出去买菜了吧，个人过个人的日子，我们也不知道。"小片警们顺着淌水沟查下去，一直到胡同口，又特意看看朱美容的门，才甩甩搭搭地走开。

晚上本根没吃饭，蹲地上抽烟。本根盘算着自己的事情。再这样大张旗鼓地干怕是不行的。本根悄悄打听过，第一回进派出所，要罚几千元，第二回进去，二话不说，直接劳教半年。可是不干怎么办，两个来月的时间，扣除乱七八糟的，纯收入已五千来块，够扛半年的猪肉了。心里便毛刺刺的。

七天以后，朱美容被放回来。派出所或收容所里的情形，朱美容只字不提，看人的眼光也有些收敛，蔫巴巴霜打过似的。见着人多便急忙躲，让人直跟着不得劲。手机也从脖子上撤下来，不知挂到了哪里。

没隔几天，朱美容搬走了，谁的招呼也未打。去了哪里，谁也不知道。像胡同里的那道废水，遇到晴朗的天气，很快地蒸发了，蒸发得毫无踪影。

15

阶段性整治取得成效以后，附近的浴池引进了新的项目，其他娱乐场所也逐渐恢复往常的热闹。有两位小姐同时走了。她们去的是女子公寓。两人原来就住在那里，如今情势好转，女子公寓又将她们招了回去。不过，也许她们有意联系的。花养在窗台上，与疯长在垃圾堆旁的价值是不一样的。幸福胡同的环境，让她们觉得降了等级。剩下的小姐们，也沟通好了似的，分别与本根谈条件，今后要以自我经营为主，而不是先前那样，单凭本根联系。本根说不出什么。本根若是说出了什么，人家可能抬腿走人了。

本根暗自着急，却是没有办法。因为小姐们少了，便有些分流不过来。本根话里话外跟小姐们发牢骚，说她们的工作效率不高。小姐们丝毫不客气，驳斥本根道："你老婆不是闲着吗，让你老婆顶坑。"本根噎得说不出话来。转念再想，却有些豁然开朗。其实早已暗自思量过的。只要他不嫌弃，老婆倒是最靠得住的。既不用提成，又是天然的攻守同盟，比小姐们强多了。

本根便劝媳妇上阵，起码先顶一顶。媳妇不干，本根嬉皮笑脸道："我都不嫌弃，你嫌弃啥，又快活又挣钱的。"本根媳妇气愤道："别人防都防不过来，你把老婆往火坑里推，你也算个男人。"本根有些酸："别管男不男人，没有钱，连人都不是。"

说完一甩袖子走了。

本根媳妇坐棚屋里，一阵阵发呆。当时忍受不了，跑到本根家的时候，竟没想到今天这结果，真是报应。还有两个儿子，连去封信也不敢，怕是暴露行踪，想起来欲哭无泪。潮湿的墙上，爬过一只蟑螂，比平时的大两三倍，火柴棍那么长，冷不丁地吓人一跳。这种蟑螂，正在这个城市，尤其幸福胡同这样的地方传播。据说从美国传过来的，叫美国蟑螂。平时非跳起来，拿巴掌拍死它不可，如今却懒得去管。本根媳妇想，让它爬吧，只要它能爬。

本根娘走了进来。本根娘越发地板整了。青鞋白袜，灰色夹袄，也越发地像一具体面的僵尸。本根媳妇没理会她，本根娘也不吱声。先审视一下炕面，看是否干净，然后脱鞋上炕。却坐也不坐，只是侧躺在那里，手支起腮，死死地盯住本根媳妇。眼神似塌陷开裂的两道狭沟，吸得人直往里掉。本根媳妇终于有些发毛，硬着头皮招呼道："回来了。"

本根娘似乎漫不经心，又语重心长地说道："街边有个小丫头，老奶奶八十多了，爹是残疾，没有妈，弟弟又小，那日子过得。后来还是小丫头去饭店，先是坐台，然后出台，到底把钱给挣着了。她爹开始还说不知道，啥不知道，最初饭店的活就是她爹给找的。知道也得说不知道，当爹的不那样说咋整。干了几年不也挺好，房子盖起来了，还处了一个对象，老老实实的小伙子，农村过来的，俩人感情还不错。要不说，退一步海阔天空。"

本根媳妇没吱声。

本根娘继续说:"我也不愿意你男人干这个活计,有风险跟着,也不是个正事。可他为了谁?就他那个腰,下不了力,干别的又没底子钱,多大的压力。等你们挣点钱,跟你姐说,在幸福街市场里兑个床子,卖肉或者卖点别的,他当老板,你就是老板娘,人前人后风光的是你。"

本根媳妇嘟囔道:"我找他那时候,就没图意当老板娘。我要想当老板娘,也不会找他了。"

本根娘说道:"你不想找他,还能找到谁。凭你那两个儿子?还有你的个头模样,歪黄瓜种似的,有本根跟着你,也就福天了。现在你好好干,等挣到钱了,由我做主,给你那两个儿子捎回去点。再不就给他们攒着,将来说媳妇的时候,也算你这当娘的一份心意。"

本根媳妇虎着脸:"反正我不干,要干别人干。"本根娘被戳了一样,嗷地坐起来:"别人是谁,你啥意思。"媳妇垂下眼皮不说话。本根娘愤怒地逼视着本根媳妇,鹰眼里泛起硬而碎湿的光亮。

16

本根媳妇既笑且哭的表情,在胡同里呆呆地坐,或者走来走去。没人关心她的异样。只当她整天没有事项,在胡同里来回地遛。本根媳妇头也不梳,脸也不洗,有时还哼哼呀呀地唱着歌子。本根媳妇的歌子居然好听,委婉淳厚的女中音,比她说话的声音好,吐字也清楚。真是很奇怪。

海米把本根媳妇招呼进屋。本根媳妇先还推辞，见海米是真心相让，也就进来了。海米住这么长的时间，本根媳妇还是第一次进来。本根媳妇对海米一直有些看法，如今是看不见，也不肯看。

海米说："妹子，看你是个老实人，心里装不得憋屈事，才跟你说这话。我干这一行，最初并不是心甘情愿的。"本根媳妇没有吱声。海米惨笑一下："说出来你也不信。我原来是开小卖店的。不是城里这商店，我那小卖店设在农村，规模小，买货的也都是当地农民。除了这些，年年还倒腾点化肥种子。"

没人这么耐心地说过话呢。本根媳妇被吸引了，圆张着厚肿的嘴巴问："那为啥做了这个？"

海米说："为啥，说来话就长了。你没经过商不知道，买卖是越做越大，钱是越挣越想挣。人心不足啊。有了些资金，我就集资借贷，倒腾化肥，又倒腾种子。化肥小挣了一把，那种子，却赔得大了。"本根媳妇说："没人买吗？"海米说："要没人买还好了。你知道假种子吧，我那种子就是假的。"本根媳妇着急了："从谁那里进的，找谁呀。"海米冷笑道："人早就没影了。结果到现在连家也不敢回。光是不回也就好了，哪里黄土不埋人，可是债得还呀，都是亲戚的血汗钱。这辈子就算完了。"

本根媳妇便不吱声，海米继续说道："从开小卖店到现在，算上大起大落了吧。怎么办，不得挺着。先咬牙干，把钱挣着再说。顶多不行鸟枪换炮，不信没有活路。这是我。"海米吁出口气，伸手抚摸本根媳妇的糙脸，亲切的样儿，像是幼儿园阿姨给六一活动的孩子上妆："来钱时存个心眼。记住。人到了份，别说夫妻,亲爹都不行。"

本根媳妇只剩下了哭。缩在炕角,像暴雨后浑身精湿的刺猬。

本根媳妇对海米说:"我死的心都有呵。"

……

海米对本根媳妇说,她去趟厕所。本根媳妇要陪海米去,海米坚持不用。出了棚屋,本根正在墙边蹲着。海米说道:"我交差了。"本根笑了笑:"晚上给你买酒喝。"海米撇撇嘴:"好好伺候你老婆得了,别奴打奴揍的。又不是你买来的猴儿。"本根有些挂不住,海米不管,筋筋鼻子:"话先说下,我没劝干,也没劝不干,看的也不是你。你这人,咱惹不起,躲得起。"

17

本根媳妇抬眼看本根:"咱丑话说在前头,得立个字据。"

本根说:"一家人说话,还立啥字据。"

本根媳妇满脸的决绝:"不行,得立个字据。"

本根有些心虚,骂道:"立什么立。跟你一起过日子,我就是字据。"

本根媳妇突然就捶打自己蓬乱的头,嘴里胡乱含混地说话。听不清。本根居然有些慌,伸手去抓本根媳妇油乎乎的小手。本根媳妇抱紧本根的胳膊,不说也不哭,全身阵阵地抖。

本根一时竟有些下塌。腰下塌,心也下塌。

本根姐知道了胡同里新近发生的事情,主要是木根和他媳妇的,急眼了,撵过来骂道:"能活就活,活不了就死。再敢这么糟蹋人,到公安局去,告你个贩卖人口,逼良为娼。"

本根姐向来说到做到的,本根只好忍上一忍。

本根媳妇与己无关似的,眼光麻木地看着墙角。

本根媳妇处于恍惚之中。本根媳妇想起和第一个男人结婚的情形,想起深漆漆的夜里跑到本根那里,夹着包袱跟他跑东北来的情形。唢呐在本根媳妇的耳朵里哇啦哇啦地吹响,耍成旋片的手绢和上下翻飞的扇子沉隐浮现。

渐渐地,本根媳妇的脑海里一片混沌。

18

幸福街的拆迁工作开始了。幸福胡同反倒比原来更热闹了。麻将依然地支,象棋依然地下,退休的、下岗的、在家的,依旧闲谈聊天。外面的大秧歌扭得也更欢实。

每逢此时,本根便在围观的人群里搜寻。

——不少女子也在人群里面遛动。只要气温允许,她们会尽量展露肌肤,包括脚背上的肌肤。本根知道,她们不管如何展露,都比不上自家媳妇的。本根媳妇粗衣覆盖着的肌肤,滑得像凝脂,软得像水。

打　干　井

第　一　章

1

父亲下班后的嗜好，就是喝酒和养鸡种菜。父亲说，他要寄钱养活远在山东的父母，添补我们这几张只进不出的嘴。母亲一针见血地戳穿他："供这个养那个，都让你喝进去了。一天一斤酒，一斤酒就是一块，公社书记也不敢。"父亲最烦的就是母亲这话："你别瞎逼呲呲，我喝我挣来了。"大概想到他将来的可能，父亲便提前下话道："别说我挣来了，我挣不来那天，你们也得给我装酒喝。"说完用威吓的眼光看我们。我们虽是愤怒，却都不敢接茬搭腔，我仿佛还在喉咙里含混地答应了一声"是"。说完这个"是"，我无比羞愧地偷眼瞧看姐姐，所幸的是她对我视而不见。

是的，那时我们家住在农中校园的一角。公社老粮库搬迁后，除了留下一群年深日久的大耗子，再就是作价一百八十元的工具房,也就是我们的草屋。所以论起时间,应是先有我们的草屋,再有老粮库旧址上新建的农中。对于这样的居住环境我们未必俱个满意,却不影响各自寻找和建立乐趣。父亲喜欢周围被树篱圈住的大菜园,母亲喜欢没有鸡毛蒜皮的邻里纠纷,姐姐喜欢满眼满耳的学校气氛,我则喜欢各式各样的便捷信息。我对倾听别人的隐私感到先天的激情与喜好。我只消很方便地睁开双眼,或保持双耳的收音功能,那些信息或隐私便会源源而来。打小练武跑起来却比鸭子还慢的体育老师想去哈尔滨的哥哥家探亲,私下从社员手里买了二百鸡蛋,却被公社教育办找去谈话,说他的行为响应并支持了资本主义道路。农中酒坊的女培菌员,那个比嫩鹅还嫩的姑娘,居然和机耕队的已婚拖拉机手睡到一起,让后勤满脸络腮胡子的车老板子报了案。我所以提及不是因为我知道,而是我事先已经知道。我想去告知那对可怜的男女,但我最终把告知的想法归拢成担忧和祈祷。我没有炫示自己,车老板子要开展行动时先到我们家抽了袋烟,妒忌不已地说那家伙又来了,而且拎了一兜子鲜苹果。做这种事情还能吃苹果,车老板子扭歪着他愈加激愤的脸,投身到农中墨黑的夜色中。

对于种菜,父亲可说殚精竭虑。父亲下雨天不让我们进菜园,怕的是踩硬了菜地,黄瓜小时不准摘,因为皮糙肉厚时才禁吃,菜园里只要冒出棵果树便要刨掉或移到墙根。父亲不管果树是否因此枯萎或结不出果子,父亲只考虑果树会大量吸收水分,遮挡了他的菜地。为了防止鸡飞进菜园,父亲将她们翅膀的硬羽粗暴地尽数剪去,结果鸡们直到菜园一片荒芜时仍长不全羽毛，冻得缩起脖子叽叽地叫。为了给山东仍然硬朗得不行的祖父母打墓造坟，那是项耗资惊人的工程，父亲一下子筹借了不少的款，也正因此，家里的前后菜园种植了大片的小葱。

父亲的霸蛮掘取下，我们家的菜园出名的肥沃。任何患阳痿症的人，只消叉开双腿在园子里站上一会儿，便感觉去了一趟医院，看了一回医生并服了一剂威猛良药。然而谁知我为此受过的苦。除了自家积攒的粪肥外，父亲居然相中了农中那个堡土堆积成的露天厕所。五百名学生的如山冰尿，让父亲的双眼放光。父亲特地量身打造一把只适用于我的小镐，那种滴尿成冰的天气，让我跳进男厕所的便池中奋力刨冰。刨完后还要挑到菜园，倒在那片秋季种植此时已被冬雪覆盖的葱地上。父亲固执地以为葱壮阳也喜阳，有男生们纯真的童子尿漫灌葱地，葱只会长得更好。父亲没有耐性讲这番道理，却是每日倒背双手细心察看葱地又有多少尿冰进账。镐头溅起的尿冰碴子纷纷飞溅到我的脸颊、鼻翼甚至嘴里，我呸呸地吐出骚碱味的尿冰碴子，愤恨地诅咒让我掉进黑洞洞的粪坑里冻死算了。我当然产生到公社派出所告他一状的念头，但至今也想不起为何没有去告，可能是怕派出所最终不管，反倒招来新一轮的大巴掌。

父亲整日挖空心思提高菜园肥力，并盘算如何带出些白菜籽、萝卜籽，学校找父亲搬迁来了。这真让人高兴，没办法不高兴，我不信这个家搬出二里地后还会刨尿冰。更私下的想法是，面对纸棚顶上白天黑夜乱跑乱咬的大耗子，母亲和姐姐走进走出都要小心低头的房檐，我想不到将来哪位姑娘能主动钻进我正给她焐着的热被窝。农中给出的条件应该说基本合理，凭借学校支付的费用，再稍添三五百，完全可以另外选址建起三间土瓦房。然而学校连续来过几次，事情却没有办成。父亲对洽谈的人说，除了草屋之外，还应给他的菜园定个价码。来人不太买账："随你迁到哪里，哪里不给你园田地了，凭什么给你这园子定价？"父亲很不高兴，生硬地对来人说："哪里能找出我这园子，全公社能找出第二个？谁家的园子一年能出二百来块，还有篱障边的三十六棵杨树、十五棵榆树、六棵柳树，再长两年，就都是成材了，现在就是成材了。"来人嗤地笑道："几棵破树也算钱，小鸡崽得卖成母鸡价了。"我觉得我需要说话。我就是这样的人，一边盘算如何去派出所告他，一边却仗义地帮他说话。我说道："我们菜园里埋过多少只鸡你知道吗？"来人有些不懂，我想此人真是笨得可以，居然不知道父亲为了提高地力，多少只死鸡死鸭没舍得吃，全埋进了菜园子里。父亲却不容我说完，呵斥道："干活去。"我立场分明地瞪那人一眼，然后潇洒地转身走开。就是那人，后来成了我的班主任，因为我此时的表现，提拔我当了劳动委员。

谈判自然没有结果。农中的校长主任们料想不到，平时见人先谄笑的铁匠父亲，做起事来居然如此犟眼子。父亲才不理会谈判进展和结果，父亲想的是："去他的，不搬更好，不信你不再来找。"

可是没搁几年，看上去簇新的农中搬迁到公路边上去了，农中原来的位置开辟成了比我们菜园大二十倍不止的蔬菜瓜田。

2

这多年我一直没好意思告诉姐姐她学习时样子多么吓人。姐姐不仅头和颈、手和臂,连整个身子都不由自主地前倾。姐姐伏案做题的姿势不像是做题而像是畅游。姐姐在知识的大河中全力而拼命地畅游,虽然前进的速度不算很快甚至经常倒退,水花却总是打得很响。姐姐不仅倾心尽力地学习,还刻意制造良好的学习环境与气氛,具体表现就是烦恶家中的鸡叫和猫叫。姐姐一听直脖大嗓的鸡叫或故意做作的猫叫就苦恼得不行,脑子中的一根筋就会愈加抻得难受,尤其被难题卡住无以解答时。姐姐对母亲说:"没有一个强大安定的学习环境,怎么能保证良好的学习质量。"这样质问母亲后,便撂下书本开展她的驱逐大行动,主要是将我擅自招引的一些伙伴驱逐门外,当然我也在所难免。然后她独坐闺中,继续在知识的大河中艰难地拍浪漂流。母亲生气姐姐,当然不是因为我,我再喑也不会相信母亲居然悲天悯人地为我争取民生。母亲怪罪姐姐的真正原因是,姐姐居然把家里下蛋的母鸡赶得远远,因为姐姐嫌窗下鸡窝里的母鸡们太吵,尤其下蛋以后。母亲谩骂姐姐:"没见你这样子的,赶上科考了。鸡也不能叫,猫也不能叫,都变成哑巴吧。"姐姐红头涨脸地跟母亲争辩:"我考不上怎么办,你能养我一辈子吗?"父亲得意姐姐的这副嘴脸和德行,父亲觉得支持这副嘴脸和德行就是支持他自己,便立场分明地斥责母亲:"孩子学习是正事,你不支持,还跟着瞎呲呲,你啥也不是。"瞎呲呲是父亲对母亲的专用语,所谓专用是这个词只能由父亲用在母亲身上，二者既不可以置换也不可能扩延。有一次我尝试性地将词汇的应用范围扩大，班里那个女生张牙舞爪地几乎要跟我对命。化险为夷后我不禁反思父亲的大气和母亲的大度。父亲大气得随意辱骂一位亲密女性，母亲大度得连这种屁话也安之若素。

姐姐见父亲如此理解并支持她学习，便愈加满脸朝圣的神情，认真而不苟言笑地重新坐到里屋的桌前学呀学。姐姐每天都坚持到深夜一两点钟，然后白天上课的时候精神不振。姐姐伏案夜读的身影被灯光投到散发着黑泥和糊纸气息的北墙上，不由自主地成为我们共同欣赏的精神幻灯片。我们怀着尊重、欣赏、安慰、效仿各种敬意的心情观看。有姐姐伏案夜读的身影的陪伴，我们的睡眠温馨香甜。

我们铺位相挨地挤躺在外屋尚有余温的火炕上，父母亲会被姐姐深更半夜的学习灯光映照得醒来。当然没有灯光映照他们也会醒，他们早已过了嗜睡的年龄。父亲裸露着还算有两条肌肉的胳膊从褥上摸到褥下，他的动作很让母亲反感。母亲正要矜持地表示或提醒，父亲已摸索到他日夜不离的叶子烟和卷烟纸，母亲这才领会到原来是她领会错了。父亲凭借手感卷起粗粗的喇叭烟，然后嘶啦地划着一根火柴。蓝黄相间的火苗将父亲潦草的下巴照亮。为了表示对抽烟的厌烦，母亲挪动一下身体，以便尽量离父亲更远。父亲却毫不理会，叭地抽上一口烟，又将那烟不管不顾地喷吐成大团的辛辣烟雾，那些对父亲同样有害的烟雾噬进我们的鼻息。父亲自得地享受到头一口烟后，深为赞许地看着姐姐北墙上伏案学习的身影："你们都要好好学,我卖房子也供你们。"母亲再次自讨没趣地戳穿他:"吹牛呗,搁啥呀,趁啥呀,就你这一百八十块钱的小破房。"父亲瞪起牛眼:"不用你瞎呲呲,我一百八十元的小破房照样养活关里关外一大家人。"父亲怒气不消,同时觉得应该给母亲一个提醒,便骂道:"今后我再说话,你不要跟着瞎呲呲,你呲呲什么。"母亲涵养再深,也不愿父亲这样当着姐姐的面骂人,便小声嘀咕:"你没有妈。"北墙上伏案学习的身影动了动,下巴部位开始一开一合地说话了:"你们深更半夜地吵,还让不让我学习了。"父亲居然心悦诚服地接受了姐姐的意见,还主动自觉地意识到他满屋子地喷云吐雾会影响到姐姐的学习,在紧抽了几口后,将烟蒂寂静无声地扔到我们草屋泛灰的泥地上,侧过身子老老实实地睡起觉来。

父亲催人困倦的鼾声中,我睁着睡眼羡慕又不胜惊讶地打量着姐姐的身影,我觉得姐姐更加不同凡俗了。而我们,包括居然能够接受家人的不同意见的父亲,我们活得都很猥琐。

那次姐姐注定要考不上,除非考试科目中增设唱歌、跳舞、高呼口号以及党团员加分。姐姐想凭两个月的突击便一蹴而就,那只能说明考试的荒唐。不过我看不出姐姐落第的痛苦。姐姐她们不痛苦的原因是考不上的痛苦由她们集体承担了。她们那个年级没有谁正儿八经地考中,只有一个凭借吃商品粮上了技工学校,总之考试这件事情被姐姐做得神秘又轻松,直到姐姐顺理成章地上了高中,我们都不知道姐姐报的哪所中专,什么学校,以及考试过程中的具体环节。后来所以有所知晓,是因为姐姐和身边几个围她转的女伴共同讥笑上技工的女生没什么了不起,无非日后当个技术工人,而且那女生头发枯黄,脸上长满了雀斑,水蛇腰和探肩,尤其从小没有娘。姐姐和女伴们当着我的面很放肆地品评,是因为她们根本没把我放在眼里。我觉着和那枯黄女生紧密粘连到了一起,革命的战友就是这个含义吧,我们是有着共同的命运和利益的。我涨红着脸冲小里屋的她们大叫:"你们凭什么总说她!"姐姐她们都愣住了。姐姐有些不太明白地问我:"你在说什么?"姐姐的一个女伴肯定从我愤激的神态中悟到了什么,她先是笑得前仰后合,然后和同伴们咬起耳朵,最后她们一齐解恨似的大笑:"把她给你做媳妇吧。"她们觉得让那个黄毛丫头做我的媳妇真是太美妙不过了,并且因为这个突如其来的创意快乐得眩晕。我啊的一声冲向她们,我要揪住她们的辫子打秋千。可是没等我冲到她们跟前,走进屋来的母亲便喝止了我。母亲的声音很严厉,像吆喝她养的淘气猪一样。直到曲终人散,母亲见我坐在炕上独自发怔,越发叹气道:"你呀,当不了官。当官得心狠。"

母亲接着很伤我自尊地解释:"你的心太软。"

3

那是场炎热而潮湿的夏季,植物蔓延疯长,野心勃勃地涂画各种绿的色调。因为闷热,我们的草屋不得不整日敞开歪裂的门窗。阳光的反差和层层的遮阴使那些门窗黑洞洞,也使草屋看上去更像蜷伏在地面的杨树贴子———一种肉褶堆积浑身没毛的爬虫。没毛的东西多是吓人，人因此拼命地包裹衣服。一些虫类则隐匿在密匝匝的绿叶丛间，直到叶落冬至它们羞愧地遁到泥土中去。可是我们的草屋无处可躲，只有垂头丧气地矗在那里任人评说。

夜晚蚊虫滋生，不得不提早关闭门窗，我们在每日清扫却永远浮泛泥土味儿的屋地上，一遍遍地掸井拔凉水，父亲炫耀而怀旧地扇着他从故乡捎来的蒲扇。那蒲扇叭叭地轻击在他的胳膊和腿上，打出小小的声音和大团大团让人舒服的凉风。父亲还会抄起他的父亲、我们的祖父早年用过的蝇甩子，一种马尾巴精致地编在木棍上的拂尘，散漫不羁地甩来甩去。蝇甩子既爽又痒地拂过皮肤，仿佛被长发女人的青丝亲切撩拨。那种奇异感觉，才是撇家舍业的跑腿子们使用的真正含义，虽然跑腿子们异口同声地说它只是用来驱蝇。没有那么多的蒲扇和蝇甩子，我们便用农中旁边的废物堆捡拾来的甚至崭新的单页。富二代或富三代只跟父本或母本的族系或谱系有关，跟年代实在无关。我们扇啊扇，蚊子小咬儿还会想方设法地从窗缝爬挤进来，母亲不得不找来半湿不干的柳蒿，放在外面的窗户底下熏燃，蚊虫在大团的烟雾中纷纷坠落的同时，我们也被呛得流泪揉眼。

姐姐在草屋里挥汗如雨地写着。她一遍一遍疯狂做着练习题，她用过的练习纸在小里屋的炕梢上摞起老高，可以用方便袋装，可以用短尺量。那些练习纸先是写着长长的演算公式，然后密密麻麻布满英文单词，然后被再次利用，成为父亲源源不断的吸烟纸和母亲的糊墙纸、大酱块子的包装纸。父亲吸着充满数学符号和英文字母的纸烟，嚼着将大酱往刚刚炒熟的爆热黄豆中猛浇而成的酱豆，喝着他砸锅卖铁也要打发我们半斤或论两赊买的原浆酒，做着卖房子卖地也要供姐姐念书的许诺。姐姐每次都被父亲连抽带喝的表白感动，起码看作对她精神的无上鼓励，于是演草纸摞得更高，睡眠时间更短，而姐姐尤为擅长的歌曲、报幕和舞蹈，早成为运动场上放飞的花气球。气球在姐姐的视野中越飘越远，直到再看不见。气球最终会破成碎片飘在远方无名的山岗上，跌进县郊菜地旁的臭泥里。无论怎样的结果，姐姐都是不看或不愿看了。姐姐的心目中只剔剩骨森森的两个字——"大学"。

不能不略为遗憾地说，姐姐学习上的出名，与父亲的逢人便讲有很大的关系。我不明白父亲为何如此执着地吹嘘和宣讲。先前以为父亲是被姐姐的奋起直追和刻苦用功感动，后来意识到，姐姐的发奋用功已列入父亲的精神榜，类似他终日挂在嘴边的过去和自以为精湛高超的打铁手艺。父亲与其在夸姐姐，莫不如在夸他自己。父亲抽着饱浸全家劳作汗水又被他随意挥霍的叶子烟，向综合厂的所有职工以及围观他干活的车老板提起学习的话题，欲掩还休地向他们尤其是家中也有高中生的家长们透露，姐姐最近成绩总是第一，姐姐每天学习到深夜一两点钟，早上五点多钟便起来。父亲这样说的时候，脸庞上洋溢着一种生动的胜券在握的骄傲。父亲期冀轰动效应，父亲喜欢来自五湖四海的交口称赞，尤其对父亲砸锅卖铁也要供书的称赞。父亲觉着那些声音像枝头的鸟叫一样动听。

那是一个颇富深意的全民学习时代，流行话题就是谁家出了大学生。虽然话题背后总伴着谁家孩子又没考上的灰颓，但人们对于没有考上是那么地原谅，包括考生自己。人们相当一致地认为，如果谁都能考上，大学便不再是大学，而是类似于农中。父亲的鼓吹总会那么快地反馈到姐姐的耳朵里，姐姐总是怀着辟谣的心情急赤白脸地予以否认。姐姐她们一致认为不看书或很少看书便取得好成绩，那才是真正能力，一致认为每个人的学习方法及用功程度，差不多属于个人隐私，因此每当面临这种询问，姐姐首先要给询问者一脸怒色，让询问者明白胡说乱讲的后果，然后最短的时间赶回家。姐姐可以轻松地做到这点，姐姐离开课堂回家，像是去了一趟备课室或者操场。姐姐怒气冲天地推开我们草屋的木门，激烈地质问母亲："我爸他疯了咋的。"感谢上帝，母亲此刻会多么正确地旗帜鲜明地表达她的意见："谁知道，喝两盅尿汤子，到处瞎呲呲。"对于父亲的这句口头禅母亲已经耳熟能详，并且运用得恰到好处。

4

那时姐姐正筹划着她的读书计划，姐姐的计划就是回山东，姐姐觉得农中的书是没法念了，只有回山东潜心修造，两年后才能艺满下山论剑比武，圆一个秋红色的大学梦。姐姐的同学们也各想出路。而处于风雨飘摇的农中，依然应时应季地搞小秋收活动，号召学生拾秋粮或者剪草籽。积肥任务已随着化肥的滥用不被稀罕了，否则农中会要求学生挎起粪筐上学。农中让母亲都跟着叹息:"这学校八成要黄摊了。"

姐姐回关里念书的事情上,父亲居然有些犹豫,居然要给他山东的大家庭写信商量,待那边议事首肯后再决定姐姐是否成行。这使我感到惊讶,母亲则冷笑不已。父亲每年砸锅卖铁地寄款,父亲不曾犹豫,当然砸的不是父亲的小锅,而是母亲和我们的大锅。父亲在白酒脱销时要姐姐和我蹚着没膝深的冒烟雪赶到五六里外的一个生产队,有也得有,没有也得有地将酒买回来,父亲不曾犹豫,父亲的理由是,姐姐同学的家长掌管着那个生产队酒坊的钥匙,而父亲不喝这顿酒便会痛不欲生,喝上这顿酒才能欲醉欲仙。母亲悄悄将生产队秋后发下的十五斤豆油保留好,我们只有大肠干燥痛苦得不行时,才会拿起筷子小心翼翼地沾上两滴涮进汤锅里,如此节省下来的豆油父亲心满意足地背回他的家去过年,父亲不曾犹豫。而今姐姐一旦去关里念书,父亲犹豫了。父亲的犹豫让我们愤怒。我自作聪明地拿出主意,即我们姐弟共同出面劝诫母亲和父亲离婚,然后一齐到舅舅那里住,或者把我过继到一个不刨尿冰不喝白酒的好人家。我没把最内心的想法说出来,我觉得这个想法太过个人,需要向她们慢慢渗透,具体来说就是帮助母亲另找个主,不跟父亲这位老大混了。我刚将前两个想法大致说完,最深藏的这个想法还没来得及透露,姐姐和母亲已迫不及待地将满腔怒火发泄到我的身上,我成了她们天然优良的射击靶。

母亲和父亲的关系像极家里圈养的两只羊,每当往羊圈里投放鲜绿的杨树枝条,那只黑嘴羊总是截挡住瘦羊的身体,快速抢先地将嫩枝叶吃个半饱。眼看肚中有底,剩下的枝叶闭起眼睛也可饱腹,才挪开半截身子,让瘦羊小心翼翼地吃。瘦羊不能不小心翼翼,因为黑嘴羊有了力气,稍不顺意会拿角顶它一下。因为心中的这层附会,只要看见黑嘴羊又对瘦羊飞扬跋扈,我会狠狠地捏黑嘴羊的嫩鼻子,捏得黑嘴羊上不来气,连咩咩叫都不可能。后来黑嘴羊便整天地打喷嚏。可是谁来捏父亲的鼻子呢,事实告诉我,这个人不是姐姐,也不是我,而是母亲她自己。我看见母亲很好看也很令父亲吃惊地冷笑:"咋样,倒是天天往那边寄钱寄粮啊。这么个事情还要商量,那边不是家咋的,怕孩子吃我给挣。连这点大小都换不出来,就别今天邮钱明天回家地整没用。"母亲冷笑的时候大概忘了是她主动悄悄地攒着油和米,最后成宗成总地交给尽在眼里却不露丝毫声色的父亲。这多年来我是第一次看到母亲面对父亲如此激烈地反应,也是第一次看到父亲在母亲激烈的反应面前惊慌失措,起码是措手不及。父亲因为措手不及,一时忘了斥骂母亲瞎呲呲。母亲的面黄肌瘦缺吃少穿和凶横的母爱,让父亲终于闭嘴。如果真是这样,帮母亲重找一位老大的想法可以暂缓,或者彻底暂缓。

5

姐姐嫌我们闹哄,便拿起书本去农中教师备课室。农中的备课室不仅向姐姐开放,也时刻向我开放。我们和农中相熟到那种程度,以至于没上中学,我便知晓农中所有老师。农中的年轻老师谈对象,也喜欢将我带上。当然是起初,这个阶段他们是革命战友,写纸条要互致革命的敬礼。我所以知道此项礼节,是他们请我传送纸条时我总要忍不住审阅。因为过早接触此类纸条,以后我写作文时,语文老师总是痛心地说我的作文无论怎样都是言语花哨不具真情实感,当然什么是真情实感语文老师也说不清。那些谈对象的老师见过几次后便嫌我碍事,他们以为我看不出来,其实我什么都明白。他们非但不再找我作陪,倘我仍参与其中,那些男的还酸脸猴子似的,好像我妨碍了他的妙想。那些女的则变戏法似的摸出一块水果糖让我到别处去,有时还自上而下莫名其妙地摸我的头,一边摸一边拿带电的眼看男的。我很不客气地指着那男人的头对女人说:"你摸他吧。"然后生气地走开。

姐姐夜以继日学习的同时,心情却止不住烦躁。姐姐说饭不香,井拔凉水也不好喝,饿叽叽的有一股子怪味。母亲不满地数叨姐姐:"就你说道多,平时这个吵那个闹的,现在水又不好喝了。这个家也快养不住你了,过两天你就走吧,去了山东再别回来。"姐姐不与母亲犟,却赌气地不喝那水,干渴难耐时就去菜园摘些旱黄瓜,坐在小里屋嘎巴嘎巴地嚼。

有时我也觉得姐姐太过娇气,手指甲也得我抄起剪子给她剪,好像我天生就是给美女剪指甲的。偏偏我剪得总令她满意,她认为我就是闭上眼剪也比她自己剪得强。她洗头我帮着找木梳,她换衣服我站在门外看人,而且我也不能随便进屋。什么时候她女皇似的吩咐,开门吧。我知道这是她忙活完了,上前殷勤驯服地把门打开。她不让我说粗话，不允许我骂人，不让我跟屯中那些野孩子比如二老太太什么的混杂一起，我觉得她简直要把我蓄意培养成太监。如今既没进京，也没出国，更谈不上留洋，只是去趟山东，吃苦受累还说不定，去不去也说不定，家里的水却不好喝起来。

好在山东那边的大家庭来信了，说姐姐可以去镇上高中念书，还说为了联系姐姐念书，费过不少的事。这话我挺信，因为我一高兴什么都愿意信，看父亲的眼光也深切了许多。平时觉着恐怖又讨厌，这时却感到他从小出来走南闯北的并不容易，家人面前扮社会老大也是可以理解的。总之我为我的温良感动，也为曾经的愤嫉惭愧。姐姐没有太多的表示，姐姐的情感不似我这样外露得挡也挡不住。姐姐俄国十月党人被流放到库页岛一样面带戚色地登上了火车。如果不是人群的喧闹影响了瞬间的定格，我觉得姐姐登车后的回头一瞥，真有种大义凛然的风度。遗憾的是车内太拥挤了，姐姐让人不忘的一瞥，迅即湮没在众多的身形和目光中。

第 二 章

6

家里那片小葱曾带来一二百元的收入。或者说给父亲带来一二百元的收入，因为我们不知道钱最终花到哪里去了。日子像终年干涸的老女人，即便时不时地有些进项，那进项也会注水般地倏忽不见。不过父亲仍然得意，父亲的脸上洋溢着偷情成功的表情。

葱种得多了，葱就变成了草。这也是许多人家宁肯买葱的原因。葱变成草时，猪牛羊们都不屑一顾。它们怕嫌葱阳气太壮，它们喜欢一年两季地做活，名目也有，即欢迎春天和庆祝秋收。这样既保证了因做活而牴斗，又促进了因牴斗而种族进化，不做活不行，不契合大自然规律也不成。不像我们人，背得动五斤高粱米，就要生命不息日日不止。但鸡和鸭们不太吃葱，却为什么也要人似的甚至比人更甚，这个有请鸡和鸭来回答。

只有种葱人才晓得年复一年种葱是多么辛苦。秋天的时候要耙地撒籽，防蚁防虫，尤其要防那种叫拉拉蛄的，这些坏家伙专门在地下做活，把成片的葱根咬断。出拉拉蛄的时候父亲就命令我在葱地上踩。我不知踩来踩去的原因，更不敢问既然这样地踩，为何不直接地拿碌子压。父亲下达命令，我知道我的任务只有两个，一个是服从，另一个是执行。顶着秋后的毒日头，我一脚紧挨一脚地在葱地上踩过来踩过去，针脚密得像巧妇给情夫的鞋纳底子。后来学游泳时我任何泳姿都不会，怎样努力都不会，唯独踩水踩得好，别人踩着踩着就忍不住下沉，我却能一边回味往事一边一脚挨一脚地从这头踩到那头，连整天泡在池里的水皮子们都自叹弗如。春天的时候，越冬小葱的浇灌活计无可奈何地来临，那种三天两头的漫灌需要耗费的体力，会使任何一个壮汉望而却步。好在菜园离井并不算远，父母亲便一个挑水，一个浇水，半宿半宿地浇。所以趁晚上浇水，是因为夜里灌溉水量蒸发得少，葱墒吸收也好。只是父母亲的分工让人难堪，我这样说是因为十有八九是母亲腾腾地挑水，而父亲多是扮技术员，手持管锹装模作样地松垄堵水，再不就拎过母亲挑得满满的水桶，比对待情妇还耐心地细细浇下。母亲持续不断地挑水惹得农中的两个同龄老师驻足观看，那是一对夫妇，自称师范学校的同学。那女老师满眼满脸的怜悯，而那男老师浑身生发出不可抑止的优越感。我不明白男老师的优越出于何处，我想他优越的时候一定忘记被女老师骑在土豆窖里一顿猛捶后，义无反顾地拿着大绳走到河边，犹豫不决地考虑应该把大绳拴在树上还是将身体扔到河里的情形。

那时农中老师朱子明已经失踪二十多天了。朱子明以为他只有失踪，除此别无选择。农中党支部严肃地找他谈话之后，公社教育办的专案组也虎视眈眈地等着他。朱子明的面前横亘着一道波涛翻滚的大堑，他无法前行，又无退路可走。朱子明还会觉得有关他的消息像烈日暴晒后的旋风一样飞快地转移，无论转移到哪个村屯，都会掀起尘土、碎草、木棍和那种叫唾沫的东西。

其实村民们的内心深处，朱子明的事情不过是小菜一碟。他们都暗自希望更多的朱子明风起云涌，那时村民们便可以亮出被他们小心埋藏的想法。想到朱子明搞了一个妙龄大姑娘，并且在青春的土地撒了种子，他们便偷窥似的兴奋。让人无法认同的，那个大肚子的姑娘是朱子明的侄女，他们才遗憾地关闭兴奋，转而愤怒地声讨朱子明的乱伦。像所有通奸捉奸的把戏一样，供销社营业员翟氏先从朱子明少交公粮或不交公粮上起了疑心，然后捉了现形，然后不依不饶地找到组织并要求组织出面做主。翟营业员大概没想到朱子明最终会四面楚歌无路可走，也许翟营业员就是让朱子明四面楚歌无路可走。翟营业员下手未免过狠，而朱子明但凡有些胆识，便不会忍下另番隐情。翟营业员捉到朱子明和他的侄女的直接结果是，她和供销社的卡车司机可以更加放纵自由了。

我们从四处漫刮的旋风中接收到翟营业员和朱子明的特别信息，激动地跑回草屋向母亲述说。为了表明正派和不齿，我们和所有的村民一样，先要痛陈朱子明，但痛陈的表象掩盖不住我们的兴奋和津津乐道。

需要特别说明的是，农中党支部找朱子明谈完话后，曾安排一个打更的与他同睡。住校的老师们都闪了边，不知去了哪里。农中党支部真心希望朱子明能面对风暴坚强生存，做一个反面意义上的榜样和活生生的道德教材。不过打更的却体会不到朱子明的价值和学校的苦心。值宿室的火炕上，打更的喝令朱子明离他再远上一些，并且把下雨天给马遮披的破麻袋片扔给朱子明。打更的拉下脸说："你也只配盖这东西了。"打更的意思是，只有牲口才不分辈，而朱子明不小心混进了它们的队伍。朱子明不敢作声，更不敢还击。打更的作为多年的老跑腿子，唯有一次上过人家的炕，偏赶人家在外上班的男人探亲回家，打更的直接从后窗往出跳，不提防刮在人家男人早已安插的碎玻璃片上，几乎把卵子刮掉，弄得连续半月不敢闭腿。那时打更的还没打更，而是给农中赶车，做光荣的马车司机。后来便有人发现驾辕的骡马撒娇耍贱不听使唤，动不动在众人面前撒娇使小性子，还不知避讳地拿长长的马脸在打更的脖颈上蹭来蹭去，打更的恼或者怒都不管用。农中党支部及时召开碰头会议，决定打更的不再赶车喂马，而是专司打更，薪水也减掉一半。总之最应理解同情朱子明的是打更的，最应挽救朱子明的也是打更的，但打更的实施的挽救措施是，五更天才向农中报告朱子明半夜三更没了踪影。农中敏感地意识到此事和翟营业员当初找上门一样非同小可，如果翟营业员再找农中要人或索赔，简直不知道怎样和这女厮应对纠缠，便迅速到派出所报了案，并组织人力四处搜查，还重点派人搭着长把钩齿子到那口井里勾挠，最终却一无所获。

7

母亲不断将水罐斗子直截扔到朱子明头上，却全然不知。因为不知，朱子明总是调皮地开着玩笑，不让水桶灌满。母亲并不跟他计较。母亲总是那样咬牙而坚挺，粗糙而能干。母亲干活时虽有女人轮廓却看不出半点女人的动作。不知有多少母亲这样的优异女性散落在雪原、草地、高山、湖畔，如果不是对她们缺少发现，奥运会纪录一定深刻改变。所以奥运会纪录从来不是世界纪录，因为它没有机会尝试过世界上所有的人。当然如果成为运动员，母亲应当从事耐力极强的项目，譬如马拉松、军事五项、十项全能等等，而不是体操或艺术体操。母亲的体力能把练体操的举起来做操。母亲那时一连气挑了三十挑水，父亲却仍是继续拔着腰板在池埂上当技术员。譬如拿锹毫无必要地给池埂取直，或接过母亲挑来的浮浮溜溜的水，贴着地皮汩汩倒入葱的根部，再将空桶交给母亲，由母亲接着打和挑。后来母亲终于说出调换的话时已经体力不支，父亲就是瞎也能看出母亲在强自挺着。母亲一手扶腰，语气痛苦却很有些羞赧地对父亲说："你也挑挑吧，换换肩，也让我歇歇气儿。"母亲真是不好意思说出这番示弱的话，可是母亲真的吃不消了。而且我们家的桶比别人家的高上一截粗上一号，水桶的底部还额外绑上一层厚铁箍。父亲说这样的水桶才禁得住摔打。母亲对绑这铁箍提出异议时，父亲不高兴地对母亲说："我愿意。"愿意从来是父亲的正当理由，母亲也一直这样认为，因此只要父亲愿意，母亲就再无话可说。母亲才不会将厚铁桶毫不客气地扣到父亲的头上，让他尝尝铁帽子的分量。母亲只会噘起长得不好看的嘴，继续不停地干我们家永远干不完的活计。

　　听见母亲略为痛苦的话，父亲终于想起母亲原来是个女人。父亲想起母亲是个女人时便痛快地表现出他的宽容大度。他咯了一口痰，将痰液吐在葱地外围的豆角秧中，父亲看不上小葱之外的任何一种植物，然后摇摇晃晃地去挑水。我想父亲真的是相当敏感，父亲刚摇着辘轳顺下井绳，便觉察似乎有障碍物，因为罐子不是顺利地浸沉到水里，而是仿佛有手在顽皮地拨挡。以母亲的粗枝大叶，再扔几下也就完事，母亲已一连气挑了三十来挑呵，父亲却心生稀奇地非要察看个究竟。父亲两手紧紧抓住井沿，撅起屁股摆出兔子伏地的姿态，然而父亲只看到黑乎乎的一团布，父亲无奈只好将脖子抻到辘轳底下井口上方的位置，父亲看到洗衣盆大小的水面上，一缕纤细的月光安然无事地照着朱子明恍惚的胖脸。父亲吓岔了声,挪着膝盖连连后退,一直退到无论谁从后面掀他坏他,或朱子明妄图从井里伸出手来拽他都不能够得逞的位置,不断地叫喊母亲快些过来。父亲的喊声里肯定有哀告和弱小求助的信号,所以这样说是因为母亲的母性因素迅速被激发出来,母亲一边对待孩子一样地给父亲打气,一边极其勇敢地从葱地往井边狂奔。母亲吆喝道:"杂种别害怕,我看谁敢兴妖作怪。"搁在平时父亲定会生气母亲语焉不明的话,这种特别时刻父亲只感到随着母亲的奔跑而越来越近的安慰。母亲奔跑的眼里到处都是鬼鬼神神狐狐祟祟,尤其是黄大仙。母亲相信黄大仙会随着风吹草动而隐没浮现。至于平时无缘目睹,只怪我们是肉眼凡胎。母亲接着想一定是老黄家的哪位大仙附了父亲的体,因为父亲的哀告声和黄鼠狼在漆夜里发出的声音如此酷似,以至母亲终于奔跑到父亲身边时,先是伸手去摸父亲的额头烫还是不烫,母亲想如果烫证明父亲是实病,如果不烫证明果然是黄大仙作祟。不过随着母亲的渐渐走近,尤其母亲的身体可以黄继光舍身堵枪眼似的罩在父亲身上,父亲的气势迅即得到了恢复,父亲粗暴地推开母亲的手怒斥:"你在干什么,还不赶快看看里面是啥东西。"

母亲尽量抻动着井绳去碰朱子明,朱子明嬉笑着由仰面朝天变成侧视水面。母亲饶是胆子再大,为保护父亲而勇敢无畏,也不由激动万分地松开了手,瘫坐在井台上。母亲双手合十,嘴唇哆哆嗦嗦地招呼老天爷,父亲起身骂母亲:"瞅你那胆儿,出人命了,还不快去找农中。"母亲强自站起来要去,父亲突然又说:"你在这儿看护着,我去。"父亲怕这期间朱子明跃出水面和他对话。母亲见父亲这样安排，顿时气咻咻道："我该他的还是欠他的，我还看护他。你去你的学校，我回家。"父亲醒悟道："别的，你去学校，我回家。"

8

宽敞的操场上，围挤着十里八村的人，都扶老携幼地涌来观看。朱子明已经胖得变形，这种变形使他原本很粗的脑袋变得比水桶还粗，脸也紫胀胀的，与粉色的春衣融在一起，使朱子明不再是朱子明，而是一具腐烂发黏的肉肠。最引人注目的莫过县公安局的剥衣验尸，人们想看见著名淫徒与平常人的不同。但朱子明的身体并未给人想象，因为从他们的身上可以看到朱子明的身上，或者从朱子明的身上可以看到他们的身上。直到开始剖腹探察，人们才稍稍觉得不虚此行。负责验尸的板起大夫一样的脸，手持锋利的小刀迅速利落地划开朱子明胖白胖白的肚皮，朱子明突然发出嘣的轻微爆裂声，随即弥漫开的一股浓烈的腐臭，让紧密在两米警戒线外的人们避之不及，纷纷捂着鼻子后退。谁家抱着的小孩子被挤痛了，哇地大哭起来。

朱子明平静地看天，那种平静一直保持到曲散人静。曾看护他睡觉的跑腿子打更的依旧看护他，原来看护是怕出意外，现在看护仍是怕出意外。意外是个什么东西，农中没有说，派出所也没有说。不过派出所很重视，他们亲自定下的看护费，每夜二十元，秋后由学校负责出。由于二十元是一笔很大数目，打更的由衷希望朱子明能够在操场上多躺几天，可多躺与少躺，朱子明说了不算，打更的也说了不算了。

剖尸又被缝合的朱子明静静地躺着，操场是他用过的手术台，而打更的成了他的特护。可朱子明既不喜欢手术台，也不需要特护，朱子明喜欢的是，皎洁璀璨的乡村月光下，一个人自在地想些东西。可在世的都不喜欢他自在，也不喜欢他想，一领简单的炕席把带有自在想法的他武断地挡到下边去了。

那天人们解散得如此迅速，还因为生产队晚上要放映香港电影《三笑》。香港是个陌生的地方，人们都觉得稀奇。《三笑》却不可笑，而且有些嬉皮笑脸。《三笑》的名字也有些奇怪，白天操场上看朱子明，晚上却让人三笑，朱子明的死合当是该笑吗？女人们拿这去问偷偷跳神的大洋马，大洋马好看地眯起眼，收住眼底腾腾冒出的美丽雾气，亲昵地拍着女人们的脸蛋说："你们想问什么，你们实在要问，就问你们自己吧。"女人们不喜欢被拍脸，却喜欢大洋马这样说话。大洋马越是这样说话，女人们越是迷眩。女人们觉得大洋马被银幕影影绰绰映照的脸蛋比秋香还要好看，胖腚扭得也比秋香的欢实。于是女人们纷纷地看大洋马，而不去看电影里的秋香，一些女人甚至不顾放映员的失落，提前地走回家去。盘坐在生产队院落里的男人们暗自高兴，他们屁股底下已沾上不少马粪星子，却并不影响他们恶作剧地放出很响的未充分消化的葱或蒜味的屁。男人们知道，女人们是回家焐被窝去了。女人们懒洋洋半梦半醒地躺在炕上，剩下就全凭男人们的功夫了。男人们夜里个个都是电影《三笑》导演，区别只在于风格手法版本的不同。

我尚未察觉社员们离开大半，仍然出神地坐在那里。能够做到这一点，应该感谢我的父亲，是他通过顶风冒雨酷暑严冬下的各种活计，充分锻炼了我的耐性，激发了我的空想。我虽然眼盯着银幕上的流动画面，思绪却止不住在皎洁的夜空翩飞。我想起了属于我的命运，我知道将来甚至不能像朱子明一样地成为农中教师，可我就是想到远方去生活。听见北京我便想到北京，听见香港我便想到香港。我想混迹于香港密麻麻的人群中，我觉着香港繁喧潮湿的生活特别适应于我，虽然我知道，我将命定地属于东北这块乡村，而且不是北大荒，不是松花江，也不是大辽河，只能是它们中的一块，一块中的亿万分之一块。荧幕上打出剧终字样的时候，我随着稀稀拉拉的人群离开生产队。头顶是碎银般的星星，两旁是一直延伸到远处的两排黑乎乎的房屋，它们像一尊尊兽，沉默寡言地卧着。朱子明还在操场上呢。头脑中一个意识越发清楚起来。他穿着粉色春衣，仰面朝天地看着那领破席和破席上面的丑陋猥琐。我的腿霎时绵软起来。我觉得困难重重地踏在棉花上，身前身后都是朱子明的粗肿身影。我瑟缩着摸进距离最近的一家院落，鸡架旁边的狗窝里，一只经常劫道的四眼狗张着眼睛上边的两撮白毛气汹汹地看我。它唔唔地低吼着，将排满牙齿的长嘴搁伏在前爪上，就要扑过来了。我趴在窗根，恐惧无力地敲玻璃窗，我落水求救般地寻找友情和温存，呼喊灯光下的同类。我不知怎样在他们的玻璃窗上张贴出我的绝望，而灯光下正悠闲地叼着蛤蟆烟袋说笑的他们迅速看到了我。他们打开满族大窗，将我从窗外直接提拎到炕上，然后定定地看着我站过的地方。他们怀疑那里曾窜动着群蛇般蜿蜒的洪水，可是展现在他们眼里的只是泼在地面的灯光。他们无比怜爱地摩挲着我的头，温存地说："好孩子，住下吧。"

不，送我回家。我对他们说。我不知道父亲听见我坚定无比的话该怎么想，但我知道父亲不会去想，既不会想我没有回家，也不会想我可能半路害怕。

钻进自己的被窝里，感觉有两只虱子在爬。我的脊背有些痒，它们开始吸吮了。我不想管它们，母亲说我的血甜，就让它们吃吧。我恐怕父亲会责怪我，父亲却没说什么，他正和母亲说着姐姐在山东读书并且来信的事。他们都认为该给姐姐寄钱了，但钱从哪里借呢，他们一筹莫展。我一旁静静地听着，突然忍不住大声打个喷嚏。我想不好该怎样向父亲解释如此大声，并且控制不住，于是我怯怯地望着他。父亲有些大惊小怪地看我一眼，头一回以做父亲的语气和气地说："这孩子胆忒小。"母亲半是夸耀半是埋怨地说："还不是你这当爹的给吓得。"父亲居然没有吭声，真的，父亲居然没有吭声，而是继续抽着他卷成喇叭状的旱烟。呛人的烟气痒痒地吸入我的鼻孔，我觉得很感动。我一感动，便有两行热乎乎的眼泪顺着鼻翼软软地流下来。

9

我产生给姐姐去信的想法。我想对正在山东那个镇属高中就读的姐姐说，她的感觉曾经多么敏锐，鼻子是多么的好使。

她先知先觉地喝出了井拔凉水的异常，虽然没能直接判定为朱子明的体味。我还想对她说，我们都很想念她，为了保持这份想念，她最好永在关里吧。我嘴大舌长地把诸种想法告诉母亲，母亲申斥道："写那玩意儿干啥，花钱买邮票不说，你姐听了还要恶心。"

我不知怎样描述朱子明对于整个村屯前所未有的麻烦。他不只给原本相处很好甚至情同父女的至亲带来麻烦，使叔叔们连句亲热话都不好跟侄女们说，他还让全村屯的许多妇女处于进退两难的尴尬中，因为她们不知怎么处理她们的大酱。不知道该哄牛还是给猪打食，或者直截了当地泼掉。总之她们不能吃，她们一想到吃这大酱便反胃。她们觉得大酱里有朱子明去不掉的汗味、尿臊味和尸体味，而她们只能接受她们男人的这几种味。这些女人们实在怨不得朱子明，要怨只能怨她们自己，是她们唆使男人大老远地挑农中的井水下酱。她们像是不由自主地完成一个奇怪愿望，只是这个愿望被想使今年的酱更好吃的愿望遮盖了。

那些天我们村屯遍地漫起詈骂声和欢笑声。用农中井水下酱的男人女人们互相指责，男人们说女人贪心不足，这下可好，一年里头没有酱吃了。女人们反驳说男人眼睛瞎了，挑水时居然看不到朱子明在底下飘着。没用农中井水的男人女人们却是欢笑。他们怀着胜利的心情格外欢愉地品评茄酱、鸡蛋酱、小葱蘸大酱、焯菠菜蘸大酱，他们去田间地头采挖小根蒜，洗净后直接拌上大酱。他们就着高粱米饭，咯吱咯吱香喷喷地嚼吃，第二年春夏之交生下他们的第三胎、第四胎、第五胎或第六胎。

婴儿下生的时候，不是哇哇没完没了地哭，而是沾过便宜似的呵呵欢笑，身上还带着浓郁的大酱味儿和莫名其妙的小根蒜味儿。

我还听到家家户户的猪圈里传出老头的咯痰声，后来知道那是猪们在愉快地咳嗽。女人给它们拌食时，总要舀上一勺子闻起来醉倒人的大酱。女人一边拌食一边骂："吃死你个朱子明。"猪们平时很难吃到大酱的美味，若是吃，也只能从泔水中嗅到一丝踪影。想不到女主人竟如此慷慨，于是它们一边摇着小辫似的尾巴，一边以大吃大嚼表示感谢。女人看着猪们的吃相不由动了怜爱，找根扫帚枝子柔情地给它们挠痒，一边温眉顺眼地说："香吧，大酱拌食能不香吗。吃上这等食水，真得感谢你们的'一家子'呢。"

全村屯的女人们都假惺惺地关心母亲怎样处理那缸大酱。年复一年地取农中井水下酱的，除了农中的伙食点，也许只有我们家，可母亲舍不得满缸的大酱一点一点地喂猪啖牛，母亲更无法想象那缸大酱直接倒掉。养汉老婆才是那样的做法。

母亲于是想对外打个时间差。更重要的是，母亲也想对自己打个时间差。我觉得时间差的事证明母亲不像父亲想的那样笨，母亲其实很聪明，因为她十分懂得掩耳盗铃。听到我回答记不清取水下酱的确切时间，极可能是朱子明失踪以后，母亲前额的皱纹立刻层层堆起。而我一咬牙，对母亲谎说一个略微提前的时间，母亲的脸笑成了千层饼。母亲慌慌张张认定了这个时间，母亲的眼里闪烁着看不清形状但亲切细碎的光芒，母亲爽朗地跟村屯的女人们大声招呼："没酱到我们家来舀啊，我们家酱下得早。"村屯的女人们同样大声地应答着，但我知道，她们真的不肯来舀，她们一定不肯来舀。

10

父亲满脸都是发现矿藏的深情和欣喜。父亲想用农中的井水浇灌他的小葱，父亲想不出还会有什么事情比这件更加美妙。朱子明沤过的井水一定有劲得很，因为朱子明肥胖呵。如果再沤上两天，沤得面目全非，最好烂井里边，效果会更好的。那时菜园里的小葱已发育到这个阶段，它们一齐伸展着腰身向父亲呼唤："朱子明的水，朱子明的水。"小葱们的呼唤几乎灌满父亲的双耳，那带着葱香的声音简直让父亲坐卧不安，父亲决心即刻行动。

父亲已经把这茬葱指望成现金了。父亲的心目中，这茬葱就是父亲已经到手的二百元钱。不是一百元，是二百元。父亲要将五十元给姐姐，三十元给祖父祖母。父亲的眼前不停晃动着至亲们的音容笑貌，父亲真是有些想念了。父亲看到姐姐正在那个镇属高中的学生宿舍里挑灯夜读，而祖父祖母坐在门口的青条石凳上，和别家老人互相夸耀谁家的子女更出息孝顺。父亲还要悄悄留下二十元打酒钱，剩下的一百元，用来顶还前不久发生的借款，那是打着供姐姐念书的旗号借的。父亲切实体会到，孝顺父母的旗号已不大管用，这个理由被父亲说得太多太滥。尽管如此，父亲张口向人家说明缘由时，人家仍是迟疑半天,而且特地问他什么时候还上。父亲觉着伤自尊了,有些赌气地说:"怕我死了还不上吗。人死了葱在,你看看我菜园子里的那片葱,青油油的多好,转手就是钱。"

父亲再次发动母亲给葱地浇水。父亲没跟母亲说小葱向他呼喊的事,也没说这井水该有多肥,父亲一直以为母亲听不懂他的话,听懂了也要把他的意思弄拧了,让他凭空生气,所以说还不如不说。连续的大热天,地势稍高处的葱已经发黄打绺,靠近树障子的那些,水分让地下的根须抢得溜干净,父亲几次挑沟也不成,这些顽强的树总是另有办法。母亲正忙着在菜园边种晚豆角,抬头看看天边的云,建议浇个三挑五挑的,泗乎泗乎地算了。父亲手中的锸往地上使劲一剎,厉声说道:"你比天还强,你知道过两天下雨啊。满园子小葱都旱死了,我要你的命。"母亲听父亲要她的命,也回嘴道:"成天到晚就这点小葱子,小葱子就是你的命根子。也没算算,七扣八扣到底剩不剩钱。今年种葱的又多,卖不卖出去都是两说着,还不如把那狗尿汤子忌下得了,种一年葱不够你喝两月酒的。"父亲恼羞成怒:"我喝了,我愿意,你能咋的。"母亲说:"我能咋的,没心没肺你就喝呗。"父亲又拿出他骂母亲的专用语:"我就喝,我挣来了,用不着你瞎呲呲。"母亲还想跟父亲争辩,听父亲已经说到了瞎呲呲,便不再吱声,再吱声只有吵或打的份儿。但母亲保留噘嘴生气的权利。

我想母亲的这种做法差不多是对的,母亲肯定和父亲说不通。世上能说通父亲的只有墙。要想劝动父亲或让父亲劝动自己,必须头撞在南墙上。但这并不容易,因为只要有 分可能,父亲便会生出二十分的希望和把握。父亲总是自动怀揣起无比美好的幻想，至于母亲，我一直搞不清她对待这些幻想的真实态度。搞不清的原因是母亲经常群众似的跟随父亲沉浸在幻想中。父亲的幻想有时是烟，呛得母亲想拿扇子打开；有时是雾，母亲很愿意一头雾水地想入非非。母亲的这种态度就像她对待喝得五迷三道跟跄回家的父亲，母亲噘嘴给父亲开门，趁父亲神志不清，徒劳无益地使性子、掉脸子、甩小话，可母亲又会亲手给父亲脱衣除袜，并且端来清水，亲手洗去父亲粗糙的大骨脚上的鸡粪、猪粪和烂泥。

让人难受的是，母亲追随或无端讨好的同时总喜欢把我们带上。母亲会对父亲说其实我最像父亲，姐姐的像是表面的，而我的像是骨子里的。父亲在时我不敢吱声，倘父亲不在，母亲仍不管不顾地说出这话，我会坚定地告诉母亲："我才不像他。"母亲对我的话诧异不解："那你像谁？"我固执地说："我像我自己。"母亲得到证明似的对他人说："你们看，简直一个模子。"

11

父母亲的挑水分工仍然一如既往，母亲挑水，父亲浇水。待母亲挑上三四十挑子时，父亲会良心发现地换上几挑子。可是父亲一旦挑水，立刻变得怒气冲冲，父亲生气母亲水浇得太猛，拎起水桶哗哗往葱地里倒，最外边的两棵葱因此被冲得伏倒在地。葱其实很能缓，隔上一夜会自动竖立起来，父亲明知如此，却认定那两棵葱是损失了,即便葱不损失,父亲也看不惯母亲对待小葱的粗鲁。父亲大声斥骂:"拿这倒水是你妈尿尿呢。"母亲气得脸通红,反驳父亲说你妈尿尿。父亲见母亲居然敢骂他的母亲,盛怒之下一把将母亲推倒在葱地里,母亲结实而沉重的运动员身体因此压倒一大片葱,压得父亲闭上眼睛不忍再看。母亲见大片的葱被压倒,也是心疼不已,对葱的疼痛转移了对父亲的愤怒,于是母亲做错事似的自己爬起来,羞愧万分地继续挑那水。而父亲因为母亲压倒了一大片葱,更是得了理,干脆进屋灌了口酒,又躺在炕上歇息。

挑到七十来挑时,大片葱地已浇得差不多,农中打更的受不住了。打更的深更半夜听见辘轳还咯吱咯吱地响,心中便想起朱子明,想起朱子明便不由得悚然。这差不多是新添的心病。打更的于是出来劝父母:"浇差不多就行了,为那点破葱,你们想累死咋的。"母亲抹把头上的汗,无奈地苦笑:"铁匠不是怕小葱子旱死吗。"打更的觉得母亲抹汗的动作好看,忍不住柔和道:"那小葱子又不是水稻秧,溜一溜就行了呗,至于累得这样,天气预报说这两天要下雨呢。"父亲站葱地里大声说母亲:"快点干活,闲聊什么,要是不下雨,你能负起责任咋的。"父亲声音很高,还有些侉,蝙蝠一样在葱地和井的上空横蹿。打更的原来的妒忌古怪早被朱子明追索得差不多,听见父亲这话扭头便走,躺值宿室的炕上用棉被包起头来,只求眼不见,耳不听,心不烦。

金黄的弯月挂在湛蓝的夜空,像把零碎的冒着新鲜水浆的蒲公英花,有些邋遢地盛开。我不知道我已经近视了,但我觉得那夜的月色很难忘。弯月是金黄的,可是铺展到村屯的大地却是静悄悄的灰白,整个村屯差不多都睡了,摇辘轳和舀水浇地的声音隐隐传到很远。挑到九十多桶时,母亲终于忍不住扶腰对父亲说:"浇差不多就行了吧。怎么柳罐斗子进水都困难了,八成井要干了。"父亲看看母亲,又看看葱地,仍是坚持道:"越是要干越有浇头,朱子明的那点肥,都在底下沉着呢。这些井底水若是不打上来,明早再渗出新的,就没有效力了。"母亲听父亲这话,扑通坐在葱地旁边的垄台上:"再挑都你挑吧,一个大男人干活咋也比我这老娘们强。"父亲不让劲地说:"我是能挑,可你能浇好葱吗。"母亲真诚地对父亲说:"你这人哪,天天鸡鸭鹅地算,也没见你发家。一辈子可真是,让我说个啥好呢。"父亲听见母亲这话,水瓢往桶里一扔:"种葱你不吃呀,卖钱你不花呀,你个赔钱货。"母亲真的生了气,给力道:"我吃我挣来了,也没用你养活,你挣的都让你喝走邮走了。"父亲最听不得这样的话,拿脚踢了一下扁担,提高声音要吵些什么。母亲拿出她的撒手锏,截断父亲说:"孩子到现在还没吃饭呢,你这人怎没长心。"听见母亲这话,我便觉着母亲的撒手锏不对头,孩子这把撒手锏对父亲只能是画蛇添足,父亲果然大叫道:"鼻子下没长嘴呀,长这么大还想让人喂呀。"说完便厉声喊我出来抬水。我叹口气,不仅因为再躲不过去,想起山东寄读的姐姐,觉着她的举动真的是远见英明。

我和母亲抬水,父亲气冲冲地拿起扁担挑水,又挑了十多担,井真的干了。父亲每挑都算着呢,正好是一百零八担。父亲听母亲说井真的干了,不服那劲,非要在打不出水的情况下再挑上几挑。父亲将柳罐斗子顺到井底,然而无论怎样抖动井绳,打上来的仍是小半桶甚至更少的腥叽叽的浑水。父母亲有些面面相觑,一时无话可说。我有些恐惧地想:不是朱子明的魂灵在井底作怪吧。母亲居然睁着她的小眼睛小心地问询父亲:"还挑不挑了。"

我不想看见我们站在井台上的那副样子。我有些羞愧地低下头,心里却糊里糊涂地想:这晚到底怎么了。

第二天上午,满天的愁云惨淡。到下午时,乌云四合。

大雨哗哗地下了起来。

那雨一直下了三天,葱地里积满了水。父亲穿着雨鞋,拿起锹在菜园里挖疏水通道,忙不过来时,还喊母亲去帮忙。我穿着父亲的大雨靴,站在茅檐滴水的院子里看操场,我觉着空气真的很是新鲜。我看到操场上朱子明的痕迹不见了,覆盖的破席子不知被谁拿走派了用场,大概铺到了他们家的炕上。转脸看农中的那口水井,井口水汽腾腾,熏染着有些发皱发黑的辘轳。那井里似乎又重新蓄了不少的水,只是除了我们家浇葱外,谁也不肯用它了。父亲也不大用它,因为雨季来了。

12

父亲也料想不到,小葱的长势会如此之好。密而不纤,挺而不乱,齐齐刷刷地一般大小。美国的小葱也不过如此吧。而且那小葱极少有葱骨朵。我们都不喜欢葱骨朵,我们不愿见到葱骨朵,如同不愿见到浪漫少女早早地脸色焦黄口吐酸水怀有了身孕。那葱从早到晚散发着只有青春少女才能发出的气息，鲜嫩的令人流口水的气息丝丝缕缕地浸到路人的鼻孔中，引得他们情不自禁地耸动鼻尖，像猫嗅到鱼腥，狗闻到人屎，凉湿湿的鼻尖止不住快速细微肉感地耸动一样。

每天天刚亮得能看清小葱的支支脉脉，父亲便像菜农那样蹲在地埂，叼着他的叶子纸烟，直勾勾地盯着眼前的那片绿。那绿像天边落下的一块翠，又像铺在菜园里的无比悦目的一片毡。父亲的眼神让人觉得他一定不只看到眼前的二百元，而且奇怪并惊叹着小葱的迅猛长势。我觉得这并不奇怪，小葱如此嫩而肥，分明是浇了朱子明的井水，带上了朱子明的肥力，像父亲常年在酒瓶子里浸泡人参，人参没啥嚼头了，酒力却因此增加。这道理几乎显而易见。不仅如此，朱子明的气息也隐在葱地里面。和风吹过，那气息便在每棵葱尖上飘摇。朱子明已经没有家了，他躺在操场上没几天，老婆便携带家产改嫁他人，当然不是私下往来的卡车司机，而是新嫁了另外一个陌生的人，去了平原边缘的山里。就是说，朱子明只有经他浸泡的一井之水和赖以依附的这片葱了。

我没敢将葱地的猜测告诉父亲。如果动辄母亲那样画蛇添足，父亲一不高兴，也许将葱全部搂平，像割乌拉草一样。别看父亲爱钱一样地爱葱。徒弟有天跟他拌了句嘴，他顺手将正在使着的钳子撇过去，父亲硬是让徒弟满头是血地缝了三针，作为跟气头上的他顶撞的代价。厂里若不是认为父亲尚可使用，能解决他们纵使再学一年半载也未必解决的问题，父亲早该卷铺盖走人了。这么一副驴不驴牛不牛的脾气，他肯定不会高兴朱子明的阴魂敢在他的葱地里作祟。正如任何一个好男人不会容许其他男人进驻他的住宅，侵占他的位置，说只有他才能说的话，做只有他才有权做的事一样。虽然任何一个好男人反过来时刻惦记替代其他男人做出这些。世间的事波光诡谲，人们的想法也如此风云变幻，我想搞都搞不明白。葱地的猜测我同样没告诉母亲，否则母亲先会责怪我胡说，然而忙不迭找来屯中居住的大洋马。那个大洋马会抖开裙子，披散起头发跳她的大神。母亲和屯里人都认为她在驱魔治鬼，可我怎么看她都像在唱歌跳舞，一种特别适于在坟地上表演哭丧的歌舞。

不管怎么说，父亲坚持将那井水打干，一桶不落地浇灌在这片葱地，充分证明了父亲在浇葱问题上的远见卓识。

13

父亲正踌躇满志地盘算能出多少斤葱，卖多少块钱，厂里的领导主动招呼道："最近听到啥精神没有？"父亲皱起眉头道："还有啥好消息吗？"厂领导说："你呀，整天的《参考消息》算白看了。"父亲以为厂领导在夸他坚持看报，便忍不住谦逊道："一份《参考消息》在手，就没有不参考到的。什么美苏两个超级大国研制二代核武器，日本右翼好战分子贼心不死。"厂领导打断道："那都是扯没用的，你知不知道现在的拨乱反正？"父亲的神情开始严峻："反不反正的跟我有啥关系，我就是上班打铁，下班伺候菜园子，养活关里关外这一大家人。"厂领导居高临下道："你咋糊涂呢，你净打铁能打多少年，打不动时怎么办。"

父亲张口就说:"我有孩子呵,我养活他们,他们到时敢不孝敬我。"厂领导深有感触地说:"你就是指望孩子,还能比指望退休老保好吗,孩子到时候没能力养你怎么办。"父亲一瞪眼:"那也得养,要不我砸他们大锅,我这脾气可不管那个。"厂领导不耐烦道:"我告诉你,现在时兴往回找工作了,我的一个表亲过两天就全家搬回沈阳了,你还不快找找北京,你是在北京工作过吧。"父亲怕不相信似的拍起胸脯:"当然,我在北京待了五年,在邻县待了四年。"厂领导点点头:"那你就知道咋办了。"

待要继续探讨,厂领导摆手止住:"你那煎饼鳌子借我用几天。"父亲一愣,高兴地:"说什么借,给你了,待会儿让他们送去。"厂领导又说:"今年的葱栽子也不想买了。"父亲感动地大声说:"那还买啥,三十斤够用不。"

父亲一路回家,坐炕头找他自己。多年的底子翻腾出来,心情就有些不好受,喝酒也就有了理由。当然好受与不好受都是喝酒的理由。父亲坐在他的独桌旁,一口酒一口咸菜地呷喝。草屋里弥漫着辛辣的酒气和浓郁的酱缸咸菜味,父亲边喝边咂舌,一筹莫展又有滋有味。父亲舌头发硬地对母亲说:"现在时兴往回找工作,赶明儿我真得问问北京呢。"母亲惊慌失措道:"老天爷,到了北京那地方,房无一间地无一垄的,这一家人可咋生活呀。"父亲不置可否。北京距离那样遥远,想筹个单程路费都很困难,很可能有去路无回路,实际也是有去路无回路。我们却激动得两眼放光,简直欣喜若狂,虽然我们不敢相信,梦一样地不敢相信可能成为北京那个地方的人,但只要父亲说过这样的话,有过这样的打算,一颗简陋的心差不多就知足了。也正因此,我们都不高兴母亲这样快便令人扫兴地将梦戳破。我白了母亲一眼道:"有什么不能生活的,我可以驮着箱子卖冰棍呀。"我甚至想说可以到北京刨尿冰,我这样早便有了刨尿冰的宝贵经验,我能让尿冰四溅,却始终迸溅不到我的脸。但我仍是没说出这话,我得给自己留道后手,我怕去北京后父亲真的让我刨尿冰,果真那样外国友人会笑话的。母亲说我:"你那么小的个子,还不把冰棍箱子驮散了,再说北京能让你卖冰棍吗,没见县城卖冰棍的都是五六十岁的老婆子,穿着白大褂,戴着白帽子,跟剖尸法医似的。"我不乐意地说:"那我捡粪总行吧。冻在地上的马粪砣子,我可以单手拎锹撮起来。"母亲有些拿不准地问父亲:"北京有没有马粪?"父亲撇嘴没予理会。母亲一看父亲撇嘴,立刻聪明地判断出北京的大街并没有马粪,便劝我道:"你还是到那儿扫大街吧,要不跟人学个灶厨,整天颠大马勺,叫勺时可以趁机尝一口。"对母亲的提议,父亲和我都没有吱声。我不知道父亲为什么不吱声,我不吱声的原因是我忽然意识到父亲的这个北京有点玄,真的有点玄。好事情对我们永远是天上的飞机,可以看那只大铁鸟载着别人过,却不敢幻想降落到我们家的菜园里。即便真的降落到菜园里,也不会对我们打开它的大铁门。

母亲见我们都不说话,便想打破沉默。只是母亲一说话,便显然偏离了北京这个中心。但母亲问的也许更现实更具体。母亲的眉眼苦恼地蹙在一起:"我说不交生产队那口粮钱,你非得上赶着交齐,生产队那么多户,欠二千五千的都有,你忙的什么,这下倒好,一年工薪吃进去了。"父亲听得心烦,骂母亲道:"我说你别跟着瞎呲呲行不行,我交钱咋的,用不着你管。往生产队交钱交错了,不交钱你倒是挣来工分呀,看人家欠三千五千的眼气,有能耐你也欠去。"搁平时母亲就不说话了,但如今全家搬迁北京真是件大事,母亲不能不发表意见,这是对父亲负责,也是对我们全家负责。母亲便嘟囔道:"我还呲呲了,这回找工作,我看你这钱朝哪儿借去。一个公家,能欠就欠呗,口粮不给就不给,不信生产队敢饿死人。你在家的胆子哪去了,人家一吓唬就麻爪。"

桌上的酱碟子被划拉到地上,父亲却没摔他的酒盅。那个酒盅是瓷的,事先被父亲撤到了炕桌上。我觉着父亲这样做对,我们善待酒,酒才会善待我们。母亲见父亲急眼,便不敢再说,母亲怕她再说,父亲会抄起菜刀杀人,即便不杀人,杀只鸡也够母亲心疼的。母亲是真心疼。母亲便拿着她的小眼睛忧心忡忡地看父亲。当然母亲还没有叹气。母亲忧心忡忡的表情若加上长一声短一声的叹气,我们的心情霎时会阴天般地难受。

去北京的想法和话题随着酱碟子的落地结束,我们不禁心灰意冷。我们想问北京:"你们要父亲的酒,母亲的愁,和我们的刨尿冰吗。"我们的问题北京不会听不到,我们和北京只隔一层飞机的铁皮。后来我们知道,那不是铁皮,而是轻铝合金。

14

父亲即将奔赴邻县的日子里,我们的草屋洋溢着一种喜庆,荡漾着送郎参军或饯行出征的深情。我们没有理由不喜庆，也没有理由不深情。父亲找回工作就是替他和我们找回铁饭碗，当然那个依然是打铁的饭碗我想都不愿意想，我既不想种小葱子卖，也不想一气儿几百下地抡那大锤。让我在意的是因此会吃上商品粮，落上城镇户口，多少也出了吃农村粮做二等公民的气。当然我的喜庆还有另一层原因：我不愿意父亲待在家里。父亲不拘去哪里我都高兴，只要父亲不在家。母亲和我心情不太一样，她毫不掩饰地流露出对父亲的深情。对此我很不以为然，我以为母亲应喜笑颜开地欢送父亲，告诉父亲没有他我们照样能活而且活得更好。

按着父亲的授意，母亲去舅舅那里借来了路费，又把父亲沾满铁锈煤烟和烙马蹄子味道的衣服殷勤地洗涮一遍，还特意在父亲的裤衩前边缝上一块布，将借来的钱结结实实地缝进去。我想提醒母亲，父亲和我一样对裤衩不亲，即便偶尔地穿一次，夜间睡觉也要把它除去为快，所以这种方式的保存未见得安全，但看到母亲的小眼睛、母亲的粗手和手上的针线到处都拧系着父亲的身影，我还是及时闭住了我的嘴。母亲叮嘱父亲："钱可缝裤衩里了。"母亲说这话时特别地看父亲一眼，那一眼使我意识到母亲话中有话，即父亲应像守护钱一样地守护裤衩，裤衩也要像钱一样自尊和难求，而不是轻易脱下或丢掉。但这样的深意父亲并没有特别的反应，母亲却不经意，继续嘱咐道："这回是找工作，可别像回山东那样硬买条毛料裤穿上，又花大头钱买英格丽手表。买英格丽手表都不如买台缝纫机。咱是找他们要工作去了，不行脸上抹把锅底灰，他们要不给办事，就赖他们屋里不走,在那里吃在那里住。"父亲很不高兴母亲的这些话,父亲以为母亲是在教训他,而父亲不用母亲教训,从来不用。父亲于是说道:"你去吧,我不去了,我正好不愿意去呢。瞅你这顿瞎呲呲,我还不如你了,北京天津的我哪里没去过,现在到北京我也不迷路。谁像你,汽车坐不了,自行车也晕,你顶多就是坐马车的命。"母亲老实地承认:"我也不知咋整的,马车快了我都头晕,我真是下步走的命。"父亲听母亲这样说才稍微气顺:"那你还跟着乱呛呛,在家好好卖你的葱得了。记住,不今不离的不要贱卖,得端住价,我十天半个月就回来。"

父亲说完这话便公出似的走。母亲本想送父亲到公社门前的客车站点,想到自己连马车也晕,缺少了不少底气,便亦步亦趋地跟到草屋西边的大道上。西大道两旁老得裂了肚子的大杨树上,春天的嫩叶刚刚展开,还附带着一种粘绿的气息,像一片片绿色的小旗,在枝头哗啦哗啦地刮。母亲站在两排大杨树的中间,一直看到望眼欲穿。

15

菜园里的那片葱长势如此之好,卖葱时却让母亲一筹莫展。连续两年的葱价偏高,农户们开始自己种葱。不少人家的小葱栽种不了,又不高兴送人,干脆将那些发黄发蔫的扔在大道上垫车胶子。他们宁可让葱垫车胶子,也决不将那小葱送人。不过他们那葱送也没人肯要,人们嫌烂蔫的葱会滋生出不少蚊蝇来。

母亲找到十五里外的一个生产队长。葱籽埋在地里没发芽时，父亲就有意和那生产队长混，父亲用综合厂的炉火和钢锭给生产队长免费打了四把菜刀。父亲打造的青钢菜刀被生产队长以日用品的名义分送给了他喜欢的几个女人，包括他的媳妇、两个儿媳妇外带小姨子。她们圆乎乎的小手熟练地握住菜刀把，极尽妩媚地看着生产队长，感叹不仅菜刀，连菜刀把也如此完好。她们手握菜刀把的心曲扣动着生产队长的心弦，生产队长决定让父亲再打两把镰刀，分送给住邻居的兄弟媳妇和住后院的青年寡妇，让她们手握镰刀把目光灼灼地看他。因为这些想法和已实现的做法，生产队长虽然知道他们这里的葱也如此泛滥，仍是张口要了二百斤。作为一队之长，这点处理权利总是有的，何况葱又如此与众不同。但生产队长强调，整个葱都得秋后结账。母亲高兴地说秋后结账也成，有大兄弟做主还怕账黄了不成，亲戚朋交需要安排的，连秋后结账也不用，铁匠走时就交代过的，自家产的东西，权当是送给她们了。生产队长挺高兴，大手向前一挥说道："明天你们把葱送来吧。"

我总是这样的角色，学校的功课永远重要不过家里的活计。十五里的土路空走脚脖子都会发软，何况推动满满岗尖的一车葱。我不说葱，也不说累，而是生气地诅咒朱子明。母亲惊恐地看着青嫩挺拔的葱，又担心地看着我："你招惹他干啥，要嫌累干脆我自己推算了。"母亲这样说，我咒骂得更加起劲，母亲忙对眼前的天空念叨："大人不计小人过呀，话深话浅多担量啊，别忘了，那年你吃我们家摊的煎饼，吃完还特地给你媳妇带回两张。你要给钱，我能要你那钱吗，两张煎饼算什么，一个屯子住着，谁用不着谁。你那媳妇也是，那么点的心眼，摊着这事找能咋的，男人哪有德行好的，到了岁数就收心了。"母亲对着空中浮动的风说话，母亲觉得朱子明就在车子的顶上，母亲又特意低头呵斥我："小小年纪再学着胡说，看我缝你的嘴。"我不服气，夸张地噘起嘴巴往母亲跟前递："你缝吧。有能耐缝我爸的，省得他天天喝酒。"母亲恨恨地："背后说你爸的不是，也不怕人家笑话，我非告你一状，看他怎么收拾你。"我朝地上狠狠啐了一口，母亲急眼了，腾出手来，毫不客气地掐我一把："你啐谁，供你养你这么大，谁是该你啐的。"我捂起脸："我啐朱子明，我啐大洋马，我啐我自己，你管不着。"

那是我们唯一推销出去的一车葱，我不得不遗憾地说，直到现在也没见到葱钱。生产队长后来出了件事，他正趴在儿媳妇的炕上起劲地种葱，儿子冷不防从后面抡他一闷棍，生产队长红花般的血溅了儿子儿媳妇满脸，还溅进炕梢正在趴窝的母鸡眼里。那只母鸡受了惊吓，正孵着的蛋也不管了，整天飞到房上公鸡似的打鸣。人们都说那种打鸣酷似生产队长召集社员们出工下地，我兴高采烈地赶回家，想详细地告诉母亲那母鸡怎样打鸣，母亲无助地看着我："小祖宗，你让我少闹点心不成吗。"

农中的老师们心照不宣地喜欢我们的葱，他们和这些葱莫名其妙地熟悉和亲切。每天骑车或步行从菜园前边走过，他们眼神都是怪怪的，他们无声地驻足，和葱们耐心交流有机化学与无机化学的问题、星云与黑洞的问题、光速与时间的问题、男人与女人的问题、伦理与性欲的问题。我们家的葱最终能卖出去一些，也多亏了这些有益的讨论。虽然我最终拿不准应感谢他们还是感谢朱子明，但我忘不了他们，农中的老师教我们知识，买我们家的葱。

父亲从邻县回来了，父亲这次拨乱反正用了半个月的时间。父亲回来的时候，葱地里的小葱已长出了葱骨朵，它意味着若不及时移栽，很快便要葱老珠黄。母亲却满眼欣喜，特地用小葱做了四盘菜，小葱拌豆腐、小葱炒鸡蛋、小葱蘸大酱、小葱炒小葱，统统端到父亲的小方桌上。父亲见满桌是葱，不由得皱眉，父亲想起他在邻县拨乱反正时每餐的四两酒、一个咸蛋和一个纯碱馒头。父亲不愿见到满桌都是小葱，父亲真诚地希望小葱能成堆成摞地摆到别人家的地里或桌上，可母亲居然不懂得父亲的心思，说道："当菜吃也比薅了扔大道上强，这小葱子过年说啥也不能种了。"父亲不客气地说："还是你没能耐，前几年我在家葱咋都不剩呢。"母亲想起前几年父亲确实张罗着把葱卖净，便服气地不再吱声。

母亲接着服气地看到，父亲做出一个看起来聪明并且任何人都不会的决定，就是把剩余的小葱全部种在我们的菜园里，别的菜都不种或果断薅除了。这使我们无奈地拥有了一批丰富的秋葱。可经历了漫长的冬天和短暂的仲春，终于逐渐地消耗掉后，葱以及相关的字眼，我们已听不得、见不得也提不得了。

16

父亲要找成工作的消息在全公社迅速地传播，迅速得让人难以招架。想不到有朝一日人们对我们投以崇敬时，我们竟有些羞愧难当。综合厂和周围村屯的人们叙说着父亲在邻县的许多细节，比如专事平反的官员亲口答应要统一研究，让父亲回家听信。我知道最初的细节肯定出自父亲，但父亲即便两只耳朵和一双眼睛都跟着说话，也没办法让如此多的人知道得这般生动详细。这种生动详细面前，我甚至有些糊涂起来。让父亲觉得不妙的是，洪炉车间的徒弟们没等他滚蛋，已不约而同地思谋篡位夺权。父亲不得不预料到，他与徒弟们的这种非师生亦非父子却有些类似于猫和老虎的关系，终有一天会形同薄纸。但父亲除了闻到酒味便忍不住流出涎水的本领没让徒弟们学到，其他早已流失得差不多了。不过我对父亲要找回工作的事情比较满意，因为满意，我甚至要发封信，跟姐姐说大学考上考不上都无所谓，父亲的班可以由她来接。我不行就学个瓦匠或电工，再不行就来个倒插门，反正父亲早已视我若无。总之我想告诉姐姐，一个有志气的男孩子，他的生活道路真的很宽。

令人失望的是父亲一趟又一趟地去着邻县，每次却都没有结果。也不是没有结果，而是除了等待还是等待。父亲早被等待得心烦意乱，对找工作这个活计也开始腻歪透顶。让父亲难堪的还有每次回来时的那些问话。那些问话不再是最早的问候辛苦，而通常是直接地要求结果。如果父亲有气无力地回答说还需等上一等,那些问话的会立刻惊心动魄地扬开声音:"咋个整的嘛,老窦家搞破鞋的案子都平反了,你这真凭实据的咋还没个音信,别让谁占了你的指标。"父亲脸上挤着笑:"老虎拉车,谁敢哪,谁挤我的指标,砸锅卖铁我也告到北京去。"父亲这样嘴硬,却匆匆走回我们的草屋。只有躲避似的坐上炕头,满心的惊惶才得以略微修整。

我应该理解父亲的苦衷,不仅知其父莫如其子,还因为从我的身上能不断找到父亲的影子。我经常一个一个地辨识那些不同形状的影子,哪些是我的,哪些是父亲的,我不得不承认一大半的影子首先是父亲的,仔细辨识却又是我的。譬如我在老师面前总是不由自主地乖得不行,但我回到家里,只要父亲不在,就抑制不住地装腔作势。使我苦恼的是母亲对父亲的装腔作势那般容纳认可直至欣赏,对我却毫不犹豫地申斥,顺手抄起鸡毛掸子追打。母亲那汹妖妖的模样不像追赶她的儿子,而像追赶一只耗子,而且要除之务尽。但我不恨母亲,我却恨父亲。我像恨我们低矮得叫人抬不起头来的草屋一样恨着父亲,我像恨我自己一样地恨着父亲。我才不以通晓父亲而自感荣耀,一个人时时刻刻地洞察另一个人,除了无以逃避,不会再有其他。

父亲那时整天都觉着他是坐在冰窖烤火。父亲还觉着他的一切行动都是往冰窖里投钱。父亲一边心虚地往黑洞洞的阴气嗖嗖地方扔着钱票,一边嘶嘶地倒吸着冷气想,这么辛辛苦苦地找工作,百里迢迢地见那几张驴脸图意个啥,当年就没大瞧起这份工作,否则找个人说和说和怎能除名。综合厂是社办不假,哪年不准时开薪了,早知道找工作形同上房揭瓦,还不如不扯这个，还不如自自在在地掌钳子、种小葱。什么养老不养老的，几个孩子到时候哪个敢不给钱花。

母亲觉得她成天唉声叹气还行，父亲成天唉声叹气可不行。母亲便解劝父亲："天天犯愁盘缠花销，找一趟工作，凑不够一百都不走。有啥的，搁我二三十块都用不了，不就一百多里地吗，走着都能去。"父亲酒杯叭地往小方桌上一墩，喝止母亲："放你的呲溜屁。你不走行吗，谁像你，自行车都晕。"母亲像没听见父亲的话，继续顾自说道："你到那里是上访，不是旅游，还用得着又睡澡堂子又吃咸鸭蛋，一天三顿捏几盅白酒？你其实话也不用说，就给他往大门口一蹲，下班也不起来，看他解不解决。"父亲简直怒不可遏："你寻思给我自己找哪，我还不是为了你们。有你这话，大爷我不去了。"母亲弄不明白三句两句怎么就开罪了父亲，却再不敢吱声，而是颠颠儿地躲到外屋地去做饭。

17

就在这时，邻县突然虚伪无比地寄来一封信，声称如果父亲放弃工作，可以考虑补发一笔下放金。他们肯如此放下架子，只能说明拨乱反正已接近尾声了。当然没有这个举动我们也有所知晓，公社不少找回工作的人已经顺利办了退休，他们的子女都以革命的名义接了班，在各类单位无师自通地继续着前辈未竟的事业。

对于那封信，父亲嘴说不在乎，一双骨节突出粗裂无比的手，却是哆哆嗦嗦拈着信纸反复阅读,然后一声不吱地喝闷酒,直到两眼通红,却又开始笔笔宗宗无比清晰的口算。这是父亲酒后的积习。父亲这时的口算准确得分毫不差,尽管算完之后他会大醉不醒,并且醒后对计算过程及结果一无所知,但父亲只要再酒至八分,一切计算与记忆会重新拾起。父亲的计算结果是,邻县许诺的下放金和找工作发生的各种费用基本相抵。"基本"是个大致的说法,精确地说,父亲统一放在铝饭盒里的各类票据要比邻县许诺的下放金多出 7 角 8 分,并且没有计算综合厂因此扣发的工资、耽误的小葱收入、来回往返上的火、骂的人、诸种大肠干燥小便发黄以及下步领取下放金将要发生的费用。这种算法即便有太多的道理,结果却是越算越窝囊。就好比一个辛苦育儿的女人,哪怕她怀过八个月的胎,一不小心早产并且丢掉了孩子,她也是没有生育,譬如我们屯里的大洋马。又好比一个精虫没有了活力的男人,即便日夜耕作每天辛苦,如果开的尽是谎花或提前凋谢,他的努力也等于白费,就像大洋马早产以后的丈夫。

依着父亲,找工作的事情就算了。父亲烦得只想掌他的钳子,种他的小葱,喝他的大酒。我不能不说,母亲此时发挥了相当的作用。母亲直截了当地评断道:"那下放金能花一辈子?还是为孩子找个工作要紧,没有路费我再去借。"我知道事情坏了,什么事情到了需要母亲申明态度的份上,基本上就是往坏的方向发展。我不知道这是为什么。我们家就像一把伞,父亲是伞的骨架,母亲是盖伞的布。父亲撑着母亲,母亲覆盖着全家。

但母亲就是不能申明态度，母亲申明态度，便意味着父亲已经放弃了态度。可关键的实际情形是我们需要父亲的态度。

我却只能沉默。我知道为什么我选择沉默，因为我的内心也和父母亲一样怀揣着希望。乘着鹅毛大雪，父亲又去了趟邻县。然而邻县专门办公室的工作人员没说什么话。他们像普希金童话中的金鱼一样，将尾巴往下一划，于是一切复归于苍茫的大海。

18

需要说明的是，从那时起，父亲再没去邻县。父亲忽然对以往无比厌恶。谁若跟他提及找工作的事，父亲就会不悦，就会脸色大变，摔桌子打碗。

父亲的烧酒喝得更甚了。我不明白如此日复一日年复一年地消费白酒，酒坊为什么没能考虑酒仙酒鬼酒圣的荣誉称号。我以为这是酒坊及小卖店主的集体失误。他们不仅如此，还趁父亲醉眼蒙眬地弓在烧锅前接七十度的原浆时打哈凑趣。他们觉得如果将舌头已经发硬的父亲逗弄得开口说话，就如同他们站在动物园的大铁笼子前让稀奇的花斑蛇发出了叫声。这感觉让他们十分开心，而让我十分痛心。我经常站在父亲身后，用我的死鱼眼一言不发地紧盯他们。我希望他们在我僵白的目光下望风逃窜，但事实常常是他们继续我行我素，毫不为意。

那天父亲一步三晃地往家中走来，母亲神情紧张拿出一个大空瓶子交给我。那瓶子显然事先预备好的，然后她粗拙的身体扑腾仰躺在炕上，让我手持空瓶子告诉父亲，母亲因为气愤父亲喝酒而喝了农药。我不同意母亲的这种做法，因为我觉得假喝不如真喝，我的意思是要么不喝，要么干脆跟他干。农药都敢喝，不信还怕什么。我心里这样勇士辉煌，面对父亲却不知该怎么办，只是拿着母亲交给我的空瓶子不说话。父亲虽然醉眼蒙眬，却轻而易举地认清了瓶子上敌敌畏的字样。那时的男人都对敌敌畏敏感，不少人的老婆动不动就喝上二两，而且那时的敌敌畏掺假的也少，因此结局都很惨。父亲见母亲瘫在炕上昏迷不醒，顿时脖子一梗地愣住了。我顺过父亲的眼光去看母亲，我敢说母亲仰面躺倒的姿态真的酷似农药中毒者。想不到母亲居然有这份表演天赋。我算了算，母亲将近大半辈子的岁月中，扮演过奴仆、杂役、高护等种种角色，因为母亲所有的扮都是真扮，所以这次假扮深深触动了父亲。父亲迅速地从愣怔中回过神来，大叫一声："我×你的，我让你喝农药。"然后一跃上炕挥起铁拳捶打母亲。我至死忘不了这幕情景，也忘不了父亲对母亲的这种爱。我固执地以为父亲一定是把母亲当成了他的什么，牲口或是随葬。我看到母亲在父亲的铁拳下感动得不行，母亲一边流泪一边抵挡父亲自上而下的进攻，并试图寻找空挡以便捣鼓父亲几下。

　　我哀哀地哭着，拽着父亲耷在炕沿的裤脚，我表现得像只软弱的绵羊。母亲听见我的哀哭，像从一种状态中清醒过来，反抗几下之后便泄气地任由父亲捶打。父亲见母亲不再反抗，终于兴味索然地停住了拳头，站在地上严肃地咆哮："下次再敢沾农药瓶子，剥了你的皮。"父亲摔摔打打地走出我们低矮昏暗的草屋，我却坚持不住了，又急切地怂恿母亲："快带我们走吧，跟他离婚，到舅舅那屯子，咱找个房子另过。"母亲不回答，长叹一声后泪眼婆娑地问我是否饿了，告诉我大锅里还馏着苞米馇子和土豆炖白菜，然后疲乏地说她假扮累了，要躺炕上歇息一会儿。母亲打干井时也没躺炕上歇息，我推断母亲一定是心神俱疲。

使我意外的是，不出一天，母亲便将我要她跟父亲离婚的话一字不落地泄露出去。我想这不是泄露，而是出卖。父亲晚饭时冷酷地盯着我，我则不屑地盯着大吃大嚼的母亲，然后抻出脖子等待耳光或脖拐。我盼望那种带有铁锈味道的耳光或脖拐，我想以此惩戒我自己。

19

父亲开始多着一些怪病。拿东忘西不说，还经常地头顶痛。痛的时候，父亲暴突如牛的眼里会呈出一种呆滞的青光，那青光又硬又亮。若是不痛，则躺在炕头长梦不醒，磨着牙齿，含糊不清地说呓话。

母亲找大洋马来，是因为只要大洋马出马，父亲的毛躁不安、惊恐暴怒便会得到平复，起码有所缓解。大洋马是烙铁，而父亲就是烙铁下的马蹄子，大洋马即使烙得父亲滋滋地冒出蓝烟，父亲也会觉得舒服。若是烙我，我也会觉得舒服。从综合厂成衣铺那个高胖的女裁缝，到村屯满头黄发的大洋马，我奇怪地意识到凡是我看好的女人，都被父亲同时看好着。这使我感到羞恼，但我没有办法。欣赏某种特色女人，就好比不同的人分别喜欢温暖与寒冷、繁荣与不毛、旱季与雨季、高原与洼地，跟志趣有关，而跟父子无关，而可以肯定的是，父亲绝不是故作装病，有意让母亲去找大洋马来。父亲想看大洋马，完全可以创设种种理由，父亲便是直言不讳地说想去幽会大洋马，母亲也会乐呵呵地支持，还会关切地提醒不要着凉，运动出汗后更不能直接喝井拔凉水。母亲一定会贤德如此。母亲甚至和大洋马半真半假地说，要将我过继给没有子嗣的大洋马，没想到她们俩同意，父亲却不同意。母亲心犹不甘地问我："把你过继给她家做儿子，你干不干哪。"我照着地面啐了一口黏痰，对母亲提议："为什么当过继儿子呢，让父亲娶了她不就行了。"

我不知道大洋马的功法属于哪一路，当然她自己也不愿意归到哪一路。她供奉的神台上既有如来、观音，也有蛇仙、狐仙、黄仙和鬼仙，还有手持大刀的红脸关公。大洋马喜欢万能型的。大洋马盘起肥白的大腿坐在我们的土炕上，我惊讶地发现肥臀加上她的大粗腿，整整占据了我们土炕的一半。大洋马向母亲要两张黄表纸，母亲下地翻腾了半天也没找到，便问姐姐练习英文单词的草纸行不。大洋马摇头说不带字的纸都行，带字的纸却不行，尤其是姐姐写的洋字码。我想起小里屋的炕席底下有卷粉色的卫生纸，那卫生纸倒是没字，给大洋马用应该差不多。没等我说出来，母亲已经想起棚顶上还有两张窗户纸。大洋马显然不太满意，想到窗户纸终究比我可能提议的卫生纸要强，还是点头应允。

大洋马从炕席上撅下一根席篾，拧开姐姐用过的钢笔水瓶盖。因为长久不用，钢笔水瓶已落满一层细尘，拧的时候沾到了手指肚上。大洋马并不在意，随手抓起母亲扔在炕上的蓝布围裙擦了一擦，捏住蘸着墨水的席篾，在窗户纸上胡勾乱涂起来。我没看明白大洋马画的什么，可以说既像英文也像日文，还有点像俄文或者阿拉伯文。写完外文后，大洋马又特地画上一支箭头。螺旋的枝干，瘪瘪的头冠，怎么看都像根狗鞭。也许这根狗鞭能狗血一样驱魔避邪。大洋马一边拿火柴将画着外文和狗鞭的窗户纸引燃，一边不慌不忙，口中念念有词地将那火苗四下抛。大洋马当然不会往易燃的地方抛，否则真的引起火灾，别说坏了她的名声，就连从早到晚上一直昏昏沉沉躺着的父亲也不会答应。父亲会一个鲤鱼打挺跳将起来，紧紧地擎住她，让她借机在烈火中涅槃。有一刻大洋马几乎抛到我们年深日久的棚顶，我们的心也快跟着拎出了嗓子眼，而母亲要惊恐地抄起扫帚扑火。看到大洋马竭力摆出的安闲面孔，才又胆战心惊地撂放下心来。母亲紧攥双拳，暗自运气，仿佛告诉自己，大洋马此时是神仙附体，只要轻舒广袖，小小火迹会鼻涕一样不留痕迹地擦去。

大洋马做完这些，开始闭目屏息。见大洋马闭目屏息，母亲也闭目屏息，躺在炕上昏睡的父亲居然也跟着闭目屏息。草屋是那样的静，我分明听见燃成黑灰的窗户纸一边飘落一边发出的叭叭开裂声和墙缝里虱子做爱的叽叽声。我有一种扶乩仙坛的神圣感觉，还有一种期待什么发生的心情。我和母亲的目光不由自主锁定在大洋马身上，我想父亲的听觉也会锁定在大洋马的身上。——尽管昏昏沉沉,他却一定在听,这糊弄不了我的。我知道他至多处于浅睡状态,我对他听到诋毁突然奋力睁眼的情形是那样地铭记在心。约莫一两分钟,我们都感觉到大洋马合十的双手开始微抖,继而披散开的头发也开始微抖,接着我们看见大洋马油瓶子一样的巨乳也富有魅力地微抖。我不得不说,这种带动式的微抖几乎让我喘不过气来。很快,微抖变成了小抖、大抖、剧抖。老天爷呀,大洋马由盘坐而跨骑起来。因为跨骑,大洋马的肥臀、丰腰、硕乳、胖成三层的下颌,以及全身所有可抖以及不可抖的肉都在齐颤。我们草屋里的空气也跟着齐颤。如果大洋马跨骑的是床而不是满族的土火炕,床也会跟着漂亮地齐颤。大洋马这时真像一匹快乐驰骋的长鬃烈马,四蹄的风拂起一路迷乱花香。大洋马忘情地颤了十五分钟,她的鬃发像一片黑沉沉的布唰地甩出,同时张大嘴巴,丹田用力地嗨了一声,湿泥般瘫软在我们草屋的炕上。

20

父亲醉眼不屑地微睁:"来者何人。"我想父亲当年从北京赶到乡下接见母亲时,一定是这样的眼神。大洋马清眉敛气,满嘴的海风送爽:"我来自山东登州府。"父亲听到登州府的字样,和平时的某缕思绪暗合,心内不由一动:"你来干什么?"带有海腥味的声音说道:"我有冤啊。"

母亲很内行地插嘴:"有冤到别处说去,我们家不收留你。弄得全家老少不宁的,还让不让人过消停日子了。"

大洋马嘿嘿一笑,怪腔怪调很像是偷鸡成功,嘴巴尚沾着一根得意的鸡毛。我对大洋马不禁肃然,觉得这一笑是到了骨子里。大洋马突然换副嗓子,串演另外一个人,马嘶似的说:"来弗嘛利嘟来嘛利,我给积德行善妻贤子孝的人家保驾护航啊。"

父亲听不懂成串的梵语,妻贤子孝的话却明白真切,愉悦之情溢于言表。母亲也是欢喜,有些央求依赖道:"你既然保驾护航,总得管管他呀,成天喝酒不干活,我领着这些孩子可咋整。"

大洋马对母亲的央求不置可否,却是觑眼向上,仿佛遥看空中飘浮的一片祥云,祥云之上盛开着一朵莲花。这时她又偷鸡的语调:"来酒哇。"我没有理会她。我们家柜盖上摆着半瓶子酒,里面还泡根小孩手指大小的黄瓜纽儿,但我凭什么给她拿。

母亲对大洋马做出举手要打的姿势:"再要喝酒,把你撑到大山沟里喂老虎妈子。"大洋马对母亲的恐吓毫不在意,却如方才一样嘿嘿地笑,而且嘿嘿的声音越来越大,越来越厉,好像四处乱甩着扎人的玻璃碴子,唬得我们不得不捂住耳朵,时刻准备逃出草屋。大洋马眼睛刷地睁大睁圆,黑头发猛地一甩,谁也不看地问:"我好好地保你们,为什么那样对待我?"母亲搞不清大洋马的由头,声音又细又软哆哆嗦嗦:"仙家呀,谁敢得罪你呀。看在我们都是小民的份上,有什么不到之处指出来吧,也给个改正机会。"大洋马掠过母亲,又拿仙眼蔑看父亲,见父亲脸上不再七个不服八个不忿,而是一副良民的恭顺,才哼了一声,拖腔喊道:"大树底下呀,大树底下呀。"

大洋马说完莫名其妙的话,抄起胖手往她荤油似的肥白腿上重重一拍,然后长发再甩,使尽元气地噢呀一声。

大洋马失了魂似的呆滞起来。

目睹大洋马亢奋后的疲沓,母亲心疼地拿手拊大洋马的后背。母亲用这种做法表示安慰,歉疚地说道:"看把老仙家给累的,都是因为铁匠呀。"母亲拿起我们平时既擦葱叶又抹碗的毛巾殷勤地擦大洋马脸上的汗,母亲的手法永远那么粗糙用力,结果第一把就准确地擦到了大洋马的眼睛上。大洋马急忙拨开母亲还要再擦的毛巾,疼得低下头去揉眼。

大洋马满脸懵然不知的样子,问母亲道:"老仙家都说啥了?"母亲如实禀告:"听那意思铁匠一定冲着啥了,说来自登州府呢。"大洋马又问:"还说啥了。"母亲说:"然后就听不懂了,满嘴洋文,滴里嘟噜的。"大洋马惊奇道:"洋文,不对,那不是洋文。"母亲说:"那是啥文?"大洋马说:"不能随便问。"

大洋马沉思半晌,抄起手指头掐算:"肯定是朱子明那死鬼了。"母亲恐慌地说:"朱子明还没走?"大洋马说:"走是走了,悠荡到登州府去了。可在那边孤单时间长了,又忍不住想农中,正好撞上大哥回老家过年,就附在身上跟回来了。"大洋马拨拉炕头一直进行暗听的父亲:"唉,躺这一天,也该精神精神了。我问你,去年回老家是不到十字路口转了,那十字路口还刮起一阵旋风,迷过你的眼。"父亲半信半疑,母亲早已忍不住抱怨:"说不上哪来的瘾头子,三天两头地借钱回去,弄得一屁股饥荒不说,还招来这路货色。瞅瞅在东北过年那德行,拉拉着脸就跟哭丧似的。"父亲开口骂母亲:"我给你妈哭丧。"有大洋马在跟前,母亲觉得胆壮,点划着父亲狠狠地说:"明天把你那尿鳖子扔掉。"父亲像大洋马那样嘿嘿一笑:"动我酒壶,想呗。"

母亲问大洋马:"老仙总叨咕大树底下是怎么回事?"大洋马皱皱眉:"我还想问你们呢,是不是啥时候惹着人家了。"母亲神情紧张地附和:"那年我跟铁匠在西园割谷子,就听鸡在大树底下没命地叫,往那里一瞧,一只嘴巴都黑了的黄皮子正在树底下贼头贼脑。"大洋马忙提醒母亲:"那是黄仙。"母亲掌自己嘴巴:"对,黄仙。铁匠抄起镰刀就要砍,我劝也劝不听啊,那镰刀嗖地撇了出去,黄仙没碰着,镰刀砍到树身上。"

大洋马急忙截断话头,一边给母亲暗使眼色,一边念叨:"遇到大仙是缘分,不愿意招惹也就罢了,怎么拿镰刀照量人家。结果咋样,你们伤着人家了吗,你们不但没伤着人家,你们的镰刀头还关在树上卷了刃。"

大洋马继续说:"知道人家什么道行吗,知道那黑嘴巴得修炼多少年吗,别说拿镰刀,你们就是拿金刀、银刀也不能动人家半个分毫。"

我觉得大洋马不应叫大洋马,应该叫大忽悠。经她一番神神鬼鬼,父亲的情绪安静极了。我分明看见父亲身上涌动着复苏的暖流,那暖流化成热烘烘的气息,顺着父亲的鼻孔直往外冒。渐渐地,父亲瘪茄子似的脸颊泛起活力的红润。母亲感动得快要哭了:"大妹子,你说该咋办呢。"

大洋马说:"朱子明就这样了,没见刚才那符,我已将他彻底打发走了。黄仙这里我今晚再替大哥赔个不是,不行的话你们请个保家仙,算从我家分支出来的,让它保咱不招灾不惹祸,一家老小平平安安。"

大洋马一番指教，不仅母亲感激不已，父亲也无话可说。母亲特地去供销社买两包果子、一瓶凤梨罐头，又打了一斤散装白酒，送大洋马那里上供。母亲做这一切都是偷偷摸摸的，神情幸福紧张得谁都看得见。我故意问母亲去干什么，母亲慌忙教训："小孩子家，别啥都打听。"

21

说不好父亲如何那般琐碎。我想这不仅是父亲的琐碎，也是和父亲同拨人的琐碎。以往的生活是条表面平静的径流河，现今这条河却因为需要发电而陡然落差。落差的结果是，父亲他们这些腾空而起的泡沫，在巨大的水雾中跌宕得碎碎扬扬。

我要说的是，父亲一锤一锤砸了十多年的洪炉车间顷刻解散了，父亲所在的公社综合厂顷刻解散了。我不太明白，出力干活的综合厂为何硬要随着公社一起解散。我特地看曾经的公社和综合厂，它们中间隔着许多草屋民宅，甚至一片蒲草丛生的水泡子，两者找不到相连的地方，哪怕是地沟或下水道。若有一点相连，就是安排给它们的归属。规定它是它的归属，它就得是它的归属。规定影响厂子的效益和产品，决定厂子的解散与存在。

总之综合厂解散了，像草原上的一堆马粪，迅速被运动分解，消逝在盐碱中，再没振兴起来。而父亲的老家，山东那个地方，乡镇企业却开始红红火火。可它们也是归属和被归属的呀。所以我真的搞不明白这些事情,一动起搞明白的念头,就不由自主地头痛。我用一句话告诫我自己,叫作与其妄想,不如不想。

第 三 章

22

那时,父亲已经不看《参考消息》,也没有订阅报纸的经济和闲心,而是迷恋半个拳头大小的半导体收音机。父亲将那收音机弄根线绳挂在脖子上,一边拼命喝酒,一边拼命地往耳朵里填充声音。

一直到姐姐从山东回来,父亲的心情似乎开始好上一些。我始终想搞清其中的因果关系,但我实在看不出什么。父亲还是父亲,姐姐还是姐姐。如果偏要勉强地找出些什么,那就是父亲觉得姐姐的脾气秉性最像他。我们才不希望喜欢的姐姐像父亲,因为不希望,便认定父亲的这个想法源于他的不自知。我们甚至暗暗希望都不像父亲才好,希望我们的家庭关系复杂得很,主要是我们真正的父亲,由于历史的缘故是另外一个人,并且我们出生以后他便令人愉悦地永久消失。但没有办法,我们闭上眼睛都会发现眼、鼻、额与父亲是那般相像。但是在不由自主地像父亲的情况下,为什么只有姐姐才能使父亲眉开眼笑,这也许恰是姐姐优秀可心的缘故了。至于我,连我自己都觉得走进人堆就找不着,我的隐身草就是县城里满大街工蚁或工蜂似的人,我的隐身术就是尽快地走进这些人,走进这些人就等于走进了密林深处。我这样想,便为父亲见到我就不由皱眉找到了理由。尽管母亲总证明清白似的说我像父亲，但那只是母狐狸取悦公狐狸的小小伎俩。我理解父亲，谁愿意一个并不优秀甚至糟糕得很的人像自己呢。不过我得说明，父亲不高兴我像他，我还真的不愿意像他。

当然只要父亲高兴，我们还是由衷地高兴。我们盼父亲高兴就像盼农历大年。凭这点我们就不愿意姐姐离家，因为只有姐姐在家的时候，父亲分明该吵嚷发怒却令人无限感动地心平气和，父母亲的吵架也因此减少到最低限度，草屋里甚至可以听到父亲黄皮子似的嘿嘿笑声。总之姐姐就是我们家的客人，父亲因为有客人在而言行收敛。姐姐就是我们家尤其是父亲的朋友，父亲因为朋友在而心情愉快。姐姐就是我们家的阳光，因为有姐姐在草屋的光线变得明亮，每个人的脸上布满动人的光泽。真应给姐姐多照几幅大尺寸的彩照，挂满我们草屋的四壁及纸棚，让姐姐的面容四面八方地涌入父亲宽泛的视野。那样的话，我们的草屋会窗明几净，笑声朗朗。

然而我还是不明白。光凭姐姐的优秀和酷似，并不能成为父亲情绪平定的十足理由。而且论起声音和形体，我应该更酷似一些。尤其是性别，这一点姐姐再努力也做不到的。还有就是自私，自私这点上我和父亲最为相像，而且我的自私比父亲的质地更加纯粹，因为父亲是对于山东他父母的自私，我是对于我自己的自私。直到有一天我看到姐姐紧咬玉牙，摇摇晃晃地往家里挑水，我的思路豁然明朗起来，我醒悟到在父亲的眼里，姐姐已变成了他的左肩或右肩，起码是他减轻负荷的小垫肩。这一点只有我才能明白，因为我是他的最像，我几乎猜得出他的一切。站在我们的屋地上，凭借汗毛的颤动我就能感觉出躺在炕头大睡的父亲真睡还是假寐，父亲耸耸鼻头，我便知道他是嫌菜锅里的油水太少还是怪瓶子里的白酒跑了气味，父亲一往里屋撵我们睡觉，甚至母亲毫无察觉，我已猜测出他心里头没想什么好事情。尤其暗夜中我躺在炕上，我只消眯起眼睛，就能看见父亲脑袋周围凌乱的头发梢上，种种鱼泡一样膨胀又迸开的想法，包括他自己不知道但的确正在想着的种种，譬如犯愁山东父母去世时他将怎样借到一笔钱以便赶回去送葬，尽管他父母的身体依旧健康甚至老壮，譬如想他的酒一定要持之以恒地喝下去，那些打着健康旗号劝他不喝的人不过是嫌他喝酒费钱，所以谁劝他也不能好使，譬如他已经想到指望我养他的老很难，因此需要抓住什么机会，在我翅膀硬了之前毫不客气地将羽毛齐根剪掉。姐姐的挑水可以说更加提醒我看清隐在父亲心里的，包括尚未在头发梢上形成气泡并且逸发出来的想法。原来父亲想卸担子，想卸扁担一样地卸下他不愿意承担的担子。父亲想卸担子的时候，姐姐适逢其时地长大了，父亲终于有指望了。用不上几年，姐姐可以担他的左肩，而我这个兔崽子可以担他的右肩。那样就可以全心全意地喝酒干事了。喝别人的酒，干自己愿意干的事一直是父亲说不出口的最大愿望，当然如果我届时仍是指望不上，就刻不容缓地将我清除山门。

23

我充分理解姐姐在户口上的犹豫，也特别理解山东那个镇属高中告知姐姐没有户口不可以报考，要报考只能将户口起过去时姐姐紧张矛盾的心情。我同样理解父母亲决策面前的手足无措。那个时候，考不上的阴影时刻笼罩着我们，而迁出去的户口若再迁不回来，我们的眼里，简直是在背井离乡呵。

事后听见姐姐比录取线低了两分的高考分数，山东那所高中的班任不肯相信。相信之后便觉着万分的遗憾。这时我们一齐明白过来，事情的决定过程正是一个人命运决定的过程，但也许我们都尽力了。哪怕姐姐考前的两个月，前一半的时间找不到任何一所接收学校，后一半的时间被父亲以一尾十五斤重的白鲢鱼的代价，将姐姐送到了濒临撤销的乡镇高中插班复习。可那尾十五斤重的白鲢鱼，是父亲从水库直接买来的啊，而我们的父亲像猫似的对鱼感着兴趣，偶尔吃到腥冷的小鱼，慌得连鱼鳞鱼骨都要直接吞进喉咙里的啊。

我的父母亲开始谴责和埋怨了。我们一次次地选择失败以后，父母亲肯定要相互埋怨。他们的这种埋怨总是以母亲的自我谴责和父亲的不断奚落告终。母亲也会一针见血地揭露父亲，闯关东这三十多年他无时无刻不在为回归山东做着打算，姐姐将户口迁过去他当然愿意，因为到时好指望姐姐养活。母亲的说法使我快慰，我很高兴听到父亲居然也会老之将至，而且养老送终又有了明确人选。父亲则以牙还牙地指责母亲，除了出工干活，母亲根本不是当家作主拿主意的料。任何事情只要母亲参与，就算是间接帮助了对手，直接帮助了敌人。

我们当然听不到父亲的自我谴责，因为父亲的嘴巴是专门说母亲用的。不过我们可以听到父亲就着酱豆或咸菜，喝着烈性白酒，眼睛通红地对姐姐反复许诺。许诺是父亲自我谴责的另种形式和变体。父亲对姐姐说："你想好了，念还是不念，你要念，砸锅卖铁也供你，一直到你考上为止。"这样的话随着全乡稀稀拉拉的几份大学录取通知书下发开始，一直说到接到通知书和没接到通知书的学生纷纷打点行装准备上大学或重返高中复习，父亲不厌其烦地絮说了几百次，嘴角都磨出了硬茧。使我感到奇怪的是父亲每说一次，姐姐都摆出一副认真倾听的表情，姐姐就是没有拿出一支铱金笔和一本牛皮纸封面印红线的工作记录，否则我会以为不是我们的草屋问答，而是县妇联或乡政府在开周会。父亲拖布一样的废话，给可怜的姐姐带来如此大的安慰，每次口舌不清地重复完，姐姐都要感动地走出屋去，走进成趟成片的向日葵中。那些三米多高的向日葵已经开过，辛劳的蜜蜂不再嗡嗡地绕着鲜黄色的花盘飞来飞去，每个排列有序的细格子里，都会有一个黑色或棕色的向日葵籽逐渐地发育成熟。姐姐在向日葵的群落中陷于莫名而不知所措的怀念，以至于须臾不离的课本都长吁短叹地看不下去。那阵子，亲爱的姐姐在向日葵的遮蔽下迅速地消瘦起来，曾经丰腴的身材变得绰约颀长，原本红润的面色随之泛起一种美人似的苍白。

24

像天下所有母亲关注女儿那样,母亲关注着姐姐的变化。母亲在姐姐的变化中不断进行着自我谴责,并通过自我谴责深挖到了姐姐考试不第的原因,即姐姐出生时不小心让双身子的人给冲了。因为这个原因,姐姐就是心比天高命比纸薄的命并且要认命。姐姐半信半疑地看着母亲,一时间就觉着她真的心比天高命比纸薄。姐姐似乎急不可耐地迅速认可了这种解释,奇怪的是姐姐的心里竟由此平静起来。姐姐觉得如果这一切都源于她的被冲了的命运,那么所有责任便不在于她,而在于不可违却需要认的命。

父亲火了,呵斥母亲道:"你别胡说,不是你不同意迁户口,大闺女能考不上?"母亲无比冤枉:"我一个没念过书的,寻思哪里考还不一样呢。我也不知道回来就考不上啊。"父亲说:"这个时候你不知道了,你那个时候的能耐呢?"母亲说:"你那么有章程,你为什么不压着点,我一个妇女懂得啥。"母亲此时的反问,父亲竟不知如何回答,瞪起眼睛盯住母亲,琢磨怎么骂上一句话,狠狠地刺伤母亲,气得她心肝暴跳。父亲还没想出稳准狠的话,姐姐打断了他们的斗嘴。

那时姐姐正坐在我们的炕上,姐姐将她的头埋在两膝之间,黑黑的浓发纷纷披披地垂下来,一直向下散到裸露的脚面。姐姐抬起头来,目光十分的平静:"我的事情你们不用吵,我寻思好了,我真就是个心高命薄。"母亲听姐姐这话,有些不知所措,手拄炕沿,凑到姐姐近前,小眼睛里流露出深切的关注。姐姐的视线从父母亲的中间穿越过去,一直穿越到我们草屋歪歪斜斜糊着各种试卷纸的北墙上:"家里虽然这个情况,我还是想复习一年。钱就算我借的,等我挣钱时再还给你们。"父亲生气地打断姐姐:"你到底说啥呢,你爸没表过态咋的,有你爸在,砸锅卖铁也供你念书,旁人谁说也不好使。"说完父亲气愤地瞪着母亲。姐姐摇摇头:"我不能总让你们在我身上搭钱。"姐姐一定被她自己的话伤心得不行,当着父母亲的面,她都掩饰不住滚落的泪水。她下地趿拉鞋的时候,泪水噼里啪啦地掉了一地,她一边踩着她大滴的泪水,一边往那片向日葵的地里走。

父亲骂母亲:"说吧,再让你说,孩子越难受你越跟着瞎呲呲。"母亲委屈地说:"我说啥了,要不是你整天喝大酒,又成年关里关外倒腾,孩子能跟着这么受累。"父亲咆哮道:"我喝酒咋的,我愿意喝,我愿意邮。你是大粪坑里出来的,你是老母猪生下来的,你没有老人哪。"母亲说:"你这也叫人话。你光顾你自己的老人,还满嘴胡嘞嘞,也不怕他舅扇你大嘴巴。"父亲勃然大怒:"二两棉花纺一纺,谁敢动我一根指头。他那还叫人,扣人家工资,搓弄人家孩子,挣俩钱了,了不起了是不是。"母亲声调有些哆嗦:"谁扣你的工资了。人家供你吃供你喝,给你儿子张罗说媳妇,你还有啥不知足的,你偷着乐去吧。"父亲一声高过一声:"他活该,他愿意,他攮丧。"母亲恨道:"不用你叫唤,明天叫他舅把你腿给搋折了。"父亲声音拔到最高限度:"再说一遍,碰我一根指头,我叫他火上房。"

25

我不愿意重复那些没头没尾的吵话,我知道他们吵着吵着会把矛头指向我,以及我在舅舅手里保管的五百元钱。自从搞黑包发了财,舅舅在我们家的地位差不多直线上涨,父亲提起舅舅口气蔫了许多,与此同时母亲说话硬了许多。而舅舅则开始指责父亲过家花钱没个数,让母亲跟着受了这多年的苦。我不愿过多地说舅舅,因为我不知道该怎样评说他。舅舅安排我干活,立志把我从力工带到瓦工,从端沙子搋泥带到等别人给端沙子搋泥。舅舅时常地周济我们一些零星的东西,当然舅舅也态度鲜明地反对姐姐念书,尤其是关里关外地读书。舅舅主张尽早给姐姐找个婆家,看闺女大了不好找,舅舅的这点我不赞成,不赞成的原因除了我喜欢我的姐姐,还有就是我觉得姐姐别说才二十岁,就是七十岁八十岁,也照样嫁得出去,除非世间的男人眼花了,把天鹅看成了癞蛤蟆。舅舅还给我做了五百元的工钱并且替我保管起来,舅舅说他要主持正义,这钱就是不能拿回家给父亲填补酒账,要留着我娶老婆结婚用。感谢我的舅舅,我挣的钱,才不想拿回去顶那酒窟窿包括支援父亲往山东邮钱。他的母亲享受了,我的母亲我还没孝顺着呢,我把这话对舅舅说,舅舅高兴地说"对"。

我几乎成了父母亲吵话的导火索。如果不是导火索,唯一的办法就是父亲诅咒我的时候,母亲也立刻旗帜鲜明地跟着诅咒,可事实恰恰相反,父亲提起舅舅和我,母亲立即义无反顾地站在我们这一边。我开始成年累月地不回家,让父亲除了异地诅咒以外没其他的办法。父亲对舅舅也计无所出，若是父亲在综合厂时舅舅做出这等事情，父亲敢把舅舅从屯里骂到屯外，再从屯外骂到屯里。父亲自从回家务农，并且每年接收舅舅一二百元不等的资助，便只能远远地看着我保存在舅舅家中的五百元钱，像老猫远远地看着从它嘴中抢去的本可成为美餐的小鸟。这个时候父亲若想在舅舅居住的村屯骂街，不待舅舅说话，立刻会有人冲出来，不由分说地拿窗户纸粘住他的嘴。有钱真的是件好事，它可以压迫人，安抚人，也可以鼓励人反抗。后来舅舅又亲自递给父亲五十元钱，递给因无法给山东寄钱，满屋转得几乎要发疯的父亲。舅舅正告欣然接受钱的父亲，今后不要因孝顺而苛待别人，真正的孝顺应当苛待自己。舅舅说完又提到我，舅舅告诉父亲，五百元钱是我一块砖一片瓦挣下的，要留着给我说媳妇用。给我说媳妇等于给父亲说儿媳妇，不给我说媳妇父亲也得张罗给我说媳妇。父亲妇女似的说："他挣钱不是不交家吗，唉，他说媳妇我还真不管了，不但不管，他结婚时还要把家里的饥荒摊上一半。"舅舅说："冲你这态度，挣钱就是不给你。你有什么资格要，他吃我的喝我的，我还没要他伙食费呢，你若再要，这钱就扣伙食费。"父亲压抑着说："他从小到大不吃不喝呀，这些年得吃进我多少钱。"舅舅说："你这种做人我就不赞成，谁家没儿没女，哪个当爹的像你这样了。"父亲不服劲："一家一个过法，生在我的家，我就得要。"舅舅说："看把你'扬棒'地，这些年我就没说过你。以前不管你对我姐咋样，我放过一个屁没有，我不愿意掺乎你们家的事情。这几年见着点钱，寻思替你们管管儿子，没承想倒管出不是来了。你要这样说话,你的儿子,明天我把他撵回来,有能耐的话你砍了他剁了他,但有一件,他挣的钱我就是给他留着,他娶媳妇的钱就是不能当酒喝,这事我做主了。"舅舅说话的气势像是要怒气冲冲地拂袖而去,舅舅却没有。舅舅也爱喝两盅小酒,便和父亲坐在炕上,就着母亲做的葱炒鸡蛋、干豆腐拌黄瓜、葱蘸大酱,你一口我一口地边喝边吵。

第二天舅舅真的让我回家一趟,不过我先到的邻居家,因为无论如何我不能赶上父亲在家。如果父亲在家,弄不好我会成为他眼中的炸药包,父亲也许打着父亲的旗号把我扔到水坑里浸湿,或者毫不手软地拆除我的芯子。我得避开矛盾,保护自己,这差不多是明智的选择。我进屋的时候姐姐正在心神不宁地看书,我不失时机地拉拢姐姐说,我可以拿存在老舅那里的五百元钱继续供她念书,让姐姐考她的大学,而且今后我还要继续挣钱供姐姐。我提醒姐姐,父亲说能供她纯粹是瞎白话,父亲现在没有返还能力,借钱都借不着,又搁啥供书呢。姐姐是太想念书了,听到我的话便是迟疑一下,同时姐姐心明镜似的知道我们家再也供她不起,所以对我的话才会默认的态度,没想到姐姐长长地叹口气后,无比坚决地对我说:"我认可不念也不用你那破钱。"

听到姐姐的话我真的很伤心,没想到姐姐会说出这样的话。姐姐说出这样的话,我的好心便成了驴肝肺。

26

　　我敢肯定地说姐姐并不情愿当民办教师，尽管她会想到终有一天能够熬成公办教师，但即便让姐姐一千次选择，只要仍是二十来岁的年纪，只要不考虑生活压力及费用，姐姐还会毫不犹豫地将理想的对号挑在大学的位置上。

　　姐姐做了民办教师，最高兴的还是我的父母亲。这恰恰印证着姐姐的选择。父母亲自是知道这一点，所以他们高兴之余，都有些对不住的意思。母亲那段时间里经常满怀深情地埋怨父亲没能创下一些殷实的基业，哪怕是没有外债，也可以更顺利地借到钱继续供姐姐读书。母亲转过身又安慰姐姐，女孩子做老师挺好的，不要这山望着那山高，母亲前些年挑水浇葱时，驴马似的累，为什么农中女老师可以叉起腰板看，因为人家捏捏粉笔头就挣钱。母亲虽然麻木，但当年的对比给她的感触并不小。不过母亲的这个感触又过于简单。母亲是没见到有些人歪歪斜斜地签上两三个字，浩大的浪费工程可能宣告开工或结算，足球运动员屁似的将球对准那么宽的大门，几十万的奖金可能已经到手，影视红星咧嘴一笑或是双腿开叉，一幢别墅宣告进账。母亲若是见到这种挣钱或活法，眼睛就不会死盯着女教师手里的那颗粉笔头。母亲荣耀满足地对姐姐说，那时一边挑水一边想，只要她的孩子们，当然母亲说姐姐而不是我，将来能做上一名哪怕是看小孩子的幼儿园教师，母亲的这颗心也就知足了。谁想到老天竟真的有眼呢。母亲这样说的时候，姐姐的心情不觉又平静许多。姐姐再次找到了她做出决定或牺牲的意义。

想想她们在一起的幸福情形，我真的是服气。同样是母亲和孩子，只因人家是母女，便相处得那么好。那么多曲曲咕咕的知心话，都要单独享用，并充满戒心地背着我。我知道她们嫌我耳朵长，恐怕我听见，其实她们越怕我听见，我越要想方设法地听见。没听见的时候我觉着神神秘秘，听见以后我便知道无非是今天来例假明天肚子疼什么的。我觉得因为这点小事遮遮掩掩，简直没有必要而且麻烦得很。但我不能不奇怪母亲对于姐姐的惊人影响力，母亲的话在父亲那里差不多句句是错，对于姐姐却语录似的一句顶万句。后来我想通了，女孩子越是对母亲开始依恋，越意味着到了可以出嫁的年纪，而一旦出嫁有些光阴就收不回了。因为这个道理，母亲平常问给我的那些腻歪得不行的话，比如"冷不冷""热不热""吃了没有"之类，在姐姐那里却是无比珍贵，简直入脑入心。

27

父亲不同意姐姐结婚，并不是反对姐姐结婚，而是不想让姐姐那么快就结婚。因为一旦结婚，姐姐的工资就不好掌控了。父亲是活生生的老财迷，我们大家都这样地想，尤其是姐夫他们那边。至于是否有对姐夫及诸种情况的不认可，应是有的，但大家未必会理解，理解也未必接受，因为父亲的表达方式就是钱。

确切地说，不是钱，而是工资。

从姐姐第一天上班，父亲就对她的工资有了打算。父亲像当年打算菜园里的小葱一样打算我们的工资和劳薪。家里少不了来齐酒账的,父亲信誓旦旦地许诺:"等他们的钱开回来,我一样不少地还你们。"父亲给山东依旧健在的祖母写信:"今年地里收成不错,一家人也都挺好,勿念。等大孙女的工资和孙子的瓦工钱下来,给您老人家寄去一百元敬上。"父亲这样写完,觉着东北一家人在他的带领下,已经走上孝顺他老娘的康庄大道,心里无比荣光,就跟母亲学说。母亲颇不得劲地提示父亲:"你孝敬你老娘,干吗把他们搭上,搭你儿子也行,一个闺女,你总得让她攒点体己钱吧。"父亲把眼一瞪:"废话,她奶没供她上学吗?"母亲不服气地说:"你不是给寄钱了吗。"父亲提高声音说:"七十多岁的老祖,烟熏火燎地给她摊煎饼,你们的良心让狗吃了。"

　　父亲对姐姐的工资如此,我存在舅舅那里的五百元钱自然剩不下。那钱若不交回来,我知道进不了家门。我并不是想进那家,一辈子不进也不想,但那里有母亲和姐姐,不想才又变成了想。应该说父亲在要钱上脑筋还是活络的,他知道不能直接出面,否则事情就得别在那里,很可能一分也要不回,因为舅舅宁可三十五十地打发父亲,也绝不将那钱交给他。父亲于是撺掇母亲出马。母亲何时受过这种重视,颠颠儿地赶过去,红起脸对舅舅说:"那钱还是动一些吧,要不铁匠天天作人哪。"舅舅告诉舅母:"那就给'大酒包'拿回去三百,剩下那二百明天给外甥存到银行,死期的。"想到父亲期盼的眼神,母亲不好意思地说:"还是五百吧,要不又该提口粮钱了。"舅舅疑惑道:"什么口粮钱?"母亲脸又是一红:"孩子从小到大不得吃喝吗。"

舅舅手里的烟头狠狠往地下一摁:"我想起来了,上次他就露过口风,亏他想得出来,他怎么哈着人玩。交交交,钱交齐了,以后不认他这个爹。"舅舅又对母亲说:"这个人变了,以前在综合厂时不这样的。他越这样,你越得跟他斗,他再敢动你一手指头,看我怎么收拾他。"母亲苦起脸劝舅舅别跟父亲一般见识,母亲说父亲喝起酒来五迷三道的,但不喝酒还明白点事。舅舅听懂了母亲的意思,就是她的铁匠、舅舅眼里的"大酒包"若不喝酒还行,便忍住话头道:"都大半辈子了,我也不想参与你们的家政,但有些话该说也得说,譬如养老的事,她的娘是娘,咱们的娘就不是娘了。咱不求他什么,他总得对你们娘几个像回事,别觉着谁都应该应分,他咋样都应该应分。"

舅父这样撺掇母亲,母亲又激动又有了底气,回家主动找父亲吵:"你活不起了,闺女刚上班就惦记她的工资,摊着你这样的爹,孩子跟着倒八辈子霉。"父亲不服气:"倒什么霉了,这些年从小到大吃谁的穿谁的,关里关外谁供的书。"母亲说:"谁家不供孩子了,谁家像你这样成天把供书挂嘴上了,你是供你那两盅酒呢。"父亲理屈词穷时便变着法骂我们可敬可亲的外祖母,然后威胁道:"谁惯得你,敢跟我这么说话。"母亲心胸再大,也被气得眼泪汪汪,直想回击父亲同类的话。但母亲骂不出,于是继续争辩道:"一个闺女家,工资还没下来,就今天指着明天指着。你干脆把闺女聘了财礼吧。"父亲怒不可遏,叭地把手里的猪食盆子狠狠摔到地上。父亲指手里的猪食盆子说话,谁若再吱声,谁就是父亲眼里和手里的猪食盆子。于是母亲明智地噤住了口。

大概父亲也认识到事情太过猥琐，后来便明确表态，姐姐结婚可以，但需两年以后。实在要结婚，也得一年以后，但仍需扣除两年工资。为什么主动将结婚时间放宽一年，父亲没做特别说明，我觉得经过了反复斟酌。父亲怕有其他预料不到的变数，譬如小葱长得肥美鲜嫩却没人买，综合厂突然莫名其妙地倒闭并从此一蹶不振。生活中的这些变数已经令父亲心胆俱裂，防不胜防。

父亲特地说明索要工资的原因，即要用工资顶还姐姐关里关外念书的花费。拿来工资便结婚，拿不来工资还要结婚，那是休想。我私下跟母亲撇嘴："今天砸锅明天卖铁的，敢情砸锅卖铁是为了放高利贷，现在终于到收租子的时候了。"母亲抄起扫炕笤帚便比画我，我跑到一脚门里一脚门外的位置，意味深长地对母亲说："再不让结婚，你们瞧热闹吧。"我想母亲大概听明白了我的话，气恨至极地骂着小犊子，夯夯势势地攮过来。

我觉得有必要提醒一下父母亲，所以提醒是因为我偷看了姐姐写给姐夫的半封信。不知为什么那信只写到一半，不过姐姐的殷勤抒情已呼啸而来："你是滔天巨浪，我是筑江堤坝，在你巨浪的冲击下，我的堤坝一层层溃塌着……"不明白满脸酒刺疙瘩的姐夫，如何变成了冲击堤坝的巨浪，对此我只觉得他们的可笑。姐姐也大可不必玩溃塌，江堤坍塌还有得好吗，一连串令人费解的省略号，省略的到底是什么。不过我始终没把读信的感受告诉俩人的任何一个，但说给母亲并试图通过母亲转达给父亲还是必要的，别不顾年轻人的思想感情及表达方式，把座席上菜的方盘给端洒了。

28

舅舅到我们的草屋来了。舅舅确曾不管姐姐读书，因为舅舅一直认为姐姐唯一正确的选择就是早早嫁人，现在姐姐终于要嫁人，虽然不早甚至很晚，舅舅却要出面管一管。舅舅往草屋的炕里一坐，享受着我给他布下的茶道，即抓把花茶随便扔进装着锅出溜水的暖壶里。母亲和我围着舅舅转来转去，父亲根本没理富人的茬，而是有尊严地在猪圈里忙活。母亲站在院心冲猪圈喊："他舅舅来了，你倒是出来呀。"父亲在里面接腔："我不得把活干完吗。"舅舅将头伸出窗外，对母亲说："你别喊他了，他愿意多咱出来就多咱出来，他这个人，整天忙活，越忙越不出活。"父亲虽是汗流浃背，却将这话听得清楚，手里的锨叉一停，大声地冲外面说："废话，猪粪不收拾行吗，不给猪絮草行吗，我不忙活，你们帮我忙活吗。"舅父在炕上也大声说："你整天就知道猪圈猪草的，那玩意儿能出几个钱。有那心思，快攒两个钱把房子翻盖起来，也算你有正事儿，要不媳妇都没人给。"父亲有些生气："我没你们那章程，我一百八十元的小破房也照样住，我就不信，人家那没房子的就一辈子打光棍了。"除了工程的甲方，这两年已没谁跟舅舅这么顶杠。舅舅却不恼，只说道："我不跟你叨咕这些，你不讲理。"说完继续油光富态地抽他的烟，喝花茶。

父亲将猪圈粪一锨一锨地举过墙头，抛撒到墙外的菜园子里。母亲说这样太笨，不如在墙底下掏个洞，让猪的臭粪直接流出去，流到菜园子的浅坑里。父亲说你要能干你来干，别站着说话不腰疼，不信我就不抵你了。就依然费力费事地往上举，碎粪有时撒到头发或衣服上，父亲也不管它，出出进进地往屋里头带。坐炕上抽烟喝茶的舅舅终于悠闲得不耐烦，便趿拉着鞋主动走到猪圈门边，抬眼望着天说道："我来跟你说个事，你既是忙个没完，咱就这么说吧。"父亲却不这么说，而是停下手里的锨叉，矮起身子钻出圈门，坐到院心的凳子上。父亲说："有啥事说吧。"舅舅不得已跟过来，忽然赌气道："我有啥事，我没有事。"父亲说："你没事我有事。你们那儿要是缺个打更的，我也不在家干这些活，你一年给我半个工资，我给你经管得好好的。"舅父听父亲有求于他，马上摇头道："你一天恨不得四顿喝，整天醉哄哄的，我那工地可要不得，我把你推荐到对手那里吧。"父亲并不糊涂，被这突如其来的幽默逗乐了。舅舅继续说："我倒问你，你不让孩子结婚的事情都传到我那屯子了，你到底咋个打算。"父亲顿时生硬道："啥打算，给我两年工资就结婚，不给就发昏。"母亲正忙活炒菜做饭，听见这话锅勺碰得叮当响，舅舅忙摆手止住，说父亲道："你要不同意就说不同意的，咋就偏差闺女那俩钱。有啥想法你跟男方说去，不能拿自家孩子扎筏子。"父亲说："我还扎筏子，我关里关外供她这多年的书，她也不说帮帮家里，刚上班这几天就结婚，我这家怎么办。"舅舅截断父亲："关里关外供书那是你愿意，搁我让她念完初中就不错了，一个丫头咋念不是别人家的。我今天来就是跟你说，你要差供孩子书的那些钱，多要些财礼不就完了，你说不出口我给你去要,那户人家也不缺钱。"

父亲梗起脖子:"我不要她那财礼,我也不花她那财礼。"舅舅提高声音:"你连娶她的彩礼都不要,你要她的什么工资,你这不明摆着跟孩子过不去吗。告诉你,不要人家也不上赶着给,更没人领你情。"

父亲说:"我就是要她工资,说啥也没用。"

舅舅大摇大摆地掏出一支烟点着,不拿好眼瞅父亲。大概想到毕竟是他的姐夫,才忍住气问:"你也来一支?"父亲看看舅舅递过来的过滤嘴,又摸摸衣袋里的烟荷包,还是接过那支过滤嘴。舅舅吐出一口烟雾,对父亲说:"这么的,你不是要干活吗,明年进工地打更,我给你开瓦工的工资,让我姐也跟着享点福。"父亲灰瘪的腮邊地一跳。舅舅看在眼里,并不着急:"但有一样,孩子明年的工资你就不能要了。你实在要扣孩子的工资,就扣到今年年底,你看行不行。"父亲眉头舒展了一下,又低头略微盘算,说道:"我要是手头宽裕,我也不愿扣她工资,我连财礼都不要她的,为啥非得黑她这俩工资,我关里关外养活一大家人……"舅舅不耐烦地打断父亲:"你可别整这套了,以前这么说行,现在就不让人信。我就没见过你这么糊涂的,去年因为那五百块钱跟儿子过不去,今年又因为工资跟闺女过不去,你这人这么多年就愿意轧里圈。"父亲犟道:"我就是不要财礼。"舅舅咯地吐口浓痰:"你要不要财礼我不管,想明年打更,就得按我说的办。"说罢舅舅横晃着膀子往草屋里走,饭菜此时已上桌了,香椿煎笨鸡蛋的味道阵阵打鼻子。父亲有些兴奋,又禁不住激动,起身追赶舅舅:"明年工资不要是不要,可有一件,今年不能结婚。"

舅舅止住晃,惊愕地看着父亲。

29

我们草屋闹腾得差不多人仰马翻,姐夫他们家却始终不表态度。这么多年他们太了解父亲,知道事情不可能不出格,又不可能太出格,譬如父亲这样死卡姐姐的工资,嫁闺女却能坚持不要财礼。

不过即便怀有底数,他们仍不高兴父亲的百般阻挠。因为这不仅关涉到姐姐和姐夫,也关涉到他们家在村屯中的面子。舅舅来我们家以及父亲年内不让姐姐结婚的事情他们很快知道了,屯子里愿意舔狗腚的人很多,当然也不排除姐夫和姐姐的间谍行为以及母亲的跑风漏风。我不得不难过地说,姐姐此时已铁定了心站在姐夫一边,姐姐和姐夫共同认为在我们草屋里多待一天就是受罪,就是水深火热。总之种种情势促使姐夫他们家放下沉默,积极回应。

两头都能搭上话,解劝起来不至于被父亲当成猫狗呲的,只有大洋马了。别看父亲整天喝得东倒西歪,伺候起地来不像个正经庄稼人,许多人遇见父亲甚至可以打哈哈。但说事论事,村屯里其他的人未必就敢想,父亲也未必谁都给面子。

大洋马与父亲怎样家长里短地铺垫,我都没有听到。我突然肚子疼,有个声音在里面叽里咕噜乱滚,跑到四处透光让人羞愧难堪的茅厕中拉了半天的稀才好。回到屋里时,我看见大洋马正大大方方地盘坐在我们家的炕梢,父亲则光着两只大骨脚盘坐在炕头,俩人一派排阵斗法的架势。大洋马没有说话,也不是没有说话,而是用她的眼睛说话。大洋马用乱发中迷乱的眼神意味深长地盯住父亲,然后噗地吹口长烟,让烟雾在她蓬起的鬓边缭来绕去,也在父亲的心头缭来绕去。我想大洋马一定通过意念制动,让父亲浑身发颤地接受着什么,待坚硬粗暴的父亲变得潏湿泥泞,才切入正题道:"大哥呀,你们男人太粗心了,不像我们女人最了解女人,有道是女大不中留啊。"父亲不置可否,大洋马接着说:"咱大闺女和人家小伙子处得那么好,动不动在村外的树林子里遛到二半夜,这要出点啥事可咋整。"父亲警惕地说:"出啥事?"大洋马说:"这话我是不当说,不过大哥是明白人,听说怕大闺女冷,小伙子把衣服脱给大闺女,感冒了三天才起炕呢。"大洋马说到这里戛然收住,父亲立起眼睛暴跳道:"老虎拉车,谁敢。"父亲这话挺让我满意,说明父亲还不糊涂,知道一旦出现不中留的事情,罪魁祸首不应是姐姐。大洋马继续冷笑道:"你别聪明人办糊涂事,孩子该结婚就得让她结婚。她在家不吃你喝你呀,这边省着口粮,那边领她的工资,上哪儿找这两全其美去。"

　　大洋马的一番劝说,迅速地传进姐姐的耳里,是我绘声绘调地告诉的。我觉得应该告诉姐姐,让姐姐了解事情的当面,也了解事情的侧面。我想大洋马是彻底惹恼了姐姐。姐姐经常一言不发地盯着大洋马的脸,那双凌厉的贼眼皮虽然盯着,却又没看,而是直接落到大洋马的后脑勺里。姐姐的眼睛让大洋马不由自主地发虚发蔫。大洋马低下头去,又有些不甘地抬起头来，讪讪地要和姐姐搭上两句，姐姐回应她的却总是一副似笑非笑的清冽面容。

30

对于姐姐和姐夫婚事，我们全家一直保持着低调，没什么讳莫如深，只是觉得对不起姐姐。尤其婚礼的粗陋和父亲婚礼前后令人失望的表现。世间几乎人人都会有姐姐，可对我们草屋而言，却只有一个。而对于姐姐，真正的婚姻只有一回。

结婚前的一段时间姐姐几乎不在家住了。姐姐只要在家，就要接受父亲无休止的敌视和挑战。姐姐自己解决不了，又无法求助母亲。母亲的解决只能加重父亲的敌视，母亲说话常常是不如不说话。如此姐夫便理所应当地将姐姐接到他们家里去住，理由是姐姐每天在家吃不好饭，而他们可以帮助姐姐调理饮食起居。可越是这样，父亲越觉得姐姐果然女大不中留，越觉得他这些年的付出是为别人做了马牛。

我想那个时候姐姐也许做错了一件事情，当然错的不是姐姐而是我，我应及早地给姐姐准备一对皮箱。有我这样的瓦工弟弟，总不能让姐姐挎着蓝布包袱嫁到姐夫他们家。姐姐本来已经让父亲作得没有面子，那样的话姐姐会更没有面子。但我不能不承认，姐姐其实也像父亲一样急切地惦记着她的工资，姐姐充满想用自己的工资装扮一下自己婚姻的愿望。姐姐或许可以不动那份导火索一样的工资，可我们草屋里没人能给她一分钱。我可怜的姐姐，那个时候我们草屋里没人能给她拿出一分钱。

姐姐终于说道:"爸,我过几天要结婚了。"

父亲没吭声,因喝酒过多而通红的眼睛直直地瞪视姐姐。姐姐的心里泛起一层难过,还有许多一直憋着的烦恼苦痛。姐姐的眼睛已湿,但又将眼泪忍下。

姐姐说:"爸,结婚了,我想借点工资,买一对皮箱。"

父亲说:"你敢动一动工资,我打折你的腿。"

我想姐姐顿时血往上撞,姐姐从父亲那里继承下来的基因正起着作用,姐姐的脸腾地烧得通红。如果眼前不是父亲,姐姐愤激的话语会像喷射的子弹和燃烧的煤核。但眼前是父亲,姐姐只有激动而感伤地垂下眼睛,借助颤抖的眼帘遮挡外喷的火气。母亲出击了:"成天打这个杀那个,冤家咋的。"父亲一字一句道:"冤家,比冤家还不冤家。"母亲咬着牙:"不用你作,早晚一天你要后悔。"

姐姐什么也没说,低头垂泪走出门去,往哪里走呢,只有再朝着姐夫家的方向。刚拐到西大道上,碰见校长迎面而来。那时姐姐带班出众,课讲得也好,学校很器重。校长见到姐姐异常的神色,大老远跳下自行车,问姐姐干啥去。校长这样问,姐姐便想起她除了未来的娘家之外还有单位,一时间满心翻腾,带着哭腔说道:"我不活了。"校长是姐夫家继大洋马之后,再次搬请来劝父亲高抬贵手的。前些天父亲去学校要求截留姐姐工资,校长对父亲陈述的家庭状况还有些同情,目睹眼前的情形,就生气父亲做事太过,简直不像话。姐夫随后也赶了来,听见姐姐和校长的话,气汹汹地撸胳膊挽袖子,要和这个老财迷斗上一斗。姐姐擤把鼻涕冲他厉声喊："你敢，我们家的事用不着你管。"姐姐这样说，眼泪却唰唰下落，把姐夫眼圈也弄得红红的。姐姐终于来了股拧脾气，一不做二不休，跟校长借支两个月的工资，去县城买了对向往已久的皮箱，而且有些愚蠢地驮回家来，摆到我们的小里屋。

父亲见到那对皮箱，居然没直接问姐姐那皮箱的来源，而是有所预感地赶到学校。我想校长内心挺瞧不上父亲这个样子，因为瞧不上，便笑着对父亲说："大哥，工资受法律保护，你闺女有权利支配。"因担心给姐姐带来麻烦，校长又对父亲解释："才两个月的，支就支吧，保证你十个月就可以了，哪家闺女的工资肯这么花呢。"父亲颓唐地说："我没有闺女。"便双腿无力地回家。那天正是姐姐结婚的头一天，父亲进家立马来了章程，二话不说，把那对皮箱，包括大家堆在炕上的红包袱、粉棉被，跟头把式地从窗户扔到院子里。

31

姐姐由姐夫陪着回家已是半年以后的事情了。这回他们的前期工作做得不错。母亲先试探父亲的口气，听父亲不似先前那样严词拒绝，而是有所缓和。父亲没有什么不缓和的，姐姐十个月的工资已如期到了父亲的手中。

面对姐姐和姐夫，我看到父亲居然也有些难堪。姐姐和母亲说了半天的话，留恋的眼光不住地看她住过多年依旧散发着温情的小里屋。母亲挽留姐姐："住下吧，结婚还没住过一次家呢。"姐姐犹豫一下，抬眼看看父亲，就有歉疚和想念的意思。又急忙将目光移开，轻声说道："还是回去吧。一个屯子，说回来就回来。"便示意姐夫从提兜里拎出两瓶酒。姐夫念悼词的声音很粗很响地对父亲说："老爷子，你大闺女给你买的。"屋里人都没吱声，姐夫接着别有用心地说："还得你大闺女惦着你，别人谁也不行啊。"姐姐想和父亲招呼，又怕招惹出父亲的什么话，觉得缓冲一下也好，于是对母亲说了句："妈，我走了。"便低头走出我们的草屋。

父亲的脸依然是板着，并且始终没有说话。估计父亲有了酒，便不会发出太大的火气，母亲不免放肆地数落："你这一辈子算是白活，谁不夸的闺女，让你给折磨得面黄肌瘦，你快点死了吧。"母亲说是这样说，父亲真若如她说的，谁也不会比她哭得更响。

小 孙

1

事情发生时,没有任何先兆。

小孙和大家一样,蹲在地上,右手攥着锤子,左手把着钎子,冲地面依然崭新的水磨石使劲。和大家不一样的是,别人都找段塑料管子,将那六棱麻花钢的钎子纫上,小孙则不,徒手攥着光秃秃的钎子,另一只手抡起锤子,狠而准地,一下一下地揳。

突然,锤子揳下去,钎子飞起来。

钎子飞起来时,直接够奔小孙的眼睛。

小孙的身子也跟着蹦起来。平时练不出来的姿态,蹦出两三米远。

都是一瞬间的事。小孙眼前立刻黑了,眼睛木了。然后眼里一片鲜红,然后恶心,呕吐。

钎子直接打到左眼正中,瞳仁都散了。

民工们扔下工具，奔跑过来。布底或胶鞋底，杂乱地落到地面上。军事学院的旧楼大厅里，发出一阵扑扑沓沓的混响。

树疤一样的眼睛，探围在小孙上方，惊异地看小孙血糊糊的伤眼。黏黏的血爬过矮趴趴的鼻梁，糊到另只眼上，小孙的脸看上去很恐怖。平时的小孙，鼓牙床，暗黄牙，长挂脸，短身子，别人笑跟着笑，别人议论跟着听，很平常，很不打眼的。算起来，小孙头一回让大家感到狰狞或恐怖。

几个人张罗着往医院送。还有几个人，颠开步子，深一脚浅一脚地去清包马国庆那里报告。没人去大包工老匡那里，都知道去也报告不上。马国庆和老匡有规矩，平时的大事小情，先报马国庆，再由马国庆上报老匡。

剩下的大部分人，感叹了一会儿，蹲下身子，继续咣咣地砸那钎子。砸完细钎子，再纫上粗钎子，然后再砸。连震带凿的，一张大理石地面，便脸皮似的揭下来。那八成新的大理石面还能够用的，铺在农家的锅台上、窗台上，隔水又隔湿。只是铺不到各自的家中，这东西最后要归到马国庆手里，卖或者拉回的。

几个人张张罗罗地将小孙往诊所架。因为眼睛不方便，小孙落脚便磕磕绊绊，身子也有些失控。临押到小诊所门前的时候，还折腾出几个屁来。说不清那小诊所是学院还是地方的，屋子不大，门面不小，三四个穿白大褂的厨师一样地晃悠。一个像是主勺的，询问着小孙受伤的情况，一边熟练地叉开手指，去抠小孙的眼皮，然后摇摇头道："上大医院去吧，这里处理不了。"

几个人面面相觑。几百万人口的城市,大医院多着呢。和小孙相熟的小谢就问:"大夫,上哪个大医院?"大夫一脸的平静冷漠:"医大一院二院三院四院都可以,抓点紧吧。"

几个人仍面面相觑。小孙知道,也感觉得出,便抬起手,僵硬费力地往身上摸索:"我兜里有钱,五百来块呢。"有了钱,便有了动力,几个人有些醒悟地说:"钱怕啥的,不是找大包去了吗,先看病要紧。"

几个人架着小孙,站街边上拦出租车。出租车一看这架势,都提起速度风驰而过。后来终于有辆车停下来,大概半天没拉着活了。待几个人挤上车,却皱着眉头不耐烦道:"别弄车上血。"

农民工们有些不悦,好赖话总听得出来的。看出租车司机嫌恶那架势,撂下民工活不会超过两年。个别人悄悄将鼻涕往坐罩上抹,鞋底泥也使劲地蹭。

小孙顾不上鼻涕或脚底泥,小孙疼得木了,大脑开始处于混沌之中。小孙迷迷瞪瞪地想,眼睛怕要完了。

小孙的事,马国庆很快就知道了。马国庆刚吃完早饭,还没出去溜达呢。马国庆先愤怒地叫:"告诉加小心咋不加小心,蠢货。"说完这话,却不吼了,剔着牙缝问:"能不能死?"

来人说:"死倒不能。眼睛钻得够呛,铁钎子直接碰里的。"

马国庆很不以为然:"眼白啥的不没出来吗?"

来人不想细说了,摇着头,抹出一副麻木的脸:"你问他们吧,我不知道。"

马国庆媳妇白了来人一眼。待他们走出去,酸急道:"这个小孙,昨天才来吧。别人多长时间都是太太平平,咋就到他这里出毛病?"

马国庆骂道:"二百五的人,多咱都是二百五。"

媳妇说:"我看也是。"

马国庆看媳妇一眼,心疼地宽慰:"你就别着急上火了。我跟老匡研究研究再说。"

马国庆媳妇说:"研究个啥。咋研究也是老匡拿钱看病。"

马国庆说:"兴许有啥漏洞可钻哪。"

马国庆媳妇说:"险都没保,哪里来的漏洞?像他这样,赖赖叽叽地活着治,不如直接死了利索。"

马国庆钦佩的眼光就看着媳妇,觉着媳妇有见地,见多识广的意思。因为失而复得,马国庆挺珍视媳妇。媳妇先跟马国庆离婚,再嫁人,马国庆万里追踪,从武汉给找了回来。不过媳妇又到大连港打工。直到马国庆揽着这份活,俩人心里都有了底数,马国庆才把媳妇从大连接回来。民工们给他们搭一间屋子,俩人单独起伙。做饭、吃夜宵,晚睡晚起,还在城市的大街上散步,一派城里人的趣味。黏黏糊糊的劲儿,像新婚蜜月,有的民工刻薄,说像慰安。

媳妇这边说得好了,马国庆便急步去找老匡。不能不急,干建筑活就怕出事。稳稳当当地下来,一年挣个五万六万也不多,出了事,啥都白扯了。老匡不在工地,不过可以电话指示。相形之下,老匡倒是见乱不惊,老匡正打麻将,话筒里传出的洗牌声,稀里哗啦直响。老匡一边出牌,一边指示马国庆,直接去找老匡的媳妇焦波。焦波知道这事,什么也没说,拿着长城卡,直接到银行划出五千块，交马国庆的手上。

一副有钱人的风范，看得马国庆馋馋的。

手里有了钱，马国庆扬手招呼出租车的姿势，都变得豪气起来。不像是去医院，而是赴市长召见。心里爽亮，忍不住琢磨老匡媳妇的名字，姓焦的焦，波峰的波。到底城里人，这名字起得好。

小孙这里，大夫已初步检查完了。结果就四个字，手术住院。小孙兜里虽有钱，住院押金却不够的，几个人便坐医院那种钢化塑料椅上等，直到马国庆扬着胳膊和腿进来，一齐起立迎接。因为做了简单的包扎，白色的纱布缠着眼睛和半个脑袋，小孙那样子，就像战场上溃退下来的伤兵，马国庆一见便生气。小孙听到马国庆的动静，亲人似的叫着："庆哥。"马国庆理也没理，坐在椅子上，呲开长腿，摊开两条胳膊，听几个人汇报。马国庆的姿势，像穿淡灰色的中山装，坐在质地很好的沙发上。眼科里挺空荡，一些走廊里停留的人，就好奇地往他们这边看。见此情形，小谢便扶小孙坐，小孙却只肯担半个身子，悬空搭在椅子边上。等几个人说得差不多，小孙又歉意道："庆哥，给你添事了。"马国庆这才呲乎他道："咋整的，早晨还给你开会，注意安全注意安全。你当那钎子是塑料的，愣让它往眼睛里飞？大脑穿刺了，灌水了？"小孙委屈地解释："庆哥，那铁钎子，我把着了。"马国庆不耐烦地说："把个啥。把还让它飞起来。"小孙见马国庆急眼，便不敢再说。

马国庆忽地站起身。几个人唬一跳，忙问："上哪儿去？"

马国庆没好气地："尿尿去。咋的，还向你们汇报？"

几个人急忙解释:"不是那意思。"

第一次手术,叫眼球探测术。手术前,护士招呼患者家属签字。几个人把眼光一齐投向马国庆。马国庆咕哝着:"我打个电话。"三步串作两步地逃下楼了。一般都是上楼并步,到马国庆这里,下楼也并步,跳崖似的。剩下的民工便面面相觑。小谢想要代签,又怕真的出个闪失,就犹豫地看小孙。

护士不耐烦地扬了扬手里的本簿,催促道:"你们到底谁签。"一时便难堪地静。护士板起脸道:"有没有患者家属?"小孙隔着药棉与纱布,一切却听得明白,嚅动着又厚又肿的嘴唇道:"你们别为难了,我个人签。"

几个人,包括护士的眼光,一齐惊讶地看小孙。

小孙镇静地说:"我个人签。"

护士声音变得和缓:"你签?"

小孙说:"出了事,我个人负责。不关系他们。"

护士没说话。

小孙说:"大姐,你指给我地方,往哪里签。"

护士玉葱般的细指,将油笔递到小孙的手里。又托着本簿,挪过小孙的手,引导小孙签名。护士的表情很有些郑重。小孙感觉到这种郑重,一只粗手将笔攥得很紧,字却落得歪歪咧咧。小孙歉意地说:"字写得不好。"

护士说:"还不好,赶上大学生了。"

小孙做出笑容,却牵动了眼角,笑变成了抽搐。

护士说:"现在去手术室。能不能走,不行叫担架。"

小孙泰然地说:"没事,不就两步道吗。庄稼人,受得了。"

护士在前引领,小谢一旁搀扶,几个民工络绎地跟到手术室。手术室的钢门鲶鱼嘴似的半张着。护士从小谢手里接过小孙,门呱地一关,俩人不见了。

走廊里的民工松了口气,捏出烟卷,互相交递着点火。身穿绿衣的女清洁员突然现身,撵猪一样吆喝:"吸烟到大厅去!"几个人吐吐舌头,顺从地往大厅去。还未站稳,电梯门一开,马国庆居然从里面走出来,一步跨到厅里。见是几个人,立时昂起下巴,叉腿站在面前。抽烟的忙递过烟去。马国庆摆摆手,从西装里掏出烟盒,熟练地弹出一支,啪地打开火机。那火机带蹦迪音乐的,一个三点式女郎,在火焰中脱着衣服。

手术室里,大夫和护士安慰着小孙。大夫很亲切的语调,问家住哪里,工作职业,分散小孙的注意力。小孙心里明白。因为是局麻,尚能保持始终清醒,小孙反过来劝慰大夫:"不要紧,大夫,你们就放心做吧。一个农民,啥苦没吃过,这点事不算个啥。"大夫和护士会意地交换着眼光:"你念过几年书?"小孙说:"初中毕业,没考上,就回家务农了。"大夫噢了一声,不再说话。只有棚顶上的无影灯发出轻微的嗡嗡声响。

小孙也不说话,躺在手术床上,任凭医生们摆弄,心里奇怪地冲涌一种放松和幸福。有了病,能做上手术并不容易的。不容易的事做了,不就是幸福吗。况且,这么多有身份的人,前后地围着他转,从没有过呢。后来幸福的劲渐渐淡了,脑海里又浮出几天来的情形。本不想出来的,家里两垧来地,又旱田又水田的，也够小孙忙活的。因为粮库大裁员，平时扛麻袋打零工的爹没活干，爷两个就有些闲。正好工地缺人，马国庆捎信，让小孙和几个人到工地做力工，便想也没想地扑奔过来。只是不料，刚干了一天的活，便发生了这事。如此，不像是奔这活来，倒像是奔这事来的。

大夫的手法很轻柔，轻柔得像按摩，如果那点疼不算疼的话。小孙迷迷瞪瞪中想道，没递红包，也没请客，大夫和护士们仍挺认真。不行出院时买张大红纸，写封感谢信。至于毛笔字，小孙还能对付两下子，逢年过节，左右邻居的对联都出自小孙的手笔，多么好不敢说，起码看起来像。想到这里，已有些困倦疲累，不知不觉中便睡过去。一直到搀他进手术室的护士在耳边轻声地喊："醒醒，再睡收房费了。"才知道手术已做完。

手术从晚六点做到八点半，两个半小时。

推出去时，小孙想起一件事情，觉得非做不可的，忙说道："大夫。"大夫问小孙："有事吗。"小孙说："大夫，谢谢你。"大夫有些想不到，拍拍小孙的肩："你挺配合，也谢谢你。"小孙笑了一下，脸上虽是缠着层层纱布，却让人感觉得到。

马国庆、小谢他们在外面等着。见小孙出来，小谢上前搀过小孙，往病房里走。马国庆追着大夫问："大夫，刚才那个患者，没啥后果吧。"大夫看马国庆一眼："后果？你是他什么人？"马国庆递上一根烟，陪出一脸的笑："没啥关系，问问。"护士截断道："他是包工头了。"马国庆纠正道："清包，还没到大包工那步哪。"大夫对大包清包的显然不感兴趣,拿手挡住递到面前的烟。马国庆古怪地笑道:"做过这次手术,是不就完事了。"大夫摇摇头:"那不一定,情况咋样,得拆线之后看。"马国庆忍不住粗起声音:"顶多废只眼呗。"大夫听这话,没有答复,关上主任室的门,将马国庆撂在外面。

马国庆正有些悻悻,小谢过来。马国庆没好气地说:"怎么样,安排好没有。"小谢有些惶恐地说:"回病房躺下了。"马国庆说:"我看你挺能护理的,就在这儿看着他吧。"小谢点头称是。马国庆病房也不进,直接往楼外走,走廊一阵咣当咣当的鞋击声。小谢边送边提议:"庆哥,不进屋歇会儿?"马国庆瞪小谢一眼,小谢忙噤住声。马国庆从兜里拽出五十元钱,唰地递给小谢:"这是饭钱,我都赶上他爹了。"

说罢,目不斜视而去。

说是护理,第三天小谢就撤了。小谢不得不撤。过来看小孙的民工传达马国庆的意思:"再要护理,就没人给开工钱了。"

小谢有些左右为难。小孙摸索到小谢的手说道:"咱们哥们好不好?"小谢说:"好。"小孙说:"咱们哥们要是好,你就上工地。我能照顾自己。"小谢说:"我再等几天,你两眼都蒙着呢。"小孙坚定说:"我说了,我能行。再说这么多病友,紧着忙谁不帮一把。"

小谢接下来的话比较勉强:"要不,我认可不要那工钱了。"

小孙摇摇头:"那你出来干什么。工地正用人,能住一个,再搭上一个?咱得理解他们。"

小孙这样地理解,小谢便垂头而去,走时提醒小孙:"要不跟家里说一声？"

提到家,小孙鼓突丑怪的嘴角浮出一丝生动,一口气也扑地出来,连续几天不刷牙的腐味,熏得小谢侧过鼻去。小孙说:"家里正种地,眼瞅一卯顶一楔的,就别让他们跟着惦记了。"

小谢点点头:"也是。"

小孙拉过小谢的手:"等我好了,我还去工地干活,咱们哥们接着处。"

小谢摇摇头:"到这份儿上,你还寻思干活。痛快回家养伤得了。"

小孙说:"没事儿,我这人皮实。"

小谢回到工地,马国庆招呼小谢盘问情况,小谢便和他说小孙的想法。马国庆斥骂道:"去他的,揳个钉子都不知把着的蠢货,想把那只眼睛也弄瞎了,给他花双份钱?"马国庆这样的话,不少民工都惊诧地看。马国庆气汹汹地截住一双双眼,那些视线被烫着似的,折戟沉沙,纷纷落地,发出箭杆相撞的声响。

病房有和小孙同一情形的,叫大苟。修理汽车磨零件时,铁砂子崩眼里去了。人家摊到了好经理,不仅医药用费全部负责,还好言好语地做思想工作,怕大苟烦躁,想不开。小孙入院时,大苟术后视力已恢复到0.8了,准备出院以后,立马回到经理那里。大苟说了,别家给多少钱也不去,认准这儿了。见小孙纱布蒙着,吃喝拉撒都得自己,大苟便主动帮忙。一边替小孙抱不平。小孙便说:"无所谓,我谁也不用,不是舞扎得挺好。"

大苟说:"没大家帮衬,你自己拎着点滴上厕所?饭都吃鼻子里去。"大苟这样说,小孙便不吱声。结果是大苟也不吱声,将许多咒骂的话咽下去,吞在肚里。怕说得多了,反引得小孙尴尬。

病情这一块,主治大夫领着助手天天检查,层层地拆纱布,又层层地缠上纱布。小孙的恢复速度,让他们感到惊讶。他们的结论就是小孙年轻,恢复能力快,除此就是他们的医术高明。但这话不能说。那时小孙的眼睛真的有光感了,拆下纱布,能感觉到模模糊糊的光,几棵树影在眼前移来移去,像是有条小狗在树影间窜。小孙知道那树影是眼睫毛,但不知那小狗是什么。总归不会是大苟,小孙想到这忍不住暗笑。大苟不留心,也不在意,横横地对小孙说,情况比他预想的要好,死马似的扔到这里,还能达到这个程度,不赖了。那口气像是比医生还专业。不过大家都这样说,小孙心里接连不断的苦恼也就淡些。

主治大夫真不含糊,亲自给小孙打眼底针。那针从眼眶边往里进,经过白眼仁,直接扎到眼底,感动得小孙想认他做干爹,只是人家丝毫没这想法,才算作罢。不过,治疗的结论却让小孙生畏,就是需要二次手术。主治大夫给小孙讲,不是因为第一次做得不好,而是因为第一次做得太好。二次手术叫晶状体剥切手术,如果不乘势而做,里面的水没了,瞳孔不能扩大和缩小,眼球就会逐渐萎缩,最后导致右眼失明。

主治大夫走了,大苟挤挤眼道:"怎么样,啥事没了水都不行。"小孙跟着嘿嘿地笑起来。大苟忽然板住脸:"别笑。不做二次手术,瞳孔就会扩散,病眼变成玻璃花不说,还会牵连左眼。"

小孙有些慌神,强自笑道:"老天爷饿不死瞎家雀。"

大苟的眼睛却越来越好。左眼恢复到 1.2 时，经理接他出院了。大苟果然继续到修理铺，现在叫私营企业的地方干活。趁经理不注意，大苟把剩下的鱼肝油塞到小孙的床下。大苟的经理颔首道："别看出院了，眼睛以后还要保养哪。"大苟知道经理明察秋毫，说道："以后我自己再买。"大苟的经理笑道："自己不买谁买，给你娶了媳妇，还给准备避孕套！"几个人便放肆地笑。小孙听笑声，知道还有一个中年妇女。那妇女也跟着同样地笑。小孙想，她这样地笑，把性别给笑没了。又一想，怎么这个样呢，眼睛都快玻璃花了，还在这寻思有没性别那一套，真是不应该。

小孙想，大苟是好心的，他们老板也是好心的。两个好心遇到一起，事情就好说。

小孙想，他是好心的，马国庆也没看出心不好，可事情咋就那么难办。

2

爹来了。爹的样子惊得众人一愣，怀疑是不是小孙的爹。爹长得五大三粗，却光葫芦头顶，没一根头发。薄皮眼睛，浸着丝丝血筋。鼻子嘴巴像三洞组合，两个鼠洞，一个猫洞。总之很恐怖。小孙只及爹的肩膀头高，押胳膊比腿，无论哪样都不像爹。爹往小孙床前一站，像是演示一句话："黄皮子下豆杵子，一辈不抵一辈。"

爹先嘶着嗓子问小孙病情，然后大骂小孙："你个虎犊子，咋就那么大头。孙女让你们整没了,眼睛也让你们整坏了。你的孙女?你的眼睛?……让不让人活了,你们?"渐渐地,爹的嘶声带着哑。病室里的人先还厌烦,听得进了,脸上布着同情。

小孙像垂立在向日葵的叶片下,擎着淅淅沥沥滚落下来的雨滴。凉凉的、湿湿的雨滴,贴在鼻翼上、脖颈里,像是爹的泪意。

女儿站在面前叫爸爸,然后扑到膝前撒娇。小孙要探出手去扶女儿,手却停在床沿,不动。

那天小孙去甸子撒水泵,看着伸叶封垄的成片稻秧,心头阵阵发慌。头顶上,擦着云边的雷一个接一个地炸响,阵雨兜头盖脑地泼在身上。从甸子往回走时,别人一头牛拉一辆车很快走没了影儿,他两头牛拉一辆,却打误了。

媳妇回娘家帮着铲地去了。娘当时在屋里做捞饭,任由女儿和邻家几个孩子在棚屋玩。后来别的孩子都回家去,女儿一个人没意思,独自够棚顶上搭着的皮带秋千,结果脖子套在皮带条上。

小孙回到家,把车上的水泵座机往棚屋撤,看到女儿脖子缠着皮带的情形。小孙当时不行了,一边喊着女儿,一边拖着腿去够奔。女儿身体刚刚变凉。小孙拼命地做人工呼吸,想拉住女儿的脚步。娘的哭喊声惊动了邻居们,大坑前住着的王章江迅速地跑来,抱着女儿往医院去。小孙胳膊已经散花,抱不起来了。

女儿停留在七岁了,永远。小孙梦中想起女儿,女儿的小脸就是惨白。一年以后,女儿的脸开始红润起来。蹦跳着,小狗似的在小孙身前身后绕，无声地绕。突然梦醒时，却倏地没影了。

媳妇被接回来时，孩子已在医院冷棚子里了。媳妇冲小孙撕扑过去："你还我孩子。"小孙不动，任由媳妇泄愤。

娘流着泪说："你别骂他，你骂我吧。"

娘背地里对小孙说："你让她骂吧，她不骂你骂谁。"

爹还在大连干活，当力工。过年时回来，爹先找孙女，才知道找不到了。爹骂了好多天，坐屋里骂，站院里骂，逮谁骂谁，却不敢骂媳妇。爹不敢骂媳妇，媳妇就敢收拾爹。爹再骂时，媳妇说："你骂谁，你有啥骂的？看看你们老孙家这风水。"爹一愣，媳妇继续劈头盖脸地数落："你们老孙家，大上辈子有当响马让铡刀斩的，上辈子有扔下老婆孩子跳井的，你这辈子没生个傻儿子算是捡着。你说，你们哪辈没有横事！把我女儿小命搭上了，你还作，你作谁？"爹听了这话，喊着先人，拿手啪啪地拍白生生的葫芦秃头。

爹的风湿病很快犯了，还好感冒。干点活先要吃药，止痛药，索密痛，镇痛片，几天就一盒子。

爹大把吃药片时，娘劝他们再要一个。媳妇不想，小孙也跟着不想。媳妇够苦了。媳妇不光是媳妇，也是女人哪。只要媳妇不苦，小孙想得开。

站在今年的山坡看，都算是去年的事情。去年的事情都是在坡下。本以为今年开始会在坡上呢，坡却是太陡，陡得站立不住。

爹收回骂,摸出一支烟,歇个乏。小孙想告诉爹,到大厅一头的电梯旁去,爹忽然又骂起来:"让你嘚瑟,非得出来打工,家里两坰地不够你干的。看着我年年出去,以为你就行啦。就你这实心眼儿,跟人家腚后能捡出好粪蛋来?"

小孙先自听着,忽然不安起来。小孙感觉到,马国庆来了,离着门口越来越近,

爹也应感到马国庆进来,于是爹喝骂小孙的声音越来越响,瀑布一样,轰鸣震耳。几个人贴门口往病房里张望,护士也踩着鞋跟儿快速地过来察看情况。爹的瀑布溅湿了周围病房的耳朵。随同马国庆一起过来的小谢,上前拉住爹的胳膊,爹胳膊一甩,小谢被闪出个趔趄。持续不断的声音,喧喧嚣嚣的声音,万马奔腾的声音,越变越快,越变越尖,越变越慌。小孙受不住了,暴躁地喊道:"闭嘴吧。"小孙突然的声音戳破爹嘶嘶的骂声。爹被吓了一跳,果真地停下来,停得很突兀,停得水落石出。黑色的礁石间,潺潺的溪水在绕流。

马国庆抱着膀,冷冷地打量着病室场面。小谢拉拉马国庆的衣角:"庆哥,坐。"马国庆旁若无人地坐下来,从兜里弹出一支烟,顾自衔上,又弹出一支,作势递给爹。

爹就犹豫一下。

马国庆古怪地笑道:"老姑父来了。"

爹一愣,久已忘记的这项称呼,一阵旋风,又把它刮了回来。

爹想起小孙娘是马国庆的表姑,论起来,马国庆该叫他表姑父的。爹的脸上开始布满奇怪的神情,像中期的白癜风患者,喝过了白酒,白处变成粗糙的粉红。

爹接着想起,这多年马国庆都是愿意叫就叫,不愿意叫就不叫。尤其包上活,走上领导岗位以后,表姑父变成了老孙。

一个步履轻盈的护士过来换点滴。马国庆往肮脏的痰盂上方弹着烟灰,眼光如同蚊子,嗡嗡地落在护士弯腰时凸显的臀上,钉进去。护士感觉到什么,瞪他一眼道:"把烟掐掉。"马国庆大嘴咧了咧,撑在床边的手指不老实地动着,想要随时再发射两只蚊子。马国庆凑话说:"打的啥药,是不是整瓶的葡萄糖。"护士撇撇嘴:"啥药还跟你解释解释?"马国庆说:"当然,我花钱了。"护士没理会他,径直地走了。护士的态度,让小孙愉快。小孙希望护士能扇马国庆一记耳光,在马国庆的脸上栽上五根腊肠,尤其马国庆提到他花钱的时候。

但是,护士扭身走了,步履和来时一样轻盈,鞋跟依然清脆地响。护士的耳里,马国庆的话,只是咣当的一声门响。

马国庆很有经验地说:"最黑心的是医院。大夫吃回扣,护士减药量,都是为了一个钱字。"

病室里,没人理会他。只有小谢在一旁点头。

爹不跟马国庆绕弯子,也不听马国庆绕弯子。爹毫不客气地搂出一个问题:"赔偿。"小孙觉得爹提得回肠荡气,掷地有声,也令小孙战战兢兢。

小孙便想,不怪大苟的经理那么热情,敢情费了前边,也就省了后边。不,大苟的经理一定不是那么想。大苟的经理一定有跟马国庆或者老匡不一样的地方。话说回来,小孙的眼睛若真的好了,哪怕好的差不离,没耽误救治,赔偿的事情,小孙一定不让爹做。小孙有自己的想法。

马国庆很气恼。自从包了这工,带了一批队伍,还没人敢跟他这么说话。当然说话还其次,主要是钱的问题。马国庆不能开这口子,老匡也不同意开。

马国庆就有些摆脸,气哼哼地道:"统共没干上两天活,现在总共扔医院里多少钱,你知道吗?"

爹很硬气:"干一天活,也算工伤。"

马国庆哧的一声:"工伤?别忘了你什么身份。"

爹急道:"人是你领出来的,你得负责任。"

马国庆说:"我负什么责任。我拿轿接他来了,还是让他光手拿钎子,违背操作规程了?做到现在,我就算仁至义尽了。"

爹不依不饶地:"马国庆,我可告诉你,保护农民工政策,现在已经有了。"

马国庆一阵怪笑:"难怪脑袋秃,国家大事懂得不少。这么着,你先告去,告完了咱再治病?"

马国庆这样说,爹就傻了,有些张口结舌。小孙想,爹方才的气焰原来不值得一击。

爹眼睛转着,理亏地隐忍着,半天不吱声。爹不像小孙,觉着不利的话,干脆不上套儿。

马国庆窥见爹的神色变化,知道枪打在七寸上。只要明白事儿,就得知道枪把子的重要性。钱就是枪把子,谁手里有钱,谁就等于有枪。马国庆又拿出一根烟,这回递也没递,顾自燃着,放嘴里咬着。然后将烟蒂向上挑了挑:"怎么样,来一颗?"

爹讪笑道:"不用,我这里有。"

马国庆自得地吐口烟圈，说道："人得学会知足，对不。有了病，不推不靠，立马就治，上哪儿找这样的。"

爹的气焰软下来："大侄子，咱都是一家人，不说两家话的。谁愿意受这个伤，那叫眼睛。换了我也就罢了，你弟还小，你姑和我以后还得指望他，落了残疾咋整……"

马国庆打断爹："你不用说。眼睛是心灵的窗口，这话地球人都知道。我告诉你，有眼无珠跟没眼一样，瞎子有能耐照样打卦挣钱。"爹说："国庆说得对。可是你兄弟不能没眼睛，他没眼睛，我们全家就没亮了。"爹说着就要声泪俱下。马国庆说道："等我跟老匡好好说说，看能不能考虑考虑。"

马国庆顿着大腿往外走，因为心情不错，忽然想开个玩笑："怎么着，用不用我请你撮一顿，姑父也不能白叫啊。"

爹的脸上，铺开一层霜打过的菊花瓣："不的啦，我还得经管你弟弟。"马国庆立刻说："好，那我就算请过了。"爹说："国庆，要不姑父中午请你，哪怕干豆腐卷大葱呢，也尽片心。"

马国庆已不耐烦地："行了行了，别给个棒槌当成针。你们爷俩咋整的，都虚虚乎乎的。"

爹脸色突变，又隐忍住，有些忍屈含冤的意思。想了想，小跑着追上马国庆："你弟弟的事情，可全仰仗着你了。你在老匡那里好好给说说，啊。"

小孙躺病床上，理顺着两个字：手术。

只要把眼睛治好了，就谢天谢地。可是，如果二次手术不给做呢？

爹已变过脸来，凶凶地说："敢，没王法了。不给做，指定告他。"

小孙说："你就别吵吵了，还是先张罗着做完手术再说吧。"

爹仍气咻咻地说："没有王法了。做人怎么能这样呢。"

爹说完这话，便撂下小孙，独自去戏院看二人转。省城的二人转很红火，有几个名角，演技据说不照赵本山差。后来上了春节联欢晚会，发现比赵本山还差着一截。有人解释说，晚会和平时还是不一样。爹就是慕名而去的，光听不行，爹要亲眼看那几个角儿。听着爹走的脚步声，小孙心里忽然很疼。爹这几年操了不少的心，看上去吆吆喝喝的，其实也是个药罐子。先在粮库扛麻袋包，后去大连打工。一年出去半年，净拿回个两千三千的，还要吃上二百三百的药。眼见得头发花白了，体格也不如以往，却仍要出去打拼。

小孙如此想，心里便翻腾不止，不少的话想找人倾诉。有了白天的事，小谢晚上悄悄地过来看他。小孙挺高兴，说道："小谢，陪我到电话亭去一趟，我给家里打个电话。"小谢鬼笑道："老爷子在这儿，有啥不放心的？"小孙笑骂小谢："去你媳妇的，你小子就没有好话。你要不去，我摸着去了。"小谢说："去还不成吗。"

电话直接打到王章江的家里。约莫五六分钟，媳妇跑过来接电话。虽是气喘吁吁，说话却依是挺横。媳妇打认识起，就跟他横。

媳妇说："有事吗？"

小孙说："没啥事儿。"

媳妇说:"没事儿总打啥电话呀。"

话虽然横,小孙这边听着却十分地愉快,便不吱声,等着媳妇再横。媳妇却不横了:"你的眼睛咋样了?"

小孙挺直身体,回答命令似的:"挺好的,恢复得不错。连大夫都说好呢。"

媳妇啊了一声,下意识的。那声"啊",让小孙浮想联翩,血脉偾张。小孙觉着,那里藏着不少的白天和夜晚。

小孙语音低沉下来,有股黑夜的味道:"你咋样,挺好的?"

媳妇说:"还行,就是那地方总有点疼。"

小孙心疼地说:"等我回去,一定给你抓点好药,专门治你那地方。"

媳妇怕王章江误解,说道:"这地方那地方,你知道哪个地方?"

小孙说:"胸脯子呗。"

说这话的时候,小孙的声音有些潮,听起来挺磁力。

媳妇脸有些红:"别说了。得多少电话费。我撂了啊。"

王章江一边劝道:"别的,大老远打过来的,也不差那点电话费。"

媳妇很直接:"有啥说的,磨磨叽叽地。想了就回来,要不我去。"

3

爹看完二人转,带个盒子回来,放小孙的床头柜上。听那响动，小孙知道是象棋，便会心地一笑。知其子莫如其父，爷两个开始下棋。平时爹下不过小孙，需要小孙让两三个子的，这时候，趁小孙蒙着纱带，正好找个平。病房里闲人多，不少人就凑合上前看。包括看得懂的和看不懂的，都觉得爷俩挺个性，挺让人琢磨。

盲棋并非一般人能下的，不少人以为蒙上眼睛便是盲棋，便好奇地打量小孙，心头忽然就有些恐惧。莫非今天这棋，也是有番预谶？尤其日光灯下，小孙头缠着纱布的惨淡样子。便移挪过眼，不敢再看，恐怕臆想中的鬼鬼神神。

爷俩却不想那些，因为有了勾当，挺愉快。以棋会友，有时比说话交流还有意思，相互便有些眷恋。可惜只是偶尔一乐，并不长久。爹只能待上两三天。正是春忙，除了旱田，家里的水田需要育苗、浇苗、泡地、耙地、看水、运秧、插秧，一系列的硬通活计，娘和媳妇吃不消的。光靠雇人也不行，否则不如将地整个租出去，一家人扎着腰板煮粥喝。所以事情无论如何地进展，爹都要回走的。这天是星期一，主治医领着一群学生查房时，看眼床头柜上布置的象棋，斟酌后提醒，账面的钱快没了。无论接着治疗或是二次手术，都需尽快将款打到账上。爹一听便着了急，棋也不下了，抬脚就往工地去，找老匡和马国庆。爹至今还没去过那个工地，不过路是不必问的，民工对建筑工地，闻味便能寻到。汗水撒在里面，身影烙在里面，修葺一新时拱手交出，然后吃苦受累地开辟另一处工地，或者退回遥远的乡村。伤心之地或亲切之地的意思。爹尤其如此，孙女死了，儿子可能眼瞎，爹对建筑工地这些出苦大力的活计，今后就要格外熟悉。

小孙伸长脖子,看到爹迎着那风,嗅着鼻子,匆匆地往军事院校的工地走。又看到爹脚步沉沉,一路骂着狗屁回来。小孙知道爹的心里,浮浮满满的,尽是失落。

爹开始用脚和这城市说话。爹去消费者协会、劳动厅、法律事务所。每次回来,爹先坐在床边嘶嘶地喘气,止不住爆发出一阵剧烈的咳嗽,最后咯地抛出一口黄痰。小孙不问,也不说话。坐在床上,一遍一遍地摸着棋子,默默呆呆地盘算。情况都长在他的心里呢。医院已经给停药了,账面上没有钱了。小孙用乌溜溜的一只独眼,看愤怒得扭歪变形的爹。因为眼袋奇怪地暗淡浮肿,小孙那只独眼像是刚从河蚌肉中连血带肉地剥离出来。小孙冷静地跟爹说:"院是住不成了,要求赔偿。"

爹嘶嘶着声音说:"赔偿,回头再住。"

爹站在走廊里,悄悄问主治大夫,小孙的伤眼能否保住。

主治大夫点点头,前提是二次手术,并且要看效果。

爹说:"如果缓上一阵子再做呢?"

小孙明白爹的意思,爹需要时间。爹和小孙都需要时间。或者说,他们需要钱。

主治大夫仍点点头,说时间不要太长。

爹眼里燃起一些希望,绿色的。那颜色,使爹麻风般的脸显出生动。

爹转过身,瘦硬的脊背挡住病室的门,求主治大夫一句保底的话:"万一儿子那只眼保不住,能不能将爹的眼移植。"

主治大夫看着爹,不说话。

小孙侧过耳朵,贴着墙壁,像贴在爹的脊背上。虽然有血液的轰鸣,和心跳的怦怦声,仍可分辨出爹的嘶鸣。爹说:"我老了,留这眼睛啥用,他还年轻啊。"

主治大夫安慰地拍拍爹的胳膊,说了句什么,爹有些垂头丧气。

小孙知道,主治大夫在说昂贵的移植费。费用是干冰泡沫,只要说出来,能燃灭一切火焰,肉体的、希望的、心想的。

小孙想,泡沫真好,灭了爹的那个心思。

爹和小孙去收费处结算。先转来五千,又转过两千,一共七千元。个人又担负了七百元,买耳聪明目丸、吉林明目丸、鱼肝油,还有伙食。爹和小孙把票据收存好,拎着象棋,一起去工地要钱。

马国庆叉腿站在爹和小孙面前。马国庆腿的确很直,衬得裤线更直。两手插兜里,勒出隐约结实的臀部线条。小孙觉得,马国庆鼻梁上应架一副白边墨镜。白边墨镜什么样,小孙没看见。小孙心里给他画上了。

马国庆死盯着小孙手里的塑料袋,里面装着象棋盒。马国庆板结的脸顿时结了层青霜。小孙忽然想撒谎,想使劲地解释点什么,却理亏似的支吾不清。马国庆没看小孙,眼光越过小孙和爹的头顶,看远处的空气。

爹的嘶嘶声伴着气流,阵阵吹到马国庆脸上。爹说:"国庆啊,款也不用你转了,你给我们赔偿,我们自己去治。"

马国庆说:"工地给你们赔偿,谁给工地赔偿?"

小孙龇开黄牙,一只独眼挂起笑:"庆哥,主治医说了,我这眼睛还没做完哪。"

马国庆说:"啥叫作完,给你镶只狗眼,然后成天下棋?"

爹气得腿直哆嗦,伸出拳头要打马国庆。马国庆看都没看,等着爹的拳落他身上。

几个民工上前,拉开爹和小孙。

更多的民工漠然地站着,不说也不动。

爹于是很悲愤:"马国庆,你可是叫我姑父!"

马国庆不屑地:"别跟我玩那个。叫啥也得守规矩。想讹人就不行。"

爹的喊声火烧火燎:"你们放开我,让我教训教训这个有人养没人教的。"

几个民工再次把人拉开。爹体会那被拉或被拦的感觉,像落在蹦蹦床,或弹簧床上。

爹说:"你这个浑蛋,我告你。"

马国庆的喊声竖起来:"去你的,你告去。大爷我这儿擎等着。"

小孙没爹刚猛,却更策略,想发动大家革命。小孙独眼看看大家:"你们跟他有啥好处,人死了都不带管的。"

当着马国庆,那几个民工表态了:"唉,你不干归不干的,别拐带我们。"

小孙缠着松散发黄的绷带,去看主治大夫。

主治大夫不无遗憾地问道:"出院?"

小孙问主治大夫:"出院行不行?"

各式各样的不同患者，主治大夫显然见过。主治大夫得体地微笑道："你说呢？"

小孙听不大明白："大夫，非得再做次手术吗？"

主治大夫这回肯定地说："当然要做了，不然，现在的治疗效果怕保持不住。"

小孙一咬牙："要豁出这眼摘除呢？"

主治大夫有些吃惊，想察看这恶狠狠的想法从哪里生长出来。主治大夫看了半天，小孙的身上，既没冒枝，也没长叶，只有馊哄哄的气息。

主治大夫说道："摘除就利索了？拐带到另一只眼呢？"

小孙说："那就先吃药维持着？"

主治大夫没有表态。

小孙说："大夫，我忘不了你们。"

说这话时，小孙丑陋的独眼便有些暖。主治大夫略微地沉默，招呼小孙到桌前坐下，一边嘱咐，一边用工整的字体写出一串药名。主治大夫说道："这些药一定要买，价格都不贵。"

小孙有些感动："大夫……"

主治大夫拍拍小孙的肩，宽慰道："没事，你想得挺开，能恢复。"说完嘱咐护士："再给他换遍药。"

小孙感动得说不出话来。

4

小孙独自去县城医药公司，买最便宜的批发药。

买药就得花钱,花钱就得借。先是小孙去借,后来娘出面借。娘的态度无比坚决。娘说:"卖房子卖地,药也得买。不管费多大劲儿,都要打消炎针,吃消炎药。"

目的就一个,维持眼睛不萎缩。

小孙和媳妇下地铲地。主要是旱田。水田不敢沾,怕不小心弄湿了眼睛。小孙过长的脸上,横吊着一根白绷带,绷带里罩着一只伤眼。上药时,小孙就把绷带撤下来,露出乱蓬蓬的头发里,越来越暗淡枯瘦的独眼。那样子很丑。媳妇原来就不愿看小孙,现在更不愿看小孙。不愿看好办,小孙就背或侧过身去,不让媳妇看。小孙知道,媳妇总谋算着和他离婚,可是媳妇从来没动真格的。没动真格的就是他的媳妇。动真格的也是他的媳妇。小孙悄悄地对着镜子时,便十分地理解媳妇。镜中的丑样子,自己都不喜欢,何况媳妇。

媳妇骂小孙,娘不生气。媳妇不愿看小孙,娘生气,娘觉着小孙很好看。娘说:"不愿看还嫁,还生孩子。"娘的话传到媳妇耳里,媳妇抢白说:"生孩子当啥,跟强奸犯还生呢。"小孙不说媳妇,小孙劝娘:"谅解她点吧,我夹在你们中间,难受。"娘叹口气:"儿啊,你就放心,娘不让你难受。她没了女儿,我还有儿子呢,她比我难受,我理解她。"娘这样说,便真的不让儿子难受,一串钥匙全交给媳妇。娘和爹就剩下一个任务,干活,盼孙子。

小孙和爹一起去县法院起诉,还找一位远房亲戚帮忙。法院传票很快就下来了,法院的人亲自送到村里。

孙家的门前,大坑的旁边,法院的人让小孙签字。小孙问:"他们知道吗?"法院的人一愣:"谁?"小孙说:"他们。"法院的人明白了,说道:"这不找你吗,要想快,跟我们去趟长春。"爹拨开众人,上前道:"非得我们去吗?"法院的人看了看爹:"你要不着急,不去也成。"娘一旁说:"不就领趟腿儿吗,你说啥时候去。"法院的人说:"这还差不多。"

村里都知道小孙的事情要赢了。不用谁说,孙家人脸上摆着的。村里人给小孙算账,治疗费、误工费、补偿费,四万挡不住。瞎了一只眼,净剩两万块钱,还算行。王章江说:"屁,两万块能买只眼睛?我拿两万块,你们谁卖?我现在就给。"村里人不说话了。

小孙乐得合不拢嘴。小孙乐的时候,露出一口黄牙,总也刷不净的。粗糙的一层砾黄,像是漆到牙齿上,让人想起荞麦皮。爹也高兴,爹用豁牙夹着蛤蟆癞的烟,不停地搔着秃头。爹叉开手指,像在场院里兴高采烈地打场。娘说:"钱判回来,先要手术。等病好了,年年在家种地,再不出去打那破工了。"娘看眼媳妇,继续说:"孙子也得早要,趁我这老骨头还能动,能带几年是几年。"媳妇不置可否,媳妇的心神有些飞。媳妇跟全家说话的时候,心神总是飞。跟娘家人说话时不飞,不但不飞,还总扎堆,像淋冷了的小鸡唧唧叫着往鸡群里钻。媳妇这个样子,小孙心里挺疼。晚上钻到炕上,小孙跟媳妇说:"钱判回来,先给你买对金耳环,外加一只金戒指。"媳妇冷笑一声:"钱到手再说。"小孙有些哑,小孙觉得还是媳妇清醒。媳妇清醒得对。

小孙闭上灯,乘黑摸媳妇的乳房。闭灯的效果很好,小孙觉着黑长着一对翅膀,载着快乐满屋飞。飞到小孙的手上,飞到媳妇的身体上。黑还像几十层楼上的电梯,将小孙和媳妇拥在里面,一会儿升到三十层,一会儿匀而缓地降到地下室。黑像电梯的感觉,小孙没对媳妇说。媳妇没坐过上下的电梯、大型商场的斜梯,也没坐过平地跑的火车。小孙想到这些,就觉着对不起媳妇。小孙应该和媳妇并排坐在火车的座位上,小孙临着媳妇,媳妇临着窗,看外面开开阔阔的风景。小孙不用看风景,媳妇是小孙的风景。不过小孙可以告诉媳妇,窗外巨大的风景会动,像座钟的大转盘,火车其实是逆着大转盘的边走。

小孙咬着媳妇耳垂,低声地说:"哑儿比原来还好。"

媳妇不说话,裸身一下子变得又热又烫。

小孙的身子也一下子又热又烫。

媳妇说:"你冷吗?"

小孙说:"不冷。"

媳妇说:"你咋打哆嗦?"

小孙不说话。小孙的嘴唇也哆嗦起来。小孙用哆嗦的唇去贴媳妇的裸身。

小孙不哆嗦时,媳妇散着湿绺的头发挨在小孙的腋窝。小孙的胸肌霎时发达起来,又厚又健康。心跳也唱着歌子,鼓得胸肌一动一动。小孙的声音变得黑起来,扇着蝴蝶样的翅膀,绕着媳妇飞。

小孙说:"这儿还疼吗?"

媳妇说:"疼。"

小孙说:"疙瘩好像没了。"

媳妇说:"有。"

小孙说:"我给你揉揉。"

媳妇转过身去:"睡吧。"

小孙没有睡意。媳妇的疙瘩三四年了,到县环城医院用红外线检查,说是乳房导管破裂引起的,开的乳肿消。后来去县中医院,那个叫唐三彩的老中医说是乳炎,给媳妇开的汤药,老中医唐三彩自己配的,祖传妙方。

小孙搂过媳妇,四只胳臂叠成两只翅膀。屋内充满大大小小的翅膀。小孙带着媳妇,在翅膀中飞。翅膀像蜻蜓一样的平直时,小孙说:"补偿钱拿回来,都交给你。给你治病,让咂儿不疼。"

媳妇睡着了。沉沉的呼吸声,睡得很香。

小孙就对睡着的媳妇说话。

宽敞的军校工地,散堆着一些建筑材料。阳光挺热,草间有虫在叫。马国庆媳妇倚着门框,冷眼看小孙和法院的人一点点走近。马国庆媳妇的眼里,小孙是奸细,引着鬼子进来。小孙蒙吊着一只眼的样子,真像是奸细。法院的人便是鬼子,要实行三光。

马国庆媳妇心想:方才还挡着马国庆,不让他陪老匡上洗浴中心,看来去对了。

马国庆媳妇蔑视小孙一眼,又敌意地盯着法院的人。马国庆媳妇走南闯北,怕城管大队和国地税,不怕公检法。小孙还要给马国庆媳妇介绍:"嫂子,这是法院的。我庆哥呢?"马国庆媳妇咣地砸过来:"大白天的,哪来的鬼叫。"小孙不吱声了,讪在一旁。法院的人问:"你是马国庆老婆?"马国庆媳妇说:"是怎么样,不是怎么样?"法院的人不恼,说道:"传票,签个字。"马国庆媳妇:"我不管他的事情。"法院的人说:"你可以不管,但你必须签字。"马国庆媳妇不情愿地拿过笔:"签我的名,签他的名?"法院的人有些恼:"怎么这样啰唆。"

回去的路上,捷达车跑的是高速线。收费站经过三四个,每个都不白过。法院的人脸带着酒红,小孙也陪着沾了口酒。除了司机,剩下的人都闭着眼睛困觉。来回六百里的路程,有些乏了。小孙闭着眼睛,却是不困,非但不困,眼皮也跟着神经质地跳。小孙心里暗算着账,车费三百,饭费一百二十六,路费五六十,一天就是五百来块。这钱,小孙从前院王章江那里借的。不过小孙想得开,舍不得孩子,套不着狼。

5

王章江从后窗探出头,隔着大土坑,朝小孙家喊:"小孙,电话。"

媳妇听是王章江的声音,从炕上爬起来,半个身子支出窗口:"大哥,谁来的?"

王章江喊:"长春,找他孙哥。"王章江嘴里的"孙哥",就有些调谑。

小孙闻声快步出来:"是小谢!"

媳妇冲王章江灿笑一下，麻溜下地，跟着小孙往王章江家里撵，一边招呼小孙："等我一会儿。接个电话，赶上兔子了，一窜八个垄沟。"

小孙跑到王章江家里，冲着话筒说道："私了？私了也行，看他给多少钱。"

王章江说道："早咋不说这话，脱裤子放屁，费这二遍事。"

王章江媳妇也在一旁，说道："净废那话。没上步，能有这步吗。"王章江喊了一声，对媳妇的话表示不满。王章江媳妇也不多说，重新戴上套袖，去鸡房喂食。王章江是村里著名的养鸡专业户，村级致富明星。

媳妇便信赖地说道："大哥，你看这事咋整，是告还是私了？"

小孙这时已撂下电话："对，大哥，你说咋整。"

王章江看看小孙，又看看媳妇："这事得你们两口子商量。"

媳妇扭下身子："大哥，你就别客套了。谁不知你走南闯北见识广，就算给指指路，还屈着你了？"

话说至此，王章江便沉吟道："当然还是私了。没听说冤死不告状？你们是不知道，打官司告状得多少钱，律师费、起诉费、执行费，搭身子又搭精力，那才叫无止无休。"王章江媳妇顶着一脸细苞米灰过来，白了王章江一眼："就你能，瞎白话。都不告状设法院干啥。"王章江说："你说那话，不是提个建议吗。"转脸故意对小孙两口子道："咱先说下，我说的就是参考，主意还得你们自己拿。"

媳妇说："拿啥拿，先私了也没啥。看看他态度，不行再告他。"

王章江赞赏地说："弟妹说得明白。"

两人回到家里。爹听了便说："这么大的事，马国庆咋没亲自打？"

小孙说："不好意思呗，让小谢先探探口风。"

爹说："那王八犊子，还知道不好意思？"

小孙看看媳妇，跟爹说："那你说咋办？"

爹也看看媳妇，跟小孙说："你媳妇啥意见？"

媳妇俩人谁也不看，很横道地说："我不管。"

爹定夺道："那咱就去看看。但凡他有诚心，咱就撤诉。"

说去就去，爷两个起大早去长春。因为时间早，二百多里的路程，到长春时还不到中午。这回仍只见马国庆媳妇，不见马国庆。问马国庆媳妇，只是冷冷地说不知道，小孙和小孙的爹只好等着。小谢过来唠几句，问问小孙的眼睛，也急着回岗上干活。说得时间长了，有人不乐意，彼此心照不宣的。小孙便对爹说："我上医院看看，正好让大夫检查检查。"爹不放心，说道："我跟你去。"小孙给爹使个眼色，主要是眨眨露着的单眼："你在这儿待着。"爹明白小孙的意思，便不再动。马国庆媳妇撇嘴说："可倒不白来，连检查都带出来了。等也白等，去哈尔滨了，没个十天半月的回不来。"

小孙便不吱声。

爹想说句什么，戳破女人的谎言，又怕跟这女人犯话，面红耳赤地坐一旁，很憋气的样子。

马国庆媳妇嘴角浮出一丝嘲笑，又倏地吸滑进去。

小孙便去医院。没挂号也没预约，直接到主治大夫的诊室。主治大夫挺高兴，二话不说，上前就要揭小孙的眼罩。像是罩着的不是小孙的眼睛，而是一幅名画，或者金子。小孙觉得那动作挺熟，忽然想起老农民年年育稻秧，着急揭开塑料薄膜看稻苗长势的情形。如此，小孙就是主治大夫的稻秧了。

主治大夫戴着聚光镜，翻看小孙的眼皮，摇摇头又点点头。小孙想了想说："大夫，你是不说病眼萎缩了，好眼没受影响？"主治大夫讶异地看小孙。小孙也着实吓自己一跳，怎么竟看得出主治大夫咋想呢，若是好眼看出来的也就罢了，若是病眼看出来的……小孙便噤口，不敢再吱声。主治大夫问："还下盲棋吗？"小孙说："有时间就下。"主治大夫点点头。小孙问："大夫，二次手术还得做吗？"主治大夫说："再不做就晚了。"小孙心里对自己说："晚了怎么样？晚了就是个瞎，真能看透前后五百年，也算由病眼到睁眼了。"如此可能的结果，小孙便不再问。主治大夫拍拍小孙的肩，小孙按主治大夫的示意，坐凳子上。主治大夫说："跟你说句题外的，非等赔偿金下来不可吗？"小孙说："我是工伤啊。"主治大夫语重心长地说："眼睛是自己的。"小孙低下头："这次来的路费，都是借的。"主治大夫拍肩的手停住了，不说话。

主治大夫亲手把小孙的吊带摘下来，扔到诊室门旁的垃圾桶里。桶边有一个机关，脚尖一踩，吊带便被关进里面。主治大夫说："这个东西，不用带了。"

小孙和爹一等就是两天。第一天晚上,爹和小孙挤在工棚里住,算是节省一宿费用。第二天晚上,两人住到小旅馆里,五块钱一宿,多花出十块钱。不过小谢不为难了。小孙知道,因为安排住工棚的事,小谢挨了马国庆的剋。

爹斜刺里过去,截住正在散步的马国庆:"你给个实话,老匡能不能来。"爹差点说,我们的忍耐是有限度的。爹挂着吊歪扭曲的麻风脸说着这样的话。小孙想,爹的脸真好,除了不适宜哄小孩。

马国庆说:"匡总这两天研究外地工程,回不来。你们咋想的,跟我说吧。"

爹说:"他媳妇在不?"

马国庆不乐意了:"他是他,他媳妇是他媳妇。"

小孙说:"见见他媳妇也行。"

马国庆抱起膀子:"你那意思,不想跟我对话呗。"

爹拉回话道:"不想对话,我们大老远地来干啥?"

马国庆说:"那你给个价。"

爹眨眨没有睫毛的秃眼:"你说。"

马国庆噘起雷公嘴,不过看不出是否生气。他这种嘴,哭笑都是噘着的。马国庆说:"我让你说,你就说。"

爹说:"那我说了。"

马国庆很风度地一挥手:"说吧。"

爹说:"你看,好好的一双眼,现在成了独眼龙……"

马国庆说:"别说那个。你就叨干的来实的。"

爹咬咬牙:"那好,四万。"

马国庆说:"多少?"

爹说:"四万。"

马国庆说:"你再说一遍。"

爹迂回道:"国庆,你去打听打听,要经过法院,六万也下不来。"

马国庆说:"老孙哪,煤矿死个人,才给多少钱,你也太能忽悠了。"

爹不快地:"你这不是煤矿,他也没死。"

马国庆说:"我不管他死不死,讹人是不行的。"

爹说:"你要这个态度,那还商量啥?"

马国庆说:"商量是给你机会,懂不懂?"

爹倔倔地:"不用你给机会。"

马国庆伸直腿,准备继续散步:"大闺女梳歪桃,随便。"

6

夜里爹睡不着觉。

娘说:"你睡呗。"爹叹口气说:"这钱也不好要。"娘说:"那就告他。法院不下传票了吗。"爹冷笑着摇摇头:"告?哼。"娘说:"那咋整?"爹说:"咋整,一步一步走呗。"娘说:"眼睛都到这程度了,明天我找他家长去。"爹说:"找也没用,他家长能管着他?"娘便骂:"关键时候向着个人儿子。"爹说:"你说那个,你不也向着咱儿子吗。"娘听这话就哭起来:"我还叫向着,谁受我儿子这份屈了。"爹说:"不就瞎只眼吧,瞎了的,还能复明了?

反正不用找媳妇了。"娘说:"我不跟你说,你滚一边拉去。"

小孙这边也睡不着觉。睡不着就要找消烦解闷的营生。小孙的营生比较轻松,具体说就是忍不住夸媳妇的咂儿。媳妇厌烦地推开他的手:"你一天咋没个正溜儿,净寻思这歪拐斜拉的事。"小孙说:"两口子间的事,咋叫歪拐斜拉?"媳妇说:"那也没有天天扯的。"小孙说:"我还叫天天扯了,你看王章江养的公鸡,哪天不扯了,扯完这个扯那个。"媳妇说:"人家公鸡扯挣钱,种蛋论个卖。你呢。"小孙说:"你那意思,我不如公鸡呗。"媳妇说:"你别歪,谁拿你跟公鸡比了,不今不离儿的你也跟章江学学。鸡粪是个啥,到人家手里比苞米贵。"小孙嘟囔:"他也有走麦城的时候。忘了那年去俄罗斯,种一年菜,背几件大衣回来,粗麻袋似的,谁也不能穿。"媳妇说:"你去俄罗斯试试,你给我背回来十件大衣试试。"小孙心里有些泛酸:"注意点,人家可是有大嫂子的。"媳妇捶小孙:"你啥意思。"小孙说:"我没啥意思。"媳妇冷冷地说:"人家有能耐,有能耐就招人看。村里哪个女人不高看人家一眼。"小孙说:"那是,跟人家说话都夹起屁股。"媳妇捂着脸:"你咋这么缺德?"小孙说:"先夹屁股,然后把腿劈开了。人家一分没给,就把腿劈开。"媳妇说:"这个独眼兽。"小孙忍不住了,嗵地怼媳妇一下:"你说啥?"媳妇疼得嘶了一声,不让号地高声叫骂:"独眼兽,咋的吧。"

小孙霎时变得无力,喃喃道:"对,独眼兽。"

大清早,小孙到爹和娘的屋里去。爹正拾掇他的两个随身罐子,药罐子和烟罐子。一捆行李,塞到化肥袋子里,缸筒似的立在炕脚。爹说:"我去大连了。"小孙心里挺难受。小孙说:"爹,别去大连,在家里想个啥招儿吧。"爹硬硬地:"能有啥招儿,看病花钱,打官司用钱,最简单的招儿,就是下苦大力。"

小孙说:"要不我去。"

爹软下来说:"净说那傻话。你去大连,谁打这个官司。眼睛遭败成这个样子,就白遭败了?"

小孙说:"那官司咋办?"

爹叹口气:"你也二十八九的人了,啥事得有个主意,别煞后。该往前抢就得抢。真需要我,一夜车,不就赶回来了。"

小孙不说什么,默默看爹收拾好东西。抢上前,将行李筒扛上肩。

小孙和爹一前一后,走在门前的沙石道上。爹是高个子,走在前,小孙是矮个子,走在后。爹秃着头,耳背夹颗旱烟,小孙茶着脸,肩上扛着行李筒。爹的脚步声不重,很扎实。小孙的脚步声也不重,腿却有点前弯。

小孙的腿随娘,不过还是有差别。娘是罗圈腿,左右弯,像月亮门。小孙的腿前后弯,像车辖辘。

爹说:"我扛吧。"

小孙说:"爹,我扛。"

几个上学的小学生,燕飞似的跑过去。又不跑了,回过头来,好奇地看小孙和爹。小孙睁着一只独眼看孩子,几个孩子吓得转过身去,向前跑开了。

女儿!小孙心里咣当一下,几乎站立不住。女儿若在,也这么大了。戴着红领巾,穿着学校层层回扣后下发的劣质校服,孩子们中间奔跑。一颗泪珠在小孙的独眼里凝聚,凝聚,簌动着流下来。萎缩的眼里,有潮潮的湿意,像裂田,倏地被吸收了。

爹觉察到什么。爹说:"顶住。"

小孙没听清楚盯住、顶住,还是挺住。都是坚持的意思。

客车驶过来,停靠在公路边。车长拎着一尺长的螺丝刀子,强盗似的跳下车,将货舱捅开,粗暴地将行李筒囫囵个塞进去。

小孙想起似的喊:"爹,象棋落下了。"

爹说:"你在家用。"

小孙说:"我跟谁下呀。"

爹说:"那就等我回来。"

小孙往家里走,王章江拎着注射针从院子里出来,脚步匆匆的。小孙想揉揉眼睛,口中却叫道:"大哥。"王章江一愣:"回来了。屯子里闹鸡瘟,我给你们家送点药。"小孙闷闷地站在那里,看王章江。王章江说:"工地的事咋样了?"小孙头垂下来:"咋样,人都没找着。"王章江说:"找就得找有用的,犯不上总跟那个马国庆打连连,他不过是老匡的狗腿子。"

小孙支吾着:"过两天,我跟娘去问问那个亲戚。"

小孙不知为什么冒出这话,不过小孙很想说。

王章江冷笑道:"现在的人情世故,问也得自己做主,谁能替你当这个家?"

小孙琢磨王章江的话意。王章江响亮地咯口痰,嗵地砸到地上:"行,我走了。没钱到我这里拿。"

王章江的话，小孙平时听着热乎，这时却有些别扭。

回到屋里，媳妇正心事重重地在炕梢上坐着。小孙没来由地生气，话也不说，苍蝇掸腿似的蹬掉鞋子，往炕梢上一挺，看棚顶吊糊着的倭子纸。媳妇问小孙："上车了？"小孙没吱声。媳妇觑小孙一眼："问你哪，老爷子上车没有。"小孙慢吞吞地说道："家里鸡有病，我咋不知道？"媳妇一惊，冷笑道："你挺会说话嘛，拐弯抹角的。"小孙含混不清，像重伤风的声音："我没拐弯抹角。"媳妇提高嗓门："你就拐弯抹角了。"小孙说："你说我拐弯抹角，我就拐弯抹角了。"媳妇声音有些哆嗦："姓孙的，今个儿你给我说清楚，你啥意思。"小孙见媳妇认真，判断媳妇没事儿，很是欢喜："我就是说说。"媳妇咬牙切齿地："说说？咋不说你妈，咋不说你爹？"小孙支起身子："我错了不行吗。"媳妇不依不饶："错了就行了？告诉你，我就是喜欢他，他就是比你强，是个男人都比你强，咋的吧。"

小孙心里一阵泛紧："看他好跟他去，搭我这独眼兽干啥。"

媳妇说："搭你打掩护，你不知道？"

家是五间连脊房子，各开各的门。因为纸棚，声音传得清楚。娘听见有些升级，忙走出自己的门，趸到小孙和媳妇的门里。娘二话不说，抓起笤帚疙瘩，揎小孙的屁股："再让你胡说八道。"见小孙躲开，又作势拧小孙的胳膊。

娘扔了笤帚疙瘩，对媳妇说："妈替你揍他。就没见过屎盆子往自个儿脑袋上扣的。"

娘这个做事，媳妇便没话说。拿起剪甲刀，背靠灯台，咔咔地修理指甲。娘推推小孙："往里去，我也坐一会儿。你小子，长大了，打你也打不动了，才两下，就累得气喘。"说着盘腿打坐，两片脚快速地分到两边，几乎背到胯骨后。小孙借坡下驴，侧过身子，顺着炕洞躺下，却忍不住偷偷打量媳妇的生气模样。这样单眼瞄过，便不由吓上一跳，觉着媳妇脸发黑，颊上布着不少的血丝，样子像个血痨病人。

娘也发现了，大惊道："昨天还不这样，今个儿脸色咋这么不好，快上医院看看去，别大发了。"

媳妇浑身不自在，眼也充着血，赌气道："大发了更好，让他再找一个。"

娘急得拍脚："净挑那不好听的，一日夫妻百日恩，找找找，找谁去。赶快扎咕病要紧。"

小孙一旁说道："她心里烦，闹心。"

这话平时也不少说，此时媳妇却眼圈一红。

娘是刚强人，又十分地心软。不等媳妇咋样，先拿巴掌拭眼睛。小孙受不住了，腾地起身："现在就上县医院。"

媳妇说："钱哪？"

小孙蔫了，嘴却硬挺："没钱想办法。"

娘挪腿下地，动作十分沙愣："等着，我摘去。"

小孙的话突然就奔出来："别上王章江那儿！"

媳妇脸腾地涨红："就上王章江那儿！"

娘看着媳妇，媳妇更挑战似的看娘。女人间的眼光哧地碰一下，像剑与剑撞击的声响。然后娘的眼光渐渐地弱下来。娘沙着嗓子，缓下声音道："借点钱管啥，又不是不还他。青黄不接的，别人谁能有现钱？"

小孙说:"我去米大巴掌那儿抬。"

媳妇闭上眼睛,不看小孙。面颊依旧红得发黑。

娘说:"光说抬,可咋还哪?"

小孙很冲地:"官司赢了,都给他们顶上。"

娘叹口气:"行,你去吧。跟他说好,按月跑息,钱到就还。"

媳妇怕震着腔子似的轻咳两声:"算了,我不看了。"等咳嗽过了,忽然提高声音,带着哭声道:"我不看了行不行!"

小孙的眼光变得很孔武:"不行,一定要看。"

媳妇有些不会走了。只要离开家,接触油漆或者柏油路面,媳妇的步子就会变得虚软。媳妇的脚像人参的根须,蹚在黑土里,水分才能上来。不会走不怕,小孙让媳妇游。小孙愿意做纤夫,拉着媳妇,在县医院拥拥挤挤的河流中游。小孙悄悄对媳妇说:"拉住我。"媳妇上当了,听话地拉住小孙的衣袖。小孙还嫌不够,趁机揽住媳妇的腰,给媳妇的船再缆上道钢绳。媳妇这下更不会走了,连电了似的,身体一阵阵发颤发僵。媳妇嗔了小孙一眼,很是娇弱地把小孙的手卸下,身子才活络起来。媳妇嗔得小孙好幸福,也微电流似的酥满躯干与四肢。小孙的手紧紧握住媳妇的手,让手和手说话,说得汗漉漉。

小孙拉着媳妇,将彩超片子交到大夫手里。然后弯下腰,扶媳妇坐大夫的桌旁。弯腰是小孙的感觉,小孙直着身体,就可以扶媳妇坐下,真若弯下腰,扶到的不会是肩头,而是媳妇的膝盖。大夫举起片子,皱了皱眉,严肃地朝太阳光照了照,又将片子挪到桌面,抄起油笔,迅速地在上面戳两个洞。洞是小孙的感觉，待凝聚眼光，看得清些，知道不是戳洞，而是画在乳房位置上的两个小圈。大圈中的小圈的意思。大夫指指大圈，又指指小圈，对媳妇说："喏，核心在这儿，得住院治疗。"小孙觉着大夫的话不对，核心都是一个，哪有这么瞎指乱点的。便凑上前说："里面原来是个小疙瘩，现在变成了一个硬疙瘩。"大夫说："我知道，住院吧。"小孙突然不会说话了，厚嘴唇嚅动着，黄牙也跟着一闪一闪地显露，仍表达不出个意思。媳妇声音很响地说："哪有那么多钱哪。"跟前两个候诊的，以及陪同来的家属，都拿别样眼光看小孙和媳妇。小孙脸便见汗，无地自容的意思。大夫有些失望，不过失望掩在严肃的面罩后面，沉吟一下道："住院手术是必须的，否则保证不了治疗效果。这么办，今天开点药吧，先吃着，回去把钱凑齐了再来。"说完便一阵狂草，看着间隔行数，大概有四五种药的意思，不交给媳妇，却直接交给小孙。知道小孙是丈夫，有付账的责任和义务。小孙接过处方，有些别扭地说道："谢谢。"

大夫头也没抬，直接地回答道："下一个。"

出了诊室，小孙会说话了，对媳妇评价道："这个大夫没准。"媳妇点点头："我看也没啥准，看咱不上他的当，就开始卖药。"小孙继续评价："毛了三光的。"媳妇说："还傲了吧唧的。"小孙说："咋办？"媳妇犹豫一下："回去吧，没钱就别上这地方来。"小孙眼泪快出来了："不回去。咱再找原来那老中医看，听他咋说。"说完，既不划价，更不买药，收起处方，直奔原来那所中医院。媳妇没反对，还是跟着小孙的安排。只是小孙再试图搂腰时，媳妇不让了。

小孙和媳妇不再如小船与纤夫，而是如黑人部落无帆无桨的独木舟，在城市色彩鲜艳的悬帆中飘来荡去。

老中医居然还在，正浏览一张晨报。老中医放下报纸，对小孙说："解开。"

小孙和媳妇一愣。

老中医说："解开衣服。"

小孙说："我解还是她解？"

老中医反问道："你看还是她看？"

小孙指指媳妇："当然她看了。"

老中医说："那你解什么？"

老中医迅速浏览过媳妇的双乳，喉结上下滑动一下，因年老肉皱，连媳妇都没看出来。不过小孙看出来了，便想：动他的去吧，毕竟只是喉结，无所谓的。老中医拿一根中指点了点："疼不疼？"媳妇面红耳赤地："不疼。"老中医的中指移到另一侧："疼不疼？"媳妇摇摇头："不疼。"中指移到乳沟纵深处，没等老中医问，媳妇已哎哟起来。老中医肯定地说："病症不轻啊。"小孙十分迫切地问："大夫，住院手术不？"老中医摇摇头说："病人这个状况，先保守治疗一段再说吧。"媳妇说："刚才县医院那个大夫说，得住院手术。"老中医不悦地说："谁说你找谁去，我说的就是我说的，不用住院。"小孙心里有了底气，嫌老中医攥丧媳妇，回敬老中医道："原来你不说是乳炎吗，还给开了一堆的中药。"老中医扭脸看着小孙，被小孙闪闪发亮的独目吓了一跳，显然方才净注意乳房了。老中医问："我说过吗？"媳妇说："你说过。"老中医郑重其事地说："原来是乳炎，现在不光是乳炎,你们明白不?"小孙和媳妇一齐说:"明白。"

回来的路上,小孙觉得很对媳妇不起。小孙和媳妇是对沙鸡,在沙地里寻食。鹰的影子出现时,惊恐地把头钻沙子里。小孙觉得他和媳妇不如沙鸡。沙鸡是不知道尾巴露在外面,小孙和媳妇知道,却只能钻。小孙这样想,将媳妇的手攥握得更紧。小孙闭起眼,实施意念驱动,将热量与气,输遍媳妇的整个身体。小孙和媳妇阴阳合力,一起出击,将病毒逼出身体,汗一样从各个毛细血管渗滴出来,让它们见阳光溃散,见空气萎死。

下了客车,走上土路,空气顿时甜润起来。媳妇的人参腿吸到地气,也显得精神一些。谁家的牛在哞哞叫,一只笨鸡跳到土墙上四顾,想不清楚跳进谁家菜园啄食。小孙对不起的意思更明显了,无颜见这些村村树树似的。媳妇却没有往常那样,来点精神就对着小孙发脾气,而是独自地揣着手,默默地不说话。小孙侧过一只独眼,想了半天,哄媳妇道:"你不说话也好看。"媳妇平淡得大彻大悟:"人一有病,就是犯罪,有啥说的。"小孙心头震动:"说啥哪,是人就有病,除非不是人。吃了这些药,肯定好得差不多。"媳妇抬起湿漉漉的眼光去看小孙:"听天由命吧。"

媳妇这样说,小孙的火腾地上来。火从心脏深处燃起,专门往上烧,烧过小孙的咽喉、牙床、鼻腔、眼睛。小孙感觉那只病眼像灯泡跳丝,黑了一下,又亮一下,又黑了一下,然后就陷进永远的暗中。

7

媳妇吃的药叫天光小金丸，广告药。小孙和媳妇都相信，这药更对症，更有疗效。大夫说的药，不用问也明白，谁家的回扣大，开谁家的。倒不如这广告药，听着悬乎点，受骗挨宰也知道咋回事。只是价格不低，一天三遍药，得四五十块。小孙每天的用药也不在少数，泰利必妥眼药水、熊胆滴眼液、青霉素钾、鱼肝油、维脑路通。维脑路通听着离眼睛远点，因为眼底有淤血，必须得吃，促进小孙的微血管循环。

这么用药，也觉着比医院节省多了。

再过两年，小孙都可以开无证门诊了，专治眼病和乳腺疾病。让不让开是另一码事，小孙可以这么想。有时脑袋嗡嗡直叫，靠这些想法填充，才不至于空得发疼。

脑袋不疼时，小孙就想，吃去吧。钱不够就想办法，活人总不能叫尿憋死。

除了吃药，还得养护。小孙不让媳妇干活。媳妇不愿意待着，只是想干也不成，一干活便难受。乳上的病不让。回想起来，倒是那个西医说得更接近人话，特地嘱咐小孙，得抓紧治。可是，手术或者住院的钱，小孙凑不齐整。

便觉得对不起媳妇。忽然明白，媳妇说王章江好没错。王章江就是好，有钱，能挣钱。有病能吃药，看病不借钱。一个男人，最基本的事情都达不到，又能好到哪去。王章江再过来，小孙心里便不别扭，而是通畅许多。不过防备多少还有一些。王章江去俄罗斯那旮儿，他媳妇和公爹一起到大地里铲地，不是贪黑到二半夜，就是起早踩露水出去。那瘾头子，真叫个劲。有其父必有其子，王章江也不把握的。

心里有事，小孙到娘的屋，想跟娘诉说。娘什么都明白，长叹口气："还是治病要紧，别的先不用考虑了。你这个情况，媳妇再有个好歹的，日子可咋过。"娘说着，眼泪噗哧噗哧往下掉，终日不离腰的围裙迅速地洇湿起来，拧得出半盆的水。

娘说："人都长着心，抓紧看病吧。"

小孙对自己说："看病。"

只是什么时候再看，带上足够的钱，接受足够的治疗？

小孙忽然明白，钱和治疗差不多一回事。明白时，钱便突显出来。要账需要钱，打官司需要钱，看病需要钱。钱是个结，解开这个结，剩下的才顺理成章。钱是个纲，纲举目张。

挂锄的季节。全村的人，都是憋下一口气终于又缓过来的神情。小孙没什么心情，蹲坐在土墙边，眯着浅坑里的污水出神。那水越发不像水，让王章江鸡舍里冲出来的脏水，给沤得发了臭。周围住户也开始不珍惜了，死猪死鸡整只扔在里面。时间久了，那些家伙肚皮鼓胀，半沉半浮着。太阳暴晒下，叭的一声裂开，一股恶气满水面弥漫。一群绿豆蝇，先围着发亮的肚皮得意地盘旋，然后争先恐后地扑上来。

王章江站池边咒骂。他的鸡们闻不得恶气。王章江冲着死猪死鸡咒骂了半天，见漂浮的猪鸡没有反应，叨咕着往大浅坑中撒白灰，或者干脆填上。

小孙偷偷地乐。算是一件很愉快的事情。

高音喇叭响起来，乡里要发展劳务经济，搞劳务输出。喊得凶，做得也凶，政府出面给联系活，挑十八九、二十郎当岁的人，送北京当保安。小孙是赶不上这一拨了。小孙总是这种命，啥事到别人那顺理成章，到他这里，折着把式也跟不上。现在人都学奸了，干活先签合同，不然先扔定金。工钱抵上定金时，再等下拨定金，不然抬腿走人。小孙那时候不成，不是那个气候。小孙曾找过乡里，乡里答复是，依靠法律，用事实说话。小孙便明白，自己的担子，最终还得自己扛。

给小谢打过几次电话，却问不出个子午卯酉。便跟娘商量，卖了两麻袋苞米充作路费，去长春催问。小孙本想走着去，后来想，路费省了，饭费却多了，两下一勾，还不如坐车。除非背着干粮袋子，饿了吃自家的，渴了寻户人家讨口水喝。只是，那不成丐帮了吗。小孙被自己吓上一跳。苞米卖给了王章江，娘崴着月亮门的腿，主动去联系的。娘依着老，说以前欠下的先不还，这两袋苞米取现钱。王章江说："啥苞米不苞米的，从我这里拿点钱算了。苞米卖了，家里鸡吃啥。"提到鸡，娘说："多亏你了，家里的鸡病都好了，一个个活蹦乱跳的呢。"王章江脸便稍微地一红。娘知道走嘴了，急忙掩饰道："明天给你们兜十个鸡蛋，给孩子吃。"王章江说："我这鸡蛋成筐的捡，你再给我拿鸡蛋，不是笑话。"娘说："咱两家的鸡蛋不一样。"娘自知失口，忙更改道："我家的鸡蛋是散养的，不对，你们家的鸡蛋是圈养的。"娘说到这里，悲哀地不说了。王章江面前，娘已经不大会说话了。

马国庆面前，小孙也不会说话了。小孙感到苦恼。马国庆光念到初二，小孙参加过中考，小孙应该比马国庆会说话。可是马国庆一两句话，就把小孙准备一路的话击碎。

小孙说："庆哥，我的事，百忙中能不能予以考虑。"

马国庆张口就说："考虑什么考虑。"

小孙说："庆哥，咱们可是亲戚。"

马国庆愤愤地说道："别提亲戚。亲戚有你这样的吗，你给我带来多少麻烦？老匡都信不着我了。"

小孙说："他信不着你，我跟他解释。"

马国庆说："你解释个啥。"

小孙哭丧起脸："那我咋办，我媳妇有病不能不看。"

马国庆说："你媳妇有病，还找我看哪。"

小孙说："我媳妇有病，我不找你。可我的眼睛哪，现在一点光感都没有了，瞎了，你知道不，你管不？"

马国庆气汹汹地："我让你眼睛瞎的？我让你没光感了？别人眼睛咋不瞎，别人眼睛咋有光感？"

小孙悲愤地："那我眼睛就白瞎了，就没人管了？"

马国庆嘲笑道："找法院去呀。你不能告吗，告到底呀？"

小孙说："不是你找我和解吗？"

马国庆说："笑话，我找你和解，我八抬大轿接你啦？"

小孙手直哆嗦："你要这样说，我天天在这儿等。"

马国庆抱着膀："等不等是你的事。先说下，别在这儿晃荡，影响工程队形象。"

小孙蹲在地上，捂着脸。

那么久久地蹲着。

长春的一条主干大街,小孙和小谢站在紫红色人行道上。身后是绿树环绕气派庄严的军事院校。小孙来时准备的话忽然泉涌,小孙装不下了,慌慌张张地倒给小谢:"我们不是普通的老乡,我们是亲戚呀。……我们不是亲戚,我们还是同学吧。我们不是同学,我还是病人吧。对待要饭花子也不能那样!"

小谢说:"谁知道。一个小清包,屁驴子似的,谱摆得也忒大。天天睡单间,吃夜宵。"小孙说:"人家不有媳妇吗。"小谢说:"那也不能太特殊呀,包那么点活,这家伙扬棒的,好像人人都给他扛活。"小孙说:"人没那德行,放啥位子上也完。等着吧,有他哭那天。"俩人正说着,走过一个民工。小谢忙给小孙使个眼色,噤住声不说。小孙单眼调了调焦:"没事,不一个工程队的。"小谢冷笑:"你不知道,不是一个工程队,不排除和咱工程队的人认识。和工程队的人认识,不排除把话传过去……"小孙说:"传过去怕啥?你和我不一样,跟他没啥纠葛。不行不在他这儿干,一个出苦大力的,哪挣不着钱。乡里组织去北京的保安队,我看你这岁数正合适。"小谢摇摇头:"那是青春饭,我不想干。庄稼人,还是学门手艺踏实。"小孙说:"倒也是。瓦工手艺学得差不多了,丢了可惜。你早点回去吧,省得那马国庆吊脸子。"小谢说:"他又不是我爹,我怕他。"这样说的时候,却又忍不住觑眼周围。小孙就苦笑。

小谢说:"今晚你住哪儿?"

小孙道:"这么大的城市,不信没个住的地方。"

小孙坐在浴池里,身上滴答着热浊的水珠。因为没备毛巾,又舍不得买,只好任那水自然风干。与小旅馆比,这种大众浴池算是更经济实惠的去处。三块钱的价格,屋子热闹又暖和,还随便地洗澡。哗哗哗,一遍遍地管够冲,成本都下不来的。开浴池的当然不亏,偷着打上几眼井,大半的水费便算搞定。要说亏,怕就是亏着地球了。一张张并排的床,睡着、歪着、躺着、坐着,尽是赤条条的汉子。抽烟、打扇、修脚、按摩。灯暗的地方,有人在呼呼睡,灯亮的地方,三五伙下棋喝茶的,还有些人围着看。附近不少的居民,整天泡在这里,闲逸得没了颠倒。听着叭叭的执棋落子,小孙倒有些手痒。彻底独眼后,像是对盲棋有了新感受,真若执子,扔出个深水炸弹也差不多。只是爹没在跟前,便有些踌躇。跟旁人下,怕冷落了大连工地的爹。

一个老搓澡工挺惹眼。七十来岁的样子,洞眼阔嘴,脚趾抓地。一边给腐竹样的男人搓澡,一边讲三反五反时受到的迫害。老搓澡工晚上搓澡挣钱,白天坚持上访。他有两个要求:"一个是修改档案,把他是破坏分子的鉴定改回来;另一个是所在单位赔偿他四万块钱,他从此偃旗息鼓,不再上访。"小孙便有些自卑。老搓澡工上访,可以当作一项事业,振振有词地去做,政府主管部门要给予接待。他小孙呢。想起马国庆的嘴脸,心里直堵得慌,就有和老搓澡工交流的冲动,希望老搓澡工指点迷津,或者陪他去一趟。老搓澡工的洪亮嗓门就是九节鞭,能把马国庆或者老匡们抽得遍体鳞伤。小孙便赤着身体上前,仰起长脸,对老搓澡工请求道:"大爷。"老搓澡工正叉开四肢搓人私处,以为有活来了,痛快地回应:"等着,一会儿就完。"小孙心有些跳,独眼露出恳求的光:"大爷,你得帮帮我。"老搓澡工一脸诧异:"帮你?"小孙说:"我的眼睛瞎了。"话还未说完,老搓澡工已是满面狰狞,恶狠狠地喝道:"我自己还管不过来,我管你?"

众人的眼光唰地投过来。

小孙逃似的奔到楼上大厅,找到犄角旮旯猫下,半天才缓过劲来。楼上大厅里人也不少,屋顶四角挂着电视,因没有开灯,视屏发出蓝荧荧的光,几个唱二人转的在电视里头打情骂俏。正自躺着,已有按摩女凑过来,慌得小孙忙拽过被单,遮住身体。按摩女觉得好玩,故意将被单一撩,见小孙不是作秀,才又将被单放下。小孙已经懵了,前胸后背一起红。按摩女一笑,轻歌莺语地暗示:"按按摩?"小孙下意识地捂住胯部,那是裤兜的位置,老实地说道:"我没有钱,也不习惯这个。"按摩女嘻嘻一笑:"老弟,一个小时才二十块,人间享受。"小孙惊讶道:"一小时二十块?你躺下,我给你按摩,只收十块。"按摩女说:"老弟真幽默。"小孙说:"真的,不开玩笑。"按摩女不乐意了:"看你像个蔫巴样儿,没想到竟不老实,穷鬼一个。"说完起身就走,去了旁人那里。小孙并不生气,遗憾地看着按摩女的身影。心里就想,按摩女还拿自己当个客人待,马国庆呢,那个马国庆连按摩小姐都不如。这样想着,觉着解气,身体竟通络不少,以至连放两个毫无味道的蔫屁。忽然胃一阵阵空,想起晚饭忘了,药也没有吃。下到更衣室,将几样消炎护眼的药空腹吃了,上楼重新躺下。饭自然免了,权作以药当饭吧。

木格后一串浪声,像方才按摩小姐的。小孙以为要抑止不住地激动,几声过后却发现冷漠得很,身体也更加疲惫。想到遭遇之种种,翻来覆去,睡不着觉,觉着空气也烟熏火燎,便以为哪里有了火警,起身悄悄查看,却始终无事,才知是自身感觉。

次日早起,嘴里丝丝裂裂的疼。赤着身体走到污浊的大镜子前瞧,上牙膛全破了,上点冰硼散,或者含片维生素 B2 也能缓解的,因为不想花那药钱,只能硬挺着。白天依是去工地,瞄着马国庆。马国庆走到哪儿,就远远地候到哪儿,死缠乱打的功夫。

到了第三天,农民工的眼色已经不对了。干活是干活,都瞟着呢。马国庆冲小孙勾手:"你过来。"小孙心里狂喜,却控制着步幅,显得既不僵,也不激动。嘴角的笑意却水溢出来一样,挡不住的。小孙轻快的声音道:"庆哥,你召我?"

马国庆黄着脸:"唔,我跟你唠唠。"

小孙小心翼翼起来,迅速盘算种种可能。

马国庆损小孙道:"你不能总跟着我。你是屁呀。"

马国庆这样说话,小孙便不客气:"我连屁都不是。"

马国庆翻翻白眼:"你想咋的?"

小孙说:"不想咋的。我这只眼瞎了,不能白瞎。"

马国庆媳妇屋子里出来,嗔马国庆:"有话不会好好说。"

就一句话,小孙差点掉泪。小孙独眼单吊马国庆媳妇,觉得马国庆媳妇的脸上,散发出圣母般的光辉。

马国庆媳妇说:"小孙,我们体谅你,你也得体谅我们不是。"

这个时候要钱,你不坑人害人吗。你寻思钱打地沟里挖出来的?"

小孙说:"我知道,工地没给钱。"

马国庆媳妇说:"就是。工地不给我们钱,我们哪来的钱给你?"

小孙说:"你们放心,我不给你们出难题,我找匡总要。"

马国庆媳妇说:"那不是一回事吗。你找匡总要,匡总找学院要。学院再不拨钱,不又绕回来了。"

小孙说:"老匡有钱!我刚住院那咱,伸手就拿出五千,眼毛都没眨。"

马国庆脸沉下来:"这么说,给你拿出毛病了,是不是。"

马国庆媳妇说:"你别跟着说。小孙,听我一句,等工地下来钱再说这事。"

小孙说:"那我等到啥时候?"

马国庆媳妇说:"钱下来再说,明白不。"

小孙说:"我要见老匡。"

马国庆说:"谁不让你见他了。可有一点,别独眼龙似的在工地晃悠,给我滚远点。"

小孙想发作,眼见马国庆叉开腿,巴掌时刻拍下来的样子,头不禁缩了回来。

小孙给爹挂长途。爹说句著名的,或者经典的话。不知爹打哪儿学来的,大连像是没这话。或者爹自己总结出来的。小孙琢磨不已,却越想越有道理。

爹说:"不 × 他的,不知道叫爹。"

小孙想，爹说得太好了。小孙心里的郁气消了一半。只是隔一个小时，郁气又积了回来。

爹比他强，像个凶汉。从大连回来的第二天，就嚷嚷着要去收拾马国庆。爹怀揣着一把菜刀，一把片绺子。片绺子也是刀，娘割韭菜用的，磨得锋快，搂过马国庆脖子一抹，马国庆的脖子就会成了韭菜。哗，血浆喷射，溅得满身满脸，刀把也被溅得精湿，腥黏黏的。小孙闭眼想着情形，觉着刺激又兴奋。娘不闭眼，也不觉着刺激。娘睁着眼睛上前去抢，惊恐地抱住爹的胳膊不撒手。娘沙着嗓子喊："你个死老头子，要砍，你先砍了我吧。我们家不能再有事了，你再出了事，这个家可咋整。要不因为你们，我早不想活了。"娘额头抵住爹的结实僵硬的胳膊，哭起来。

小孙不禁发呆，咋就没想过娘心里的苦呢。

小孙的一只瞎眼不闭了。小孙的两只眼睛睁着，加上一张不住开合的嘴，小孙用三张嘴一齐跟爹说话："爹，你消消火。"小孙说："爹，打官司不是一天两天的事，咱们慢慢地坚持。"

小孙说："爹，过两天，咱爷两个一起到工地去找。事情会一件一件摆明白的。"

小孙说："爹，他违犯了劳动法，咱可以经官，继续告他。"

小孙打着手势，耳朵也一罩一罩地牵着。小孙想动，耳朵和脑瓜顶的头皮，可以一齐牵动。早时候有一句话，叫掣耳动腮。小孙的这个功能，有点返古。

小孙的这些话，爹得到不少安慰。爹叹气地把刀放下，娘的哭声也止住了。小孙忽然想到，爹也不愿意抄家伙的。爹不想杀人,也不想被人杀。爹是无奈。

爹想得通了,便去法院,继续捡起法律这把刀。小孙没问爹是否找过那个远房亲戚。小孙不想问,小孙有理在。小孙的眼瞎了,在工地瞎的,老匡是大包,马国庆是清包。这些是事实,他们脚手杆子一样绑结在一起。

爹和小孙再去长春时,陪着一个人。他是法院指派的调解员。这是实施法律程序的第一步。调解员是法律援助中心的,小孙不明白为什么是法律援助中心,而不是法院的。可能法律援助中心,是法院的一个指头,一根肋骨,或者一块臀大肌。

调解员在场,爹显得大义凛然。

爹说:"马国庆,我们找老匡对话,你跟着横拦竖挡什么?"

马国庆说:"笑话?我挡什么了?你们预约没有?"

爹不太明白:"预约?"

马国庆得意地说:"约都没约,不得容人家个空儿?"

马国庆这小子,挺刁哩。

爹说:"法院都来人了,怎么就没空?"

调解员见得多了,看也不看马国庆,一挥手道:"别跟他嚼扯这个。他不是不见面吗,找院长去。"

调解员这么说,马国庆脸色立变,虽然尽力硬挺,气却泄下来,嘟囔道:"院长也得找老匡。"

调解员叭地弹掉烟蒂,烟蒂在地上打两个滚,跌到墙角的水渍里。调解员说:"那就对了。院长也得找到老匡,我们才没想拐这道弯。人家把你们起诉了,作为法院方,我们有权利、有义务调解这个事情。这是程序。三百多里地过来,连个面都见不着,我问你,再忙能忙到哪里去。如果真的不想出面,这个调解也就没意义了。我可以现在就打道回府。"

马国庆无奈地说:"电话一直占线,打不通。你们等着,我到别处找找。"

小孙知道,马国庆在拖。老匡就在附近的哪个房间里,打麻将,打保龄球,或者思谋下一处工地。

法院真好。法律援助中心真好。

半个小时以后,老匡来了。老匡是混人堆里,可以立即淹起来的那种。唯一让人惊异的,是文了两道黑眉。小孙看看老匡,又看看爹。爹的秃眉头才应文。爹还应戴上假发套、假胡子、假睫毛、马尾巴、兔子毛或者女人头发做的那些东西。可是,爹既不文眉,也不戴发套。爹就那么坦坦荡荡地光着。

小孙打量着老匡,想不到这么一个普通家伙,因为有百八十万的资产,包了一份活,能把人欺负到这个程度。小孙霎时很激动,想问老匡很多个为什么。老匡凭什么不给赔付,凭什么不给面见,凭什么不给二次手术,硬逼着小孙出院,凭什么念过建筑工程学院。

老匡是念过大书的,对不起那纸大学文凭。

让小孙奇怪的是,老匡面前,爹和小孙仍止不住满脸的敬畏。尽管爹想直接上前,抡起拳头,削他,砍他。

爹先敬老匡一支烟,又敬调解员一支烟,然后敬马国庆一支烟。最后,爹给自己燃着一支烟。

爹应先敬调解员,调解员代表法律。曾经给爹硬气。但爹就是先敬老匡。

小孙看调解员,调解员没什么表示,无所谓或不在意的样子。

只是敬烟也没成。爹和小孙,还有调解员秃溜溜地回来。那天是腊月二十八,晚上到家已八点多。浑暗的夜,没有星星,没有下弦月,甚至没有狗叫。屯子里的狗,连同狗吠,早被贼偷运到狗肉馆里。

稀稀愣愣的鞭炮声,不太理直气壮。像是没捂严,让声音溜了出来。

8

小孙常常陷入回忆。回忆是小孙的馒头。只是小孙的回忆都是死面的,中间夹着生面,小孙一见便胃酸胃胀。

不过,小孙必须长久地吃下去。想不吃都不行。小孙需要。

小孙咽着馒头,忍不住瞥眼镜子。镜子里那个独眼男人也正瞥向他。镜子里的男人冷冷地说:"如果做二次手术,眼睛便不会瞎。"小孙对镜子里的独眼男人说:"我记住了,我会一直告下去。"

村里的男女老少们,总爱刨根问底。小孙便向他们解释,眼睛为啥瞎的。小孙希望有一天能够联名上告。只是人们知道以后,就不再问了。

人们不但不问,对小孙的瞎眼也习以为常。

像小孙生下来,就是一只眼睛。

接下来是评残鉴定。按法律程序必须的。

评的是小孙的残,小孙必须去。法院还要配名法医。若是小孙自己就罢了,因是随同法医来,便涉及打车的事项。钱越来越不好借的,不过小孙和娘宁肯打车。如果住宿,花销更大。

娘两个互相鼓励的目光。

小孙一咬牙,花。没有这一步,就没有下一步。舍不得孩子,套不着狼。

提到孩子,小孙心里咯噔一下。命令自己不去想。

评残鉴定却够麻烦。第一次办的鉴定手续,约定一周以后去。第二次去时,专家又凑不齐。如此往往返返的,最后法医也放赖了,让小孙自己去闯。不过法医算是负责任,事先要找的人,都用电话联系好,小孙只管按图索骥。小孙便暗暗地想,前两次也可以电话联系的。小孙想到这里便戛然而止,不允许自己再想下去。

按照安排或者程序,小孙先到中级法院,中级法院又派人领小孙去省医院。小孙像个屎壳郎,在这城市,推着粪球滚来滚去。又像个结婚压轿的孩子,新鲜地坐在车上,被人领来带去。心情一会儿天上,一会儿地上的,说不准个滋味。等待时间如此漫长,评定过程倒出奇得快。穿白大褂的医生拿着玻璃棍拨拨,又打开聚光灯照照,三五秒钟的功夫儿,结论就出来了。那副漫不经心的粗鲁相,像兽医对母猪进行受孕检查。

检查结论没有瞒着小孙:玻璃体浑浊,眼有淤血,眼球萎缩。

一切如小孙所想。小孙对于眼睛的感觉与评断,就是这样。

夜里，小孙睡不着觉，就着灯光整理账目。乡村的荧光灯格外亮堂，柜柜角角，包括砖铺得有些泛潮的地面，都显出奇怪的清晰。小孙只列自己的账，媳妇的消费账目一律不记。媳妇倚在炕里要求道："给我也立个账吧。"小孙聚起一只独眼，惶惑地问媳妇："不愿意看我记账？……好吧，我明天记。"媳妇说："你立你的。我是想，我也得有个账。……嫁你们老孙家，带来不少事，花了不少钱。"媳妇这样说着，像有些伤感。小孙生气地："你说啥哪，你这人咋这样。这不怨你，知道不。我要有福气，一家老少都消消停停地，百病不生，百事不生。"

小孙一推账目："不记了。"

媳妇说："快记。"

小孙得到命令的地："是。"

媳妇对小孙说："你给我念念。"

小孙说："你拉倒吧，我这嗓子，跟叫驴喊似的。要不你给我念念。"

媳妇说："让你念你就念。"

小孙清清嗓子："那我就念。……评残费四百，打车费来回共七百，早饭在哈拉哈吃的，三十，中午在人民广场国商大楼二十六楼旋转餐厅吃的自助餐，五十元钱一位,共一百四十九元，跟餐厅讲下去一块。开车的叫豆大明，法医的小舅子，车是他个人的。此人原在环城法厅，后来因贪污被开除公职。家里有两处小百货批发点，两台151运输大车长年出租，有三房媳妇，两房给他生了孩子，一房正在怀孕……"

媳妇恨恨道:"恬不知耻。"

小孙也义愤填膺:"她们真是恬不知耻。"

媳妇说:"我说司机,豆大明的这个。"

小孙一怔,旋即反应过来:"我也说这个司机。"

媳妇说:"他是你祖宗呀,你说这么细。"

小孙嬉笑道:"不是向你汇报吗。"

媳妇白小孙一眼:"放屁。"

小孙亲昵又感动,小声说:"我放屁?"

媳妇说:"放屁。"

小孙说:"你没想想,那些播音员谁有我放得好?"

媳妇说:"哪个也没你放得好。"

小孙挠挠后脑勺:"你虽然夸我,但我很清醒。是我没他们放得好。"

小孙说着,便有些激动,要放下账目,和媳妇亲近一下的意思。小孙想用肢体语言,表示一下自己的意念和决心。

媳妇也挺激动,不过比小孙深沉。呼哧呼哧几声喘后,尽量平静地说道:"快记,记完睡觉。"

这晚俩人便挺愉快。很少有的,都很境界。

小孙赤膊揽过媳妇,媳妇的黑发刺挠着他的鼻翼,痒而舒服。小孙欲睡去,又舍不得睡,仰面空中,念念有词道:"官司打完了,就给你看病。"

媳妇幽幽道:"不打完就不看了?"

小孙支起身子,俯看着媳妇:"不打完也得看。"

媳妇不吱声,头却紧紧地贴小孙的腋窝。

小孙畅想地:"等官司完事了,钱整跑下来。咱们去省城最好的医院,找最好的医生,住它半年。"

媳妇掐小孙一下:"你咒我啊,谁住半年。"

小孙说:"不得把病治彻底吗。要不咱租个房子,我卖菜,你收秤,连挣钱带看病。"

媳妇背过身子:"没人跟你说。你就犯虎吧。"

小孙嘴巴贴到媳妇耳根上:"你说我虎,我高兴。"

媳妇扭下身子:"贱。"

小孙高兴地说:"愿意贱。"

接下来的法律程序,便快了很多。期间也有些有趣的小插曲。譬如下完传票后,老匡提出法律移植,要求移到长春去解决。这个算盘,不用打也明白。老匡把法律当成了自家野坡上的灌木,可以随便移植。爹和娘坚决不同意,法院也不同意。在维护本土利益的问题上,爹和娘与法院有着惊人的一致。法院以清包与原告都是本地人,义正词严地驳回了老匡,把老匡的想法击得粉碎。

随后马国庆便到家里来。小孙惊异地想,这个家伙,也算尿性,他怎么就敢过来?并且满头满脚的高人一等。这家伙如果参与政治,不混成一流政客才怪。马国庆来是传达老匡的话,要求私了,尽量不开庭。爹和娘冷冷地盯着这个大言不惭的家伙。爹一边盯着他,一边撒摸门后的锹镐,准备到时候敲他一下。爹还寻摸哪里有地窖,可以把他轻易埋掉。想法归想法,意见仍要交流。爹和娘还是原来的意思,如果私了的话,赔付四万。爹因为事情主动,形势有利,替老匡和马国庆考虑道:"可以到公证处公证,以后再有事情,保证不找你们俩。"马国庆毫不领情:"四万?你拿棒子截道去吧。"爹很有些得意道:"那就接受法律的正义审判吧。"爹的话让小孙好笑。爹很少神采飞扬的时候,所以爹扬声说出这番话,小孙的眼里,就成了豪情万丈的现代秃头诗人。

更让小孙感到可笑的,马国庆临走时,居然管娘叫了声姑。娘被叫得一愣。娘的神情瞬时变得很复杂,痛苦与温情、愤怒与让步迅速交错。娘惶惑地看看马国庆,再惶惑地看看爹,直到目光落在小孙和小孙一只变得空洞干瘪的眼上,娘的神情变得凶狠起来,娘像母狼一样凶狠又坚定。

娘一声不吭,恨恨地看着马国庆走出去。

小孙和媳妇的屋子里。王章江坐在炕沿中间,长腿趿地,一副叉开撒尿的姿势。王章江声音很大地说:"能给到三万,差不多也就算了。"媳妇甩动一下头发,又摆出兰花指,将发梢绺到耳后。完成这个动作,媳妇说道:"凭啥给三万,能剩几个钱?"王章江冷笑:"三万是个极限。真要憋到四万,他宁肯放赖了。"媳妇说:"赖就赖,还有法哪。"王章江哼了一声:"法。就算你通过法律,这个费那个费的,最后能剩多少。"小孙觉得王章江说得对,又觉得媳妇说得对,正想表个态,媳妇突然说道:"可也是,三万四万的,都是搁嘴说。多咱揞手里才算。"

小孙听得毛骨悚然。小孙还指望着这钱呢,如果真那个结果,不是没路了。

媳妇因为说话,脖子嘎地响一下。小孙忙不迭地问:"没事吧。"说完就要上前看。媳妇不愿意这样,尤其当着王章江的面。

媳妇拧拧身子:"听个骨头响,也针扎火燎的。"王章江一脸坏笑,并不说话。媳妇白王章江一眼。王章江站起身来:"我走了。"

媳妇不送。媳妇对王章江从来不送。小孙跟到院子里:"再唠一会儿,忙啥的。"王章江说:"回去还有事。"小孙要往大门口送,王章江不太喜欢小孙坠在身后,转回身,硬冲冲地说道:"操,前后院住着,客气啥。"小孙听王章江说得认真,便止住脚步,看王章江甩着长腿离去。转回身,去娘的屋子。娘正隔窗玻璃看,见小孙进屋,说道:"挺大个男人,以后硬冲点。"小孙有些茫然地:"我哪点不硬冲了。"

正式庭审时,小孙挺硬冲。小孙总是对手不在或者没有对手的时候硬冲。那天老匡与马国庆没有到场,也没有律师,法院决定缺席审判。法官让小孙陈述时,面对着一本正经的审判席,稀稀拉拉几个听众,小孙说得很清楚。别人是否感动,小孙不知道,小孙把自己给感动了。小孙从媳妇的脸上看到一种光彩,那是媳妇给他的。小孙体验到,做一个成功男人,哪怕只是一时,媳妇脸上也会有光。

然后取判决书。小孙借着余劲,不屈不挠地跑了二十来天,也没能够取回来。后来有人看不过,悄悄地点拨小孙,一个判决书下来,人情费最少两三千。小孙回家便跟爹说:"要不给他送点人情,买点烟,或者直接递俩钱?"爹挤咕着没毛的眼:"他能不能把审判结果改了吧。"小孙说:"那他不敢。"爹说:"那给他啥钱。"小孙说:"以后再要经他手呢?"爹决断道:"以后再说以后的。再说哪有两三千。"爹说是这么说,却去找他的远方亲戚。远方亲戚还算给面子,当场给法庭庭长打电话,开着玩笑说事,爹长妈短,谈笑风生的,几句话搞定了。爹回来说这些事。小孙有些不明白,到王章江那里闲唠。小孙说:"事情咋能闹着笑话办?"王章江说:"喊,那些一本正经说事的,有几个能办成的?"小孙说:"非得骂骂咧咧才行?"王章江说:"关系靠呗,你跟人家骂骂试试。"小孙说:"那取判决书的人情就勾销了?"王章江说:"勾销,物质不灭定律听说过没有?先挂上账就是了。"

小孙便不吱声。

王章江说:"唉,你发什么呆?"

小孙说:"我在思考。"

王章江不由得大笑。

王章江媳妇是个长小胡子的女人。不过没长腋毛。小孙并不想看的,王章江媳妇却总愿意在小孙跟前走光,将腋窝、颈窝那些地方展露。小孙知道王章江媳妇的心思,小孙却不想动。小孙若真的动,就跟王章江他爹一个档次了。听王章江笑得忘形,王章江媳妇皱眉道:"人家跟你说事,你有啥笑的?"话里话外,就有保护小孙的意思。王章江板起脸:"以后我说啥话,你别总跟着咯咯棱棱的。"王章江媳妇嘀咕:"我要不咯棱,你不定出溜到哪块地去了。"王章江说:"你不出溜!干过啥损事你不知道!"王章江媳妇本无意,王章江却是有心,尤其跟王章江爹那些影影绰绰的事情,弄得现在爷俩都不见面。王章江以为这是媳妇的要害,拎出来便可以打一打的。殊不知说得皮了,长小胡子的女人便有的对付。王章江媳妇一阵冷笑,摆出滚刀肉的架势:"肥水没流外人田,你还有啥说的。"

王章江不笑了,王章江脸青了。王章江气得说不出话来。

见俩人要掐架,小孙告辞出来。

小孙不想劝架。小孙心里头,有趟火车隆隆地响。小孙坐在车头,半个身子探出车外,看笔直的铁道线和路基下的景物风光。小孙说不出的愉快。

小孙回头看媳妇。媳妇正吃口服药,一把一把的,掐在手里,就着凉水,一咕噜咽进去。已经吃过一阵子了。小孙和媳妇一齐幻想,通过口服药,将那病蛔虫一样打掉。只是不大见强。先还觉着有效的,后来却越来越没有反应。但只要媳妇还没拒绝服药,就得继续。

媳妇神情有些复杂。小孙就怕媳妇神情复杂。小孙喜欢头脑简单。话说回来,小孙眼里,复杂和简单都是媳妇,想法不过是媳妇鬓际的一根白发,或者鼻孔窜出的一丛黑毛。

小孙对媳妇说:"钱拿回来,马上带你去看病。"

媳妇说:"虚头巴脑的,还是留着你看眼睛吧。"

小孙说:"都瞎彻底了,看它也没啥意思。"

媳妇说:"不会换只狗眼。"

小孙疑惑地看媳妇,不知啥意思。想了想,忽然灵光闪现,问媳妇道:"换了狗眼,见屎亲咋办?"

媳妇开心了:"说那玩意儿,吃了牛鞭,还直奔母牛了?"

小孙和媳妇俩人都忍不住地乐。不想放开,偏又忍俊不禁的那种乐。像有只手捂住嘴,快乐和笑声丝丝缕缕、遮遮掩掩地出来。

9

媳妇的病大发了。乳房里的疙瘩越长越大,后来胳膊已不大敢抬了,腋下也长起来两个。小孙张罗着去中医院,做红外线检查,娘说:"别去县了,去长春吧。"

小孙看着娘:"去长春?"

娘看着小孙:"这个情况,还能挺吗?"

小孙便和媳妇去长春。不用县城的红外线、紫外线,肿瘤医院的年主任拿手一摸,就判断是恶性肿瘤。年主任对小孙说这话时,媳妇并没有在场。年主任看到小孙的裤腿在动,像一只田鼠钻进里面,人也害怕,鼠也害怕,整个裤腿动荡惊惶起来。年主任便安慰道:"别太着急,手术得好,控制住病情,维持二十年没啥问题。"

小孙嗓子有些喑哑,苦着脸说:"大夫,是不耽误了。"

年大夫说:"那当然了。"

见小孙痛悔的意思,年大夫又说道:"农村患者,都是挺着,多咱挺大发了,不治不行的程度,才过来。"

小孙失神地说:"可我早就知道,她这不是好病。"

年大夫截断小孙的话:"所以这回不能再耽误了。心电、彩超、针细胞穿刺试验,还得再做个B超。把这些张罗完了,再确定治疗方案。"

小孙说:"大夫,不是确诊了吗?"

年大夫奇怪地看小孙一眼。

小孙忙说:"是。"

年大夫唰唰地下好单子,问道:"带多少钱?"

小孙对媳妇扯谎:"是瘤,良性的,不碍事,治段时间就好了。"

遇到这个情况的丈夫,都这样说。

说完之后,小孙跑到假山顶上捶自己:为什么病大发了才考虑?病像疖子,非得脓水跳得差不多再说?病像鸡眼,拿着七毛钱一贴的鸡眼膏,便可以一层层地沤除?小孙捶打自己的头。小孙觉得里外的痛相互抵消,心里才稍微地清醒下来。

小孙对不起媳妇。

小孙不想对媳妇说,他想过办法,最终却没有办法。小孙不想为自己开脱。

办法确曾来过,擦着小孙的肩膀头。钱就是办法,途径就是执行。只是案子移到执行厅以后,跑过六七趟仍没有结果。不是小孙往法院跑六七趟,是小孙随着法院执行六七趟。后来那位远房亲戚替小孙想条妙招:"可以执行第三者。活是给学院干的,伤是在学院受的,可以先由学院垫付,学院回头再扣大包。"知道这个招法后,小孙觉得已经触摸到胜利了。胜利就是一棵街旁的杨树,小孙捋着凸起的盲道摸上去。

执行的那天真够顺,除了顺,找不出第二个字来。就连雇的出租车,听说小孙的事情,也主动打八折,前提是捎两个同行者,算总账并不亏。不但不亏,还相当地剩余。小孙当然不觉着亏,小孙从来没想过亏与不亏,做事情就得付出。亏就是便宜,就是福。亏就是耗子拉洋锹,大头在后尾儿。亏就是古道人心,付出一颗心,会回报一颗心。小孙和执行厅的人顺利地跑在国道上,窗外忽忽漫刮着风,手伸到窗外时,风像小狗的嘴巴,在掌心亲昵地拱蹭,像媳妇健康弹性的乳房,颤颤地跳,引得小孙的心也跟着颤跳,肩上的担负却蓦然重起来。

那天顺利地见到负责基建的基础部宋部长。见到宋部长,是那天的最后一个顺利。宋部长正在收听滚动新闻中关于农民工的报道,对照眼前的小孙,瘦瘦瞎瞎的眼睛,马瘦毛长的潦草样子,宋部长立刻有了感觉。宋部长脑里甚至涌出一个完整的论文题目,即"农民工对于社会经济发展和现代化进程的现实及长远意义"。正待签字落实时,门口一个青白脸的小个子忽然向宋部长示意招手。宋部长犹豫了一下,跟青白脸走出去。

青白脸把宋部长领到隔壁办公室。青白脸说:"大哥,这事你管得过来吗?"另外两个包工头子在场,立刻跟青白脸一起相劝:"隔壁的海军学院拖欠工程款几个亿,你们虮子大的钱,还算个事?开了这个头,基础部就整天接待吧。"

青白脸又说:"大哥,晚上去鲍鱼馆。"

两个包工头子抢着要求:"给我们把机会吧。"

隔壁的这些情形,小孙看得清楚。小孙干瘪掉的一只眼,只要一进学院工地,便能够穿堂入壁。小孙看到宋部长一脸的醒悟:"对呀,怎么没卵子找茄子提拎?"小孙便对正襟危坐的执行厅的人说:"黄了。"

执行厅的人讶异地看着小孙。小孙摇摇头说:"黄了。"

那天回返,依是坐雇来的出租车。执行厅的人有些讪讪:"想不到他们内部有人,那个把老宋招呼出去的,是部长助理。"另外一个人说:"院长助理还是部长助理?"先那个说:"部长助理。"后那个说:"那就怪了。部长助理,相当于副处或正科级,应该比部长小一阶的,怎么管着部长?"先那个说:"那还不简单,关系呗。"后那个说:"真不敢信。"先那个说:"老兄,你干咱这行几年了,听着怎么像个雏儿。"

小孙的脑袋有些木,眼却很清醒,比他们还要清醒。小孙知道那人是老匡的同学,小孙永远记住那人的模样。小孙一样的矮个子,灯笼似的两只眼睛,青白的脸。连名字小孙也知道,只是小孙不想说。执行厅的人说话的时候,小孙沉浸在总结中。小孙总结道,这一天,总的来说是顺利的。可是后来不顺利了。像一个人跑得飞快,收脚时太急,跄了跟头。

执行不成,便靠粮食。只是去年粮价不好,水田一垧八,旱田二亩地,将近两垧的土地,却没太大收益。坝外草甸子上一些私垦的黑地,虽是赖赖乎乎种着,因为管理不善,又是失盗又是水淹的,算起来也没大收益。

收益并不算少,主要是想法太多。恨不得撒下的是种子,收上来的是钱币。

跟爹和娘商量好了,这年春天开始,耙地、平地、翻地、种地的牛犋钱,一律都赊。化肥、农药也赊,油盐酱醋更不用说。加在一起,硬是招下三千多元,就等秋粮下来,一齐处理。

小孙没别的办法,只有等到秋后。卖血是招儿,一个月几次也不够用。房产可以卖的,但那是连后路也不要的时候。小孙的后路无所谓,小孙不能断爹娘的后路。

　　媳妇反倒平静,像病长在小孙的身上。媳妇越这样,小孙越难受。只是丈母娘惦记媳妇,因为隔三差五地去看,自然要吃不少的脸色。这个小孙还不怕,小孙最怕的一种说法,是不该打这场官司。倘不打官司,家里原来的那点底,再凑合凑合,手术早就做上的。小孙越怕听,丈母娘越是说,堵起耳朵都不行。媳妇便说:"那么大岁数的人,你也跟她计较,你还是不是个男人。"小孙说:"是。"媳妇说:"她愿说就说,你不会不听。"小孙便说:"媳妇你放心,她那么大岁数,我还能没老没少的?"媳妇有些成心:"你什么意思?"小孙说:"没什么意思。"媳妇说:"没什么意思你就闭嘴。"

　　小孙便真的闭嘴,任由媳妇去说,只要她高兴。

　　算是老天有眼,这年种粮还算剩钱,卖了一百二十五包稻子,去了加工费拿回九千八百多,再加上赊欠出来的那些,凑够一万多块,急忙扑奔到长春。

　　家里能折腾的都折腾了,明年的生活肯定成了问题。

　　明年再说明年,先保病人要紧。

　　这个时候,距离眼睛受伤,已经两年了。

　　小孙从假山往下走。山体是兼做防空和菜窖的洞。可能一直到坍塌,也防空不上。但是,洞的第一功能仍是防空。小孙看那洞顶,几个通气孔,在丝丝缕缕地冒白汽,小孙知道,里面有菜腐坏了。

墙外传过《后来》的歌子，一个女歌手唱的，丝丝缕缕的像窨孔冒出的白气。后来什么意思？小孙反应不过来。小孙只记着，后来，法院的人也进不去了。学院有一个班在把门。里边若不应，外边人便进不去。

知道进不去的时候，小孙的天空没这么瓦蓝。有阴霾或者沙尘暴，躲都躲不掉的。小孙原以为，法院可以无孔不入的。不过小孙不想失望，小孙愿意充满希望。小孙知道，如果希望都没有，就彻底完了。

小孙想笑，大大地笑。没想到，法院判赢不算赢，执行到手才算赢。

小孙想写信，一层一层地向上反映。小孙相信终会有一级组织、一个眼光、一支笔在上面签字："速了解情况，如果属实，尽快落实。"但小孙没有写。

小孙想裸奔，条幅系在身后，随着奔跑的气浪起伏。

小孙抬头看天。省城的冬天，看不到污染，平静平静，瓦蓝瓦蓝。这份冬天的天空，正像小孙的心情。

吊瓶一天五个，扎得小孙心疼。媳妇从小到大没打过针的。不只身体好，有病从来都是挺着。小孙搭着媳妇的手腕，中医诊脉的样子："疼吧。"媳妇说："不疼。"小孙像爹般嘶了一声："还能不疼，五个点滴哪。"媳妇一抖胳膊，白小孙一眼："心疼钱了？"小孙说："净瞎扯，我不是那个意思。"小孙手重又粘在媳妇的胳臂上："想想大家都疼，就不觉得疼了。"媳妇有点莫名其妙："你说什么？"小孙说："没说什么。"媳妇看着小孙消瘦的样儿，声音也粘起来："吃饭去吧，晌午饭还没吃哪。"小孙摇摇头："我不饿，我这体格，好着哪。你是不饿了？"媳妇看眼捧着一根香蕉大嚼的邻床女子，摇摇头道："我不饿。"小孙明白了媳妇的意思，眼里便充满了爱怜："等着，我去给你买。"

小孙趿着板板整整的布鞋，下楼去买香蕉。不由瞥邻床的漂亮女人一眼。这个女人，连化疗带手术，已花了十一二万，够媳妇治四个来回的。病是一样的病，人却不一样，小孙明白。针细胞穿刺后，年主任找小孙，征求治疗方案的意见。能有什么意见，少花钱治好病就是了。又怕说得不对，因此得罪年主任，疑疑惑惑地看年主任，说道："年大夫，你定吧。"

年主任很和善："该我定的我定，该你定的，也得听你的意见哪。"小孙十分信任地："一堆一块儿的，都交给你了。"年主任说："技术程序上没说的，都是先化疗后手术，让病灶小点，手术后再做化疗。差别在应用药物上。"

小孙问道："不一样吗？"年主任扶扶眼镜："当然不一样。譬如去一个屯子，小轿车和四轮子都能去，你选轿车还是四轮子？"小孙搔搔脑袋："当然是四轮子。"年主任纠正："不对，你应该选轿车。"小孙说："倒是想，坐得起算哪。"

小孙搔着脑袋，有些气短地："庄稼人，能来治病就算不错了。跟人家比不了。"

年主任教育小孙："不是比不了，是不能比。"

小孙哈下腰："不比。"

比是年主任说的，小孙心里没有比的念头。

邻床是个很有姿色的女人，符合美人的标准。即使病歪在床上,头顶秀发掉得溜光,仍是别具一格。腿像是丰满了点,不过丰满才够好看。那种模特似的鹤腿,衣服架子不假,中看不实用的。

媳妇的腿就够丰满,比邻床女人还要丰满,还要白,还要嫩,还要粗壮和弹性。只是媳妇的腿套上裤子不及邻床女人的好。不过并不重要。小孙想,关键是要什么。是撇下肉看衣服,还是撇下衣服看肉。

邻床女人叫宛。听到这名字,小孙以为宛的家里卖碗。低头看人家样式特殊的鞋,想起产自意大利的说法,便明白,宛家里卖碗,卖的也是金碗银碗,起码镶金边儿的。宛有些女权主义,刚入院时,见媳妇疼到这种程度才治,便拿冷眼瞧小孙,愤愤不平的意思。后来见小孙实心实意地惦记伺候,眼里的冷便少些。再看小孙满嘴丫一碰便冒黄脓水的燎泡,眼光更是柔和一些。对小孙通通乱甩的鼻涕,突噜突噜的吃饭声响,似乎多了一些体会,或者理解。

邻床女人的变化,小孙懂。小孙便更加地束手束脚,甚至忍着屁。光是媳妇,小孙从来不忍的,故意将屁摔得通响。现在不同了,连牙都要一天两次地刷。媳妇却不这样,该打嗝打嗝,该放屁放屁,气味一直弥漫到邻床。邻床女人略微地皱眉,媳妇却十分坦然,视作不见。媳妇的心里有些毛茬。小孙想跟媳妇说,女人和女人不一样的,人和人也不一样的。不过小孙佩服媳妇。小孙觉着敢于放屁,就够大气。

没过两天,邻床女人的架子坍陷了。那天从外面回来,小孙见邻床女人埋在被子里哭。小孙拿眼光问媳妇,媳妇白他一眼,满脸的若无其事。小孙后来知道，邻床女人的婿，外面养了女人。小孙有些不平，怎么能这个样子呢。脊梁骨却不由自主地直起来，身不由己的轻松。看媳妇的眼光，也有些自耀。媳妇却不买账。邻床女人上洗手间去的工夫儿，媳妇横小孙一眼："你也做去，我支持你。"小孙嬉笑着："那可不是咱庄稼人做的。"媳妇咬着牙说："算你明白事。你敢那样，把你挠成双眼瞎。"

小孙突然就说道："没准我要做了，你还真瞧得起我。"

媳妇有些愣，想不出小孙说出这样的话，有些石破天惊。

小孙对自己的话也感到吃惊。

媳妇脸白了："你要有啥意思，我现在就走。别看得了癌症，死也不死你们孙家。"

小孙知道方才话重了，又是挠背又是捶腿，苦起脸央求媳妇："求你了，我错了行不行？再说，哪来的癌症，你得的是良性瘤，治治就好的。"

媳妇惨笑一声："别扯了。看你那死爹死娘的脸。"

小孙痛心疾首："真的，要不咱俩去问年大夫。"

媳妇摇摇头："啥也别说了，人都惦记开找了。"

小孙说："天地良心。"

媳妇咬着牙道："你找是必然的。不过就你这死样儿，谁跟你算。"

邻床女人洗手回来，媳妇的脸色立刻如初，像不曾有过事情。

热烘烘的暖气，催开着窗台上的盆花。屋子很是敞亮，让人想起花窖。

小孙手靠暖气，暴突出黄牙，懒洋洋地倚站着。暖融融的病室让人倦怠。那些暖融融，挂得小孙满头满脸，随着笑肌牵动，簌簌地往下落。小孙扭头看窗外，阳光下，枝头的积雪正悄无声息地融化。不滴水，不流冰，静静悄悄地残蚀消融。像太阳光对积雪进行一场化疗。媳妇的先期化疗效果不错。年大夫说，待消得差不多，就可以做手术了。

治疗及进度让小孙满意。

满屋都是癌症患者，治疗时间又长，便免不了来来往往，进进出出。来往容易，进出就不同了。有的抬着出去，再不会回来。不过也就省心了，无论对于亡者或者生者。

有一点挺好，得病的人多了，聚成堆儿，便都看得开。乍知道消息，以为要天打五雷轰的，进到病房里，却好得许多。遇到想不开的，彼此还能相劝。人的承受度看来出乎意料。苦难真的降临了，也就承受了。磨盘压到头顶上，顶多扛着磨盘前行。

针管，针头，点滴液。纷纷地竖起，滴滴答答地静落。打完针后，唠唠嗑，打打扑克。唠的都跟病情有关，下的啥疗药，谁好了，谁复发了。打扑克的主要玩升级，居然还有两个玩速算的。

邻床女人病情有些重，血管不行了。大夫便给做锁穿，从锁骨下去，目的是往里打针。邻床女人的婿不在，排尿时，媳妇上前帮忙。开始小孙要上前，下意识的。媳妇狠狠地瞪他一眼，小孙便反应过来，有些忙能帮，有些忙不能够帮的。小孙的脸臊得通红。邻床女人的脸上，却是看透世事的平和。说不上平静、友好还是宽容,或者面对死神的自信。邻床女人看着媳妇,说道:"妹子,你有福。"

小孙知道,邻床女人也在夸他。

遭到漂亮女人的夸,不容易,说明小孙让漂亮女人感慨了。

感慨的另一说法,叫动心。哪怕她得了癌症。

10

春节的气息越来越近。街旁花炮摊、对联摊渐渐多起来。都是直接拿着地面当摊床,惹得行人绕过走,或者绕着看。没人以为碍事或者费事,倒觉着平添一些热闹。只是零星的鞭炮声突兀地炸响,常惊得行人一跳。能推到年后的手术,都推到年后了。许多患者一个共同的心愿,回家过年,过一个平平静静的年、团圆的年。对于一些患者来说,这种年不会太多了。如此,病房走廊便有些空荡。积存的气味,也淡了些。

房间空荡,思想便觉得有了容量。可以躺下来,从容地想。

媳妇做完手术,是腊月二十三的下午,农历小年这天。

最忙乱,最揪心的一段时候。

只是紧张过了,一旦松弛下来,便有散架子的感觉。近日内走马灯似的生活,不停在眼前盘旋。像车坐得久了,停下脚步,眼前的景物,仍呼呼地前涌。

小孙想说上一说。

说是早想的,只是想不起给谁。王章江曾提议给政府。王章江说政府的时候，眼神像刚刚出狱，或正争取宽大处理的劳改犯。王章江的脑袋是有转数的,他的话不可多听,也不可不听。王章江说:"直接写到北京。"小孙摇摇头:"两个1号文件下发了，种地倒找钱了，谁还管这事情。"王章江说:"你说那话，文件是让人管，不是不管。这还不明白？"小孙瞪起眼睛，琢磨王章江的意思，那样子木木的。王章江见小孙听进去了，说道:"总要试试嘛，说都不说，谁给你管。"小孙没有应声。小孙没告诉王章江，信已经写过的，只是没有回音。小孙想象那信的邮寄过程，不过是层层的划圈，最后划到学院的手里。转了一圈，回来了。

不过，小孙仍想说。

小孙的话，想对纸说。

小孙的第一段话：

"大夫要求媳妇做手术，需要的钱很多。

前两次打化疗，预备的费用早花没了，我开始奔走于亲戚、家族间借钱。有些亲戚粮没有卖，手中暂时没钱，但答应卖粮后借我些。大多数人知道我打官司花钱太多太多，怕没有返还能力，直接地告诉我没钱，帮不上我了。我能理解,谁让咱穷呢。打官司花了四万多，这回最少又得三四万，对于一个农民来说确实太难了。

以前我换稻地打机井,手里也是一分钱没有,不管是抬是借，挪个万头八千的都很痛快。眼睛出事刚打官司时，弄个一万两万也比较容易。

如今官司无望,媳妇又得这个病,所以没人敢借我。这是正常的。

今年的卖粮钱一分没还外边,连贷款都没还,也确实让人信不着了。"

小孙想了想,坐起身来,又写一句:

"法院判赢怎么不算赢?"

然后躺下,闭了眼,默记着一些情形。像预备高考的学生,趁晚寝熄灯时,闭起眼睛回味一些事情。

对小孙来说,一些过程与名单要记的。不但要记,而且要牢记。

山里有个姓苗,叫苗春旺的,借一万,一分五的利。娘的两姨姐夫赵永民给担保。

刘贵臣那里抬两千,二分利。当年还不上,得想法把利打过去。

收粮的老马头那里抬两千。

曹广德那里抬一千,二分利。那家伙原来是农业站的,现在退休了,领着退休金。算是有钱户,利息又高,到时候想法抹点。

小孤树屯的舅爷苏永海七千。

二道河子的三姨夫一千五。

獾子沟的五姨夫四千。五姨夫叫张臣,原来只知道称呼,如今涉及欠款,需记住大名。

狐狸洞的老姨夫帮着抬两千,一分五的利。钱是老姨夫自己的,托别人的名,怕到时候不好要。

丈人那里两千一。丈人也得有借有还,这是原则。当然人家上赶着给,是另外一回事。但至今没说给,也就不指望。

大连襟葛存壮,春天时拿五百,说好是借。大姨姐这回来,私下给拿五百,算是给的。大姨姐特意嘱咐小孙,不要说出去。

……

这是借着的。还有没借着的。大爷家和老叔家,原来答应卖猪卖粮后拿过来的,取钱时,推说给孩子交学费,不借了。小孙只说一句:"帮不上忙也没什么,不能耽误你孩子念书,然后就走人了。"

倒是常在一起下象棋的收购站杨老板,不等小孙说,跟他爱人商量,答应借小孙两千元。约定手术前去取,手术后再还给他。

小孙做出感激涕零的样子。心里却知道,手术后是还不上了。还不上的事,杨老板肯定知道,人家只是那样地说。

爹从大连又拿回两千。爹喝了点酒,眼睛有些红。爹当着娘的面,把钱找出来,交到小孙的手上。小孙说:"爹,我不用你钱。"爹蛮横地说:"拿着,你就放心,这个家咱爷俩扛着。"

小孙觉着一只独眼,叭叭地往下掉眼泪。

小孙觉着另只瞎瘪的眼,也往下掉泪。

小孙趁娘和爹不注意,回身去拭泪,独眼和瞎眼都是干的。

小孙的第二段话:

"我跟护士把她送到手术室。看着护士把她领进去,我坐在外边等着。这滋味真难呵,从上午九点多一直到中午十二点,护士才召唤我们。到跟前一看,她已经睁开眼睛,看了看又闭上了。她的脸色苍白,但比较清醒。她把眼睛睁开,说喝,声音非常小。因为术后六个小时内不许吃东西和喝水,所以只能用小勺往她嘴唇上少擦一点。这期间,有两次排尿,是躺着接的。六个小时以后再排,她坚持扶她坐起来,再慢慢地跪下去。

这一晚上,她始终觉得不得劲,浑身难受,一会儿坐起来,一会儿躺下,基本上没好好睡觉。我一个晚上没敢闭眼,也不觉得困。凌晨四点扶她穿上外衣下地,在屋里来回慢慢走了几趟,活动活动。

天亮时吃一些粥,但仍然很虚,躺下坐起都得用人扶。不过到了中午,已能用没手术那边的手拿勺吃饭、拿水果吃了。"

小孙写完这段话,回身看媳妇。媳妇静静地睡着。小孙悄没声躺下。两年来的人和事,纷纷攘攘地过,都像是梦中或者雾中。脚底燥热难耐,鼻子滞塞不通,咽壁像是破了口子,或者出了溃疡。小孙闭眼不着,忽然又涌出说的愿望。

小孙找张皱皱巴巴的烟纸,对着纸面说:

"我发现了一个新的问题。我的大脑反应越来越迟钝。东西刚放下就忘,有时想不起自己要做什么。白天,我得去买水果,打饭,照看媳妇打化疗、吊滴,不敢在床上躺一会儿,到了晚上却又睡不着,只有找人下棋。深夜好不容易入睡,两点来钟还得醒一次。

照这样下去,不知道会造成什么样子。

细想起来,我若不出来打官司,即使她有病,也不至于耽误好几年。若官司结了,大包给予合理赔偿,也不会造得现在这么惨。但不管怎么样,即使卖房卖地,我也要把她的病看好。把手术后的六个疗程打完,让她完全康复。"

小孙仍想写,却住了笔。不是没有了兴趣,而是小小的烟盒纸,已经写满了。满了也就不想写了。加上前两天零零散散写的,就是一叠烟盒纸。小孙掏出火柴,将几页的烟盒纸拎成菱形状,从最底的纸角燃起。因为锡面,纸不太好燃。火苗一点一点地吞噬着薄薄的纸面,剩下金属声响的锡层,渐渐地弯曲缩小,稍弹成灰。

两声咳嗽,媳妇被呛醒了。媳妇有些惊慌地问:"你干什么?"

小孙说:"不干什么。"

媳妇说:"不干什么还烧纸,我没死哪。"

小孙生气了:"又不是烧给你的。"

媳妇说:"不烧给我的,还在我床头烧。你这人咋瞪眼说瞎话。"

小孙说:"我烧的是信,不是纸。"

媳妇说:"信就是纸。"

小孙说:"信是信,纸是纸。"

媳妇脸拉长了:"你气我是不?"

小孙服软道:"我不烧了不行吗。"

媳妇仍气咻咻地:"你见谁屋子里烧纸了,也就你能干出来。以为我不知道,写写写的,寻思你是学校老师哪。"

小孙很不好意思:"学校老师咋,我还想当公社书记。"

媳妇说:"做梦去吧。就你们家那祖坟。"

小孙说:"咋祖坟祖坟的,你不是孙家人?"

媳妇说:"我可不是!你们孙家那琐碎事都让我给担了。"

小孙惭愧了,觉得真的对不起媳妇:"过两年就顺当了,马粪蛋子还有发烧的时候呢。"

媳妇说:"你就那个命。你要顺当了,该出别的事了。"

小孙有些生气,便不吱声。

媳妇见状,叹口气:"我怕是等不到那天了。"

小孙不生气了,急着道:"净瞎说,别人还没这么寻思,你先寻思上了。压力这么大,病还能好得快?"

媳妇说:"那你道是追腾追腾,法院的事咋执行,不行找找黑社会。东写西写的,光写有什么用。"

小孙说:"跟黑社会打连连,不就成了黑社会?"

媳妇哼了一声:"你道是能成算?"

媳妇这样说,小孙脑袋里便嗡一下,血往上涌,脸也通红。想象手持菜刀,连连砍杀的情形。小孙觉着自己披头散发地厉喊:"你不让我活,咱们都别活了。杀杀杀,砍掉老匡的头。杀杀杀,砍掉马国庆的头。杀杀杀,砍掉自己的头。"

小孙的眼神便很怪异,媳妇一时也有些发愣。

媳妇正了正神说道:"行啦,别听风就是雨的,我也是听别人说。别人行,咱不行。"

小孙说:"你这么提醒,我还真想起来了,不行找小谢,他舅舅认识黑社会的头儿。那头儿靠着卫星定位,测着开煤厂的债主,一家伙要回三百多万,光提成就得十五万。那头儿的哥是区公安局长,有两个早市,每月主动给那头儿提五千块好处费,只求那头儿将名冠在那里……现在还有要债公司,也都是黑道上的。拿着菜刀往手上一横,不给就剁自己手指头,那才叫力度。"

媳妇烦躁了,大声说:"告诉你不说了,你还要说,封不住你嘴咋的。你要再说,咱俩离婚。"

媳妇这样说,小孙急忙收口。媳妇自己却呆住了,接着眼泪掉下来,骂道:"现在人到这份儿了,你离吧,甩了包袱,让你妈再给你找一个。"

小孙立起眼睛:"媳妇,灯在这儿,我一辈子就守你一个。到啥时候,我都不离开你。"

媳妇摇摇头:"别说那傻话了。人该着生死,是有定数的。算是我给你添了累。这些饥荒,也够你还二十年的。算我对不起你了,我到了阴间,也保佑你,挣钱,还债,娶房老婆。"

小孙心里一阵堵,抱着媳妇哭起来。

11

腊月三十那天,俩人回家过年。刀口这天早晨拆的线,剩下的,就是术后化疗了。

家里过年的气氛还是有的,对联照样地贴,冻豆包、冻饺子照样地包。日子看不出太多的变来。只是猪肉少了些,少到没割的程度。以前都是杀年猪的。娘有些不安,说道:"要不割两斤肉?"爹说:"年节好过,日子难挨。平时少吃了咋的。"媳妇翻翻白眼,虽然有病在身,依然磨不掉脾气个性。王章江知道这个情况，特地安排两只有病打蔫的鸡，算是连鸡带肉一起解决了。

说安排也对，有点福利的性质。爹和娘如今是王章江鸡场的临时工。下半年起，小孙领媳妇跑省城，爹不能再去大连干活了。正好王章江忙不过来，爹和娘便毛遂自荐。村里想干的人不少，王章江的举动，便赢得了村民的赞同。

爹头发全白了，才五十四岁，开始成年的感冒不断。娘头发也白不少，看上去像山沟里长年点灯熬油的老太婆。俩人一天要折腾四遍。从打扫鸡舍到粉料拌料，活一点也不轻巧的。轻巧的话，王章江就自己干了，也犯不上雇零工。就是农忙时争嘴，爹和娘便也当回地主，雇人插秧挑秧。按说里外一倒，没太大意思的。因为农忙只是几天，喂鸡的活又长，才有得账算。

要说账，王章江才有得算。成堆的鸡粪都剩不下，五十块钱一四轮车，种大棚的抢着买，那意思，不像抢鸡粪，像抢鸡蛋。搁一般人家，扔都嫌臭的，在王章江那里就是钱。爹和娘便想起小孙。爹安慰娘："别见不得人家好。要没这些事情，还用养这鸡？两垧地，再干点活，老婆孩子的都够了。"娘安慰爹说："命啊。"

日子没法比的。看人家扑扑腾腾往前奔，小孙这里，像绊住了手脚，行都困难了。

日子，像无底的桶，或者折了井绳的桶，呼呼地向水面下坠，又像实施裹脚，因渐渐地紧，也觉不出过多的重压来。

也有快乐的时候。三十晚上，吃完年夜饺子，大约是十点钟。

电视春节联欢晚会还没敲钟,小孙和媳妇回到自己屋里演节目。

也就这点乐子。这点乐子最长久。

媳妇有些疯。小孙搞不清楚,媳妇是因为幸福生活太少,还是想更多地享受生活。

小孙大汗淋漓。小孙说:"呀,我出汗了。出汗的才有质量。"

媳妇哧地一笑。

小孙又说:"如果连汗都不出,可没意思。"

媳妇又哧地一笑。

小孙胳肢媳妇:"你笑啥,说。"

媳妇说:"我给你生个娃。"

小孙快乐得几乎眩晕:"再说一遍。没听清。"

媳妇大声说:"我给你生个娃。"

小孙亲媳妇一口:"等身体好了的。"

媳妇脸上有些不自然:"对,省得死了留罗乱。"

小孙使劲亲媳妇一口,大声说:"想死没门儿。咱福大命大造化大,钢钎子都窜过,就是不死。"

媳妇高兴了,狠狠拧小孙。

小孙又痛又笑的表情。忽然俯下身,独眼和瘪眼一齐专注地看媳妇:"那就要了。"

媳妇绺摸着小孙的耳梢,想起似的说:"晚上你喝酒了。"

小孙说:"我还吃药了。"

媳妇说:"这阵子睡眠也不好。"

小孙说:"那咋整?"

媳妇一惊一乍地:"今天不能要,养两天再说。"

小孙说:"为啥?"

媳妇说:"孩子得优生优育。"

小孙借着酒劲,开心地笑,一口暴黄牙显得性感结实:"啥优生优育。狸猫再优生,不信能整出虎崽子来。"

媳妇说:"没人跟你说话,你不讲科学。"

小孙脸便贴在媳妇消失的那边胸乳上:"记住,治病要紧。没有人,要个孩子什么用?"

媳妇将脸紧紧埋在小孙汗酸的头发里。小孙的头发刺哄哄,像短毛马鬃,还有股久蹲医院的药臭味儿。

王章江不大过来了,免不了过来一次,进屋后都是立刻出来,或者不进屋,站院子里喊。小孙和王章江便越发地好。通过王章江,小孙悟出了一个朋友相处的招儿,让一让,可以海阔天空。有些事情不去想,天还是天,地还是地,人还是人。王章江有回问小孙:"结婚肿牛子怎么解?"小孙不明白。王章江说:"这还不明白,倒霉呗。"小孙说:"不如改成结婚来例假。"王章江说:"现在有药,可以推迟或提前。"小孙说:"不会消肿吗。"王章江大笑:"啥肿能立马消去,除非拿刀削。"小孙说:"那玩意儿,长还来不及,有削的?"王章江惊异地看小孙:"行啊,兄弟,长见识了。"

小孙心里高兴,忍不住夸王章江。媳妇冷淡地说:"王章江有什么好,不就是挣着俩钱吗。顶多一个养鸡专业户。"小孙说:"人家这几年没少帮助咱们。"媳妇说:"没觉出来。"

小孙说:"王章江个子高,长得帅。"

媳妇淡淡道:"骡子个高,有啥用处。"

小孙听得一怔,却忍不住心花怒放。

小孙忍不住悄悄对娘说:"看着没,有病可比没病好多了。"

娘骂小孙:"你这还是人话吗。"

12

东北的气候,像没有春天,直接跌落进夏天。

夏天里,忙活春天的活计。种地、育秧、盖屋、出行、择日娶亲。

工地的事仍没有信。这回连马国庆也找不到老匡了,找不到才意识到不妙。不过,马国庆终是拉回一车瓷砖,还有些木板,统统被媳妇截到了丈人家。

法院的事也没有信。小孙不找法院,法院不会找小孙。当然,法院主动找小孙,事情更会糟。

媳妇的疙瘩又有信了。在脖颈上,一左一右,一大一小。

却没有去看。知道那病又复发了,只有硬挺着。所有的办法都使到了,只剩下房子。

爹或者娘,已到了最大的限度。王章江、王章江媳妇,屯子里的人,他们都评议说:"治到分了,知足吧。"

他们的意思,活的人还要活。

小孙不甘心,却没有别的办法。别说借,连抬都不行的。只能眼睁睁。

能动就得干。媳妇看家里实在弄不过来,便跟着去铲地。一天下来,胳膊已抻肿了。只好专职在家做饭。

媳妇图意干净,喜欢把垃圾埋土堆里,沤烧掉。媳妇头一天点的火,没着,拿土压上了。第二天上午,发现冒烟了,媳妇没有着急,还睡了一觉。后来见烟冒得大,拎桶水去浇,不料火竟被激起来,风一刮,顺着跟前散落的稻草,向附近的柴垛奔跑。柴垛瞬间着起来。随后,苞米楼子也着起来。

那天,好大好大的西南风,呼呼地刮向村里。

王章江正好过来。先掏出手机报警,然后取管子接水。有一阵,风忽然掉向,往他家去了。他丢下管子往家里跑,将鸡舍、住宅浇过,拿湿被子,蒙在房檐上。他家是电井,水上得快。

后来风又向西南,家里没事了,王章江骑着摩托便跑。王章江媳妇在后面骂,他不听。王章江媳妇只好拎起水管,时刻捍卫自家鸡舍、房屋。

爹、娘、小孙都赶回来。一走一过时,耳朵已烤出燎泡。媳妇用盆端水,在火场跑来跑去,摔着跟斗。小孙冲媳妇吼:"离远点,别在这儿绕。"

娘站在大门外,手脚和声音一起哆嗦。娘哀求着:"老天爷呀,救救我们吧。"

媳妇倒在地上。小孙知道媳妇胳膊肿得抬不起来了。小孙喊着:"娘。"

娘明白小孙的意思。绊绊磕磕地过去,婆媳两个搀扶在一起。

小孙站在小棚子上,往草上浇水。人站不住,便往脸上浇。爹从王章江家接过管子,两个管子并在一起。因为出水快,房屋保住了。

火势越过房子，向房后植树带上的柴垛奔。柴垛一家连着一家，顺着植树带，一直延伸到新起的一片住宅区。那里，有家个体幼儿园，一个加油站，一座大型粮库。

王章江去的是幼儿园。

火势猩红，火星爆窜，黑烟涌腾。

救火车凄厉地叫。周围村屯都惊动起来。

邻县的水车都调来了，三十来辆水车。加油站和粮库，四外都有水车把守。幼儿园的孩子，被王章江和老师们领着，转移到逆风的安全地带。

电工要掐电线，乡党委书记没让。乡党委书记命令，谁家房子着了掐谁家的。家家小井都呼呼地抽水，村屯浸泡在一片火声和水声中。

风头过去了，火势控制住了，各家检点损失。乡财政所长租一个院子收破烂，所有破烂，烧得只剩下铁。蓝采和投资十几万的一辆新车，拉着满车的纸壳，正好停在院子里。别人告诉司机快开走，司机说不着急。等醒过梦来，车已开不走了。轮下有个坑，车正好误在里面。往下卸纸壳子，已是来不及。新车烧得只剩下铁，算是重新炼过一回。不过蓝采和有能耐，补办的保险手续，挽回了一些损失。

二牤子家，火从瓦缝里钻进去，最后烧落架了。

张三家开着商店，麻秆打狼，两头怕。结果顾了商店，家里着起来。

小谢他爹领着小谢妹妹拉化肥,将马车拴到树上,然后出去办事。车厢板着起来时,马挣脱钢绳,一路狂奔到家里,然后两天不吃草。小谢他爹把马杀了,小谢妹妹也吓够呛。村民都认为马跑得对,马车后来只剩下车轱辘圈和钢架板了。

马国庆远方姨家的菜园里有个粪坑,鸡在那里悠闲地刨食。凶猛的火势,生生吓死一只。

村里所有的猪和鸭子们都躲伏在圈里,一动不动。一直到晚上,也不吭声。

火险解除后,政府做了几项工作。

一是树立先进典型。王章江救火是有价值的。他最早发现火情,最早呼叫火警,不顾自家财产安危,最早奔向幼儿园,领孩子们转移。他还是优秀个体户代表,积极安置劳动力就业,带动村民致富。发展地方经济需要这样的代表。

县电视台采访王章江前,王章江来到小孙家,要求小孙全家统一口径,说他一直救火,始终不顾自家安危的话。

摄像机的独眼面对小孙的独眼时,小孙不知说了什么。小孙似乎说起农民工及执行的事情,还说媳妇如何勇敢地救火。采播人员把这些镜头删去了。

二是出台柴垛令。柴垛不仅要出村,而且不能码道边。各家的柴垛便都散乱在地里。那些东一座西一座的柴垛,很快成了鸟类落脚或做窝的天堂。一些年青的爱情也在柴垛里萌生。

三是媳妇被取保候审。

小孙、爹和娘又一次去法庭。法庭高高的台阶前，媳妇抱着小孙的胳膊哭起来："别管我了，我是你的灾星。我们俩相克。"小孙替媳妇抹去眼泪，说了句很男人的话："我宁可被克。"媳妇说："我要进去了，你就找人吧。"小孙郑重地说："不，你判多少年，我等多少年。"

后来法庭审判结束，小孙拥媳妇出来，失而复得的神情。小孙说："我这一辈子，就你一个，别人谁也不找了。"媳妇点点头："我知道。"小孙说："我们生活一辈子，谁也不离开谁。"媳妇红着眼圈："我知道。"小孙悄悄对媳妇说："今天电视说了，以后承包工程，工头先要交付押金，把工人的工资存到银行里。再给交好保险。"媳妇明白小孙说什么，很夫唱妇随地说："那些我不管，我只要你。"

小孙激情地搂媳妇的肩，低声说："等着。"

小孙说着，小心地摸媳妇脖颈上长起的疙瘩，想把那家伙给摸回去。